KB166674

왜 리타가 낙오자야?

왜《무능영애》라고 불리는 거야?

──나는 리타와 『대등』 하고 싶지 않아.

어새신즈 프라이드
2
암살교사와 여왕선발전

블랙 마디아

쿠퍼와 같은 〈백야 기병단〉에
소속된 암살자로, 변장의 달인.

난 엘리와 싸우게 된다고 해도
봐주지 않을거야. 전력으로 이기려 들거라구!

「무책임한 소리 하지마.
재밌지도 않은데 어떻게 웃어.」

살라샤

성 도트리슈 여학원 1학년으로,
학년 최우수 학생.

메리다 엔젤

팔라딘 클래스를 계승하는 공작 가문에서
태어났지만 마나를 지니지 않은 소녀.
성 프리데스위데 여학원 1학년. '무능영애'
라고 멸시당했으나 한결같이 노력을 거듭한다.

로제티 프리켓
평민이지만 최연소로 엘리트 부대에 입대한 천재. 현재는 엘리제의 가정교사.

「왜 당신이란 사람은 항상 혼자 가려고 하는 거야?」

「남성분이랑 이렇게 밀착한 건 처음이라」

????
메리다에게 접촉을 꾀하는 수수께끼의 소녀.

「지금의 나는 메리다 아가씨의 종자. 그 책무를 다하겠다.」

쿠퍼 방피르
메리다가 가진 마나의 재능을 찾아내기 위해 파견된 암살자 겸 가정교사. 메리다에게 자신이 가진 실전기술을 주입하고 있다.

「학원장님의 말씀대로라면,
날개를 어떻게든 하면 멈출 거예요!」

「―――윽!!」

「다들 겁먹은 거니?

그럼 일단 내가 먼저.」

키이라 에스파다

성 도트리슈 여학원에서 〈프린스〉라고
불리며 학생들의 흠모를 받는 인기인.

제 1 시 련

《건배》

개최일 : 9월 제2주 7일째
장소 : 옥상 수영장

수영장의 수호여신인 글래스 펫
《세이렌》에게 루나 후보생으로서
걸맞은 아름다움과 재능을 보이고,
그녀의 등에서 힘의 근원인 날개를
탈취할 것.

「간다!
이야아아앗!」

엘리제 엔젤
엔젤 공작 가문 분가의 영애로, 메리다의
사촌 자매. 팔라딘 클래스를 가졌으며,
학년 제일의 성적을 자랑한다.

소녀를 꿰뚫은 모멸의 시선.
앞으로 쏟아질 수많은 고난.

하지만 이미 돌진 이외에 방도는 없다.
설령 세상으로부터 어떤 부정을 당해도

언젠가 이 손이 소녀를 매장할 것인가.

아니면 그녀가 나를 죽이게 될

그때까지——

（선생님도 참, 아무렇지도 않은 얼굴로⋯⋯．
난 이렇게 부끄러운데．）

「긴장하고 계십니까?
오늘은 중요한 《시련》의 날이니까 말입니다．」

폐쇄된 학원에서 맞는 아침 공기는 저택과 달리 조금 특별하다.
금발 주인 아가씨의 몸치장을 갖추는 것도，
곁에서 모시는 그의 중요한 역할.
산들바람 같은 온화한 그의 눈길이
소녀의 자그마한 가슴 안쪽에 잔물결을 일으킨다.
민감한 살갗, 끝내는 순결이나 목숨마저도 무방비한 모습으로——.
지금은, 그의 섬세한 손가락 끝에 맡겨져 있으니까.

어새신즈 프라이드

ASSASSINSPRIDE

◈ 암살교사와 여왕선발전 ◈

2

아마기 케이

NOVEL
NE
ENGINE

ASSASSINSPRIDE
CONTENTS

HOMEROOM EARLIER

엘리제 엔젤, 7세――.

그녀가 유년학교 2학년에 올라갈 무렵의 일이다. 물빛 드레스로 차려입은, 인형 같은 소녀는 홀로 께름칙한 숲속을 헤매고 있었다.

자그마한 발을 정처 없이 내디디면서 눈물로 지면을 적시고 있다.

흐느끼는 목소리가 울려 퍼져도, 알아주고 걱정해줄 사람은 없다――.

"으으…… 으에, 에에엥……!"

미아가 되고 만 것이다. 언제나 메이드 몇 명이 시중을 들어주는 그녀로서는 처음 하는 경험이다.

그렇다고 해서 엘리제에게서 한눈을 판 하인들을 책할 수는 없다. 왜냐하면 이곳은 엔젤 가문의 사유지이기 때문이다.

국내 유수의 귀족들이 집을 짓고 사는 프란돌 성왕구(聖王區). 그 일각을 점유하는 엔젤 가문 현 당주 페르구스 엔젤의 본가가 있는 곳이다. 오늘은 그의 아내 메리노아 엔젤의 생일 파티가 열리는 날이라, 분가의 핏줄인 엘리제를 비롯하여 엔젤 가문 일족이 한자리에 모였다.

하지만 아직 유년학교 1학년인 엘리제에게 이렇다 할 오락거리 하나 없는 입식 파티는 그다지 유쾌한 이벤트가 아니었다. 안뜰에서 장황하게 이야기에 열중하는 어른들의 모습에 지루해진 그녀는 저택을 둘러싼 숲속을 탐험하기로 마음먹었다.

어른들의 눈을 피해서 몰래 실행에 옮긴 결과—— 지금 이 꼴이 되고 말았다.

태양도, 달도, 별도 없는 이 세계. 랜턴 빛이 멀어지면 얼마나 시야가 불안해지는지, 온실 속 화초로 자란 공작 가문 따님이 처음으로 뼈저리게 느낀 순간이기도 했다.

"으, 으으으……. 엄마, 어디야……?"

기사 공작 가문의 위신에 비례해서 정원을 포함한 저택의 부지가 아무튼 광대하다는 점.

일곱 살짜리의 보폭과 신장으로 볼 때 그 거대함은 미로로 여겨질 수밖에 없었다는 점.

이 두 가지로 인해 엘리제는 이미 파티 회장의 위치는커녕 자신이 지금 어디를 걷고 있는지조차 완전히 놓치고 있었다.

게다가 한 가지 더 엘리제에게 불행이었던 점은 이 광대한 숲의 용도다. 저택의 주인인 페르구스 공은 이 숲을 귀족의 《화려한 취미》에 사용하고 있었던 것이다.

다름 아닌, 사냥이다.

으르르…… 낮은 울음소리를 내며 수풀 안에서 짐승이 기어 나오기 시작했다.

이리 같기도 하고 멧돼지 같기도 하다. 약간 둥그스름한 몸통에 강인한 사지를 갖추었고, 길게 자란 수염 사이로 예리한 어금니가 보였다.

순수한 동물이 아니라 밤의 인자(因子)에 침식당한 상태다. 즉 완전하지 않다고 해도 란칸스로프화하고 있는 것이다. 이런 생물을 표적으로 전투훈련을 쌓는 것은 기병단(길드)에 소속된 기사의 경우 그다지 드문 일이 아니다.

이레귤러인 부분은 그것과 대치하고 있는 사람이 겨우 일곱 살짜리 꼬마라는 점이다.

"히이익……!"

엘리제는 몸을 움츠리고 뒷걸음질 쳤다. 하지만 그녀가 물러난 걸음만큼 짐승은 서서히 거리를 좁혔다. 사냥감인 동시에 파수꾼이기도 한 이 짐승은 '숲에 들어온 것을 공격하라.' 라는 단순한 명령을 받고 있기 때문이다. 주인인 페르구스 엔젤조차 거리낌 없이 공격하며, 마찬가지로 상대가 무기 하나 들지 않은 조그마한 어린애일지라도 주저하는 법이 없다.

털이 수북한 몸통이 발사되기 직전의 화살처럼 몸을 한껏 낮춘다.

다리의 근육이 삐걱거리고, 발톱이 지면을 거칠게 움켜잡는다.

그리고 크게 찢어진 입에서 흉악함을 구현한 것 같은 이빨을 드러낸——

그 직후였다.

엘리제 앞에 누군가가 미끄러지며 나타나, 손에 든 나무 몽둥이를 힘껏 휘둘렀다.

"엘리제한테서 떨어져!!"

새카맣던 엘리제의 시야에 황금색 빛이 춤을 췄다. 허리까지 닿는 금발을 품위 있게 휘날리면서, 그 누군가는 랜턴을 매단 몽둥이를 짐승을 향해 계속해서 들이댔다.

"내가 누군지 알아?! 물러나! 쉬익, 쉬익, 쉭!"

어딘지 검술 비슷한 동작으로 두 번, 세 번, 몽둥이를 내려친다. 그중 한 번이 짐승의 콧등을 정통으로 때렸다. 키야야악! 처량한 비명과 함께 짐승은 꽁무니를 빼고 어둠이 깊게 깔린 곳으로 사라졌다.

발소리가 들리지 않게 될 때까지 기다린 후, 어깨를 들썩이며 숨을 쉬고 있었던 금발 소녀는 엘리제를 뒤돌아보았다.

가히 태양이라고 할 만한 환한 미소를 지으며 메리다 엔젤은 말했다.

"괜찮아? 엘리."

"훌쩍…… 리타, 굉장하다."

"이런 거야 누워서 떡 먹기지!"

'에헴' 하고 가슴을 펴는 사촌 언니를 엘리제는 망설이지 않고 부둥켜안았다.

핑크빛 드레스를 입은 메리다 엔젤과 물빛 드레스 차림의 엘리제 엔젤이 숲속을 걷고 있다. 앞을 걸어가는 메리다는 랜턴으로 전방을 비추고, 파티 회장을 향한 발걸음에는 망설임이 없다.

그리고 엘리제는 사촌 자매의 등에 매달려 있었다. 메리다에게 응석 부릴 때, 그녀는 곧잘 이렇게 등에 매달리려고 한다. 메리다로서는 솔직히 조금 걷기 힘들지만, 자신을 잘 따르는 은발 사촌 자매의 모습이 워낙 귀여워서 싫다고는 하지 못했다.

할 수 없지, 라고 말하기라도 하는 양 메리다는 노래하듯이 말을 자아냈다.

"엘리는 진짜 응석꾸러기라니까. 우리, 이제 곧 2학년이거든? 그렇게 되면 동생들도 학교에 많이 올 거고, 우리는 《언니》가 돼. 계속 이렇게 울고 그러면 동생들이 다 비웃을 거야."

"⋯⋯별로 상관없어. 그렇게 되면 나, 이렇게 할래."

메리다 뒤에서 한쪽 팔을 잡고 인형사처럼 흔들면서 요상한 성대모사를 한다.

"잘 있었니, 언니란다——."

"내가 무슨 인형이니?!"

엘리제는 "헉!" 하고 무언가를 깨달은 양,

"리타 언니의 동생이 된다면, 나도 한 번 더 1학년을⋯⋯?"

"아니지, 엘리는 나랑 같이 2학년이 돼야지!"

"그래도 상관없어."

꼬오옥. 엘리제가 메리다의 등에 매달린다.

"학년이 같아도 난 계속 리타 동생 할래."

"정마알!"

목소리는 난처했지만, 메리다 역시 결코 싫지만은 않았다.

이윽고 길 앞쪽에 파티 회장의 불빛이 보이기 시작했다. 나무

들 사이로 황금빛이 흘러넘치는 것과 함께 소녀들을 찾는 하인들의 목소리도 들려온다.

"메리다 아가씨~! 엘리제 아가씨~! 대답 좀 하세요~!"

"에이미야! 빨리 돌아가야겠어."

메리다는 뒤돌아보고 엘리제의 손바닥을 꽉 쥐었다.

"가자? 어머니가 선물로 받은 과자를 나랑 엘리한테 나눠주겠대!"

"아주머니의 과자?!"

엘리제도 눈동자를 번뜩이고, 둘은 나란히 서서 빛이 나는 방향으로 걸어간다.

사촌 자매와 손을 잡은 채 메리다는 조금 어이없다는 식으로 이렇게 말했다.

"그렇지만 엘리. 넌 벌써 마나에 눈을 떴으니까 저런 멍멍이 같은 건 한주먹거리잖아?"

"하지만…… 그렇게 바로는 못한단 말이야."

조금 뾰로통해진 엘리제는 볼을 부풀리고 바로 대꾸했다.

"리타야말로 빨리 《능력자》 좀 되어줘. 나 혼자서 마나 연습하는 거 재미없어."

"나도 알아! '다른 애보다 느리다'고 아버지도 성화이시고."

아~아. 초조한지 한숨을 쉬면서 메리다는 한쪽 손바닥을 들었다.

일곱 살 아이의 귀여운 손가락 끝에 황금색 등불이 비쳐 그림자를 만들었다.

"내 마나는 언제쯤 되면 눈을 뜨는 걸까……?"

† † †

　엘리제의 기억에 있는 다정한 아주머니가 세상을 떠난 것은 이로부터 불과 반년 후의 일이다.

　그리고 친애하는 사촌 자매의 《무능영애》라는 통명을 처음으로 들은 것은, 거기서 1년이 더 지난 후의 일이었다.

LESSON: I ～황금의 공주와, 백은의 공주～

메리다 엔젤(13세)은 현재, 무척 중대한 고민에 빠졌다.

짝사랑하는 사람과의 거리감, 혹은 성장 차이라고 해야 할까? 여하튼 네 살이나 연상인 그는 메리다가 올려다보지 않으면 시선이 맞지 않을 만큼 키가 크고, 아직 성인이 아니라고는 생각할 수 없을 만큼 어른스러운 분위기를 풍긴다. 그런 그와 로맨틱하게 깍지를 끼고 있더라도 해도 주위에는 연인은커녕 의좋은 남매로밖에 보이지 않는 게 아닐는지.

얼른 선생님에게 어울리는 레이디가 될 수 있다면──.

그것이 현재 그녀의 마음을 가장 붙들고 있는, 뜨거운 한숨의 근원이 되어 있는 문제였다.

자신과 그와의 사이에 있는 채울 수 없는 이 거리. 이를테면 그렇다. 메리다가 그에게 필사적으로 뻗은 손바닥을──꼭 쥐고서 이얏 하고 소리 치르며 내민다고 해도.

즉각 배의 속도로 되돌아오는 주먹에, 터엉! 하고 뺨을 강타당하고 마는 것이다.

메리다 엔젤은 현재, 중대한 고민에 직면하고 있었다.

짝사랑하는 사람에게 물리적으로 손이 닿지 않는다는 사실에……!!

"자, 이걸로 아홉 판째. 최소한 한 판 정도는 따보면 어떻겠습니까? 아가씨."

"흐규규~~~으으으!"

뺨을 누르고 빙빙 돌리면서 메리다는 원통하게 앓는 소리를 냈다. 있는 힘껏 내찌른 그녀의 오른쪽 스트레이트는 가정교사의 가슴팍 몇십 센티나 앞에서 부들부들 떨고 있었다.

지면을 박차 거리를 확보하고, 메리다는 재차 격투술 자세를 취했다.

그녀를 상대하는 와이셔츠 차림의 쿠퍼도 차분하게 한쪽 팔을 팽팽하게 당겨 보였다.

울창한 식물원에 둘러싸인, 마법사의 은신처 같은 메리다의 저택. 그 뒷마당에서 행해지고 있는 일상적인 이른 아침 레슨이다. 두 자루의 목검은 티 테이블에 기대어 세워져 있고, 온몸에서 마나를 발산 중인 사제는 맨주먹으로 마주 보고 있었다.

메리다의 양다리가 쭈욱 내려가더니, 폭발적으로 지면을 걷어찼다.

전신이 공중에 확 떴나 싶었건만, 파도처럼 가라앉아 하단을 노린다. 발목을 자르는 것 같은 돌려차기를 쿠퍼는 가볍게 도약해서 피했다. 잡초가 좌아악 흩날린다.

메리다는 회전하는 힘을 멈추지 않았다. 전신을 다이내믹하게 돌리면서 반대쪽 다리로 한 번 더 킥! 그러나 철과 같이 단단한 그의 무릎에 퍼억 막힌다.

거의 지면에 쓰려져 있는 듯한 자세에서 메리다는 양팔을 버팀목으로 하여 하반신에 회전을 더했다. 쿠퍼가 직접 가르친 브레이크 댄스처럼 보이는 발기술이다.

물구나무선 것처럼 하반신이 튀어 올랐고, 타이즈로 감싼 그녀의 힙에 쿠퍼가 순간 시선을 빼앗길── 틈도 없이 건강하게 단련된 허벅지가 날카롭게 휘어졌다. 반사적으로 상체를 젖힌 직후, 코끝을 양발 뒤꿈치가 연이어 가른다.

"훌륭합니다."

기술의 매끄러움과 육체미, 쌍방에 칭찬을 보내면서 쿠퍼는 옆차기를 날렸다. 무방비로 쫙 펴진 메리다의 옆구리를 절묘하게 힘을 조절한 발날이 가격한다.

"아으윽……!"

아크로배틱한 움직임은 위협이나 견제에 안성맞춤이지만, 동시에 허점도 커진다. 잔디밭을 구른 메리다는 한판 판정을 받기 전에 낙법을 쳐서 벌떡 일어났다.

불굴의 투지를 주먹에 담아 재차 화살처럼 지면을 박차고──

터엉! 싱겁게 가정교사에게 제압당했다.

"자, 열 판째. 조급하게 돌진해오면 본전도 못 찾습니다만, 아가씨?"

"아으으으~! 조금, 아주 조금만 더 뻗었으면 됐는데~~~!"

우람한 손바닥에 이마를 단단히 제압당했으면서도 메리다는 깨끗이 단념하지 않고 양팔을 내밀었다. 그러나 좌우의 주먹은 허무하게도 그의 몸 바로 앞에서 붕붕 헛스윙만 할 뿐.

옆에서 보면 완벽히 떼를 쓰는 아이로밖에 보이지 않는다.

메리다 엔젤에게는 현재, 무척 중대한 고민이 있다. 하계휴가 중에 열린 서클렛 나이트 축제 때 품었던 소원은 여전히 그녀의 가슴속에 맺혀 있었다.

——빨리 선생님에게 어울리는 레이디가 되고 싶어!!

† † †

저택을 배경으로 한 뒷마당 중앙. 오늘 역시 트레이닝복을 흙투성이로 만든 메리다에게 쿠퍼는 시치미 떼는 얼굴로 돌아섰다.

"질문입니다, 아가씨. 왜 아가씨의 주먹이 한 방도 제게 닿지 않고, 오히려 아가씨가 실컷 얻어맞았는지, 그 이유를 아시겠습니까?"

"선생님이 귀신이라서요!"

"틀렸습니다. 이번 문제는 그런 게 아니고, 애당초 저는 귀축도 아닙니다. 그 건에 관해서는 나중에 확실히 이해해주시기로 하고…… 크흠."

헛기침해서 말을 일단 끊고, 쿠퍼는 집게손가락을 내세웠다.

"그건 아가씨가 서로의 《간격》을 이해하지 못하셔서입니다."

"간격?"

"네. ——가장 단순한 예를 들어보겠습니다."

쿠퍼는 두세 발자국 뒷걸음질 친 다음 가볍게 자세를 잡고 오른쪽 스트레이트를 날렸다. 파앙 하고 공기가 갈라진다.

그리고 팔을 쭉 뻗은 채 전진해서 주먹을 메리다의 이마에 툭 맞혔다.

"아얏."

"이 거리. 이 거리가 제 라이트 스트레이트가 가장 큰 위력을 발휘하는 간격입니다. 저는 풋워크와 바디워크, 잽과 페인트를 구사하며 이 거리에서 필살의 일격을 노립니다. 그런 반면──아가씨도 한 방 날려보십시오."

"네, 네엡. ──이얏!"

귀여운 날숨과 함께 메리다도 자세를 잡고 오른쪽 스트레이트를 날린다.

부웅. 바람 소리를 내면서 쿠퍼의 몸보다 꽤 앞에서 주먹이 정지했다. 쿠퍼는 스스로 앞으로 나아가 메리다의 주먹과 자신의 배를 접촉시켰다.

"그런 반면 이 거리가 아가씨의 간격입니다. 우선 이것을 숙지하지 않으면 상대의 공격을 필요 이상으로 크게 피하여, 반격의 찬스를 어이없이 놓치는 일이 생깁니다."

쌍방이 함께 자세를 풀고, 다시 직립하여 마주 본다.

"여기서 말하는 간격이란 곧 《자신과 상대에게 있어 유리한 영역》을 말합니다. 단순한 공격의 리치에만 해당하는 말이 아닙니다. 자신의 공격수단은 무엇인지, 상대의 공격수단은 무엇인지. 자기가 자신 있는 필드는 어딘지, 상대가 자신 없는 필드는 어딘지. 끊임없이 변화하는 상황과 주위의 온갖 가능성을 취사선택해서, 상대의 특기 분야를 부수고 자신의 특기 분야를 강

제하는 것── 이것이 《간격을 지배한다》라는 것이 됩니다."

"간격을…… 지배한다……."

양성학교 1학년생에게는 너무 이른 실전 스타일 강의지만, 제자는 평소처럼 머리를 쥐어짜 이해하고자 열심이다. 쿠퍼는 희미한 미소를 지으며 계속해서 힌트를 주었다.

"예를 들면, 리치가 긴 것은 당연히 장점이긴 합니다만 동시에 《타점이 멀어진다》라는 리스크도 안고 있습니다. 쉽게 말하면 상대가 품으로 파고드는 데 취약합니다. 그에 비해서 아가씨는 저보다 몸집이 작고, 키가 작은 만큼 리치가 모자란 대신에 《재빨리 대응할 수 있다》라는 장점이 있지요."

쿠퍼는 조금 전 있었던 공방의 일부분을 뇌리에 그렸다. 땅 위에 줄기가 자라고, 꽃잎이 피는 것 같은 화려한 연속 발차기가 눈꺼풀에 선명하게 새겨져 있다.

"그 점에서 열 판째의 발차기 기술은 실로 훌륭했습니다. 제 신장상 지면을 스칠 정도로 낮게 날아오는 공격은 상당히 대처하기 까다로웠거든요. 아가씨의 장점으로 제 약점을 찌른, 칭찬할 만한 일격이었다고 할 수 있겠죠."

그러자 이 말에 메리다는 얼굴을 홱 들고 달라붙었다.

"그, 그렇군요! 작다면 작은 것 나름의 전투방식이 있다는 말이군요!"

불쑥 몸을 앞으로 내밀어 오더니, 트레이닝복 가슴팍을 양손으로 누른다. 두 개의 조그마한 쿠션이 '뽀옹' 하고 부드럽게 모양을 바꾸는 장면이 눈앞에서 펼쳐져, 쿠퍼는 시선을 어디에

뭐야 할지 난감했다.

열세 살이라는 연령 나름대로 그곳이 소녀답게 부풀어 올랐음을 쿠퍼는 본의 아니게 알고 있다. 그런데 왜 지금 그곳을 강조하는지.

"네, 네. 말씀하시는 대로입니다."

"차, 참고로 여쭙는데, 선생님은 큰 거랑 작은 거, 어느 쪽을 좋아하세요……?"

"음, 글쎄요……. 양쪽 다 나름대로 이점이 있다고는 생각합니다만."

"과연! 저, 자신의 무기를 살려서 분발할게요!"

"……파, 파이팅."

전투기술 이야기를 하고 있을 터인데 어딘가 서로 맞지 않는 기분이 드는 건 어째서인가. 미묘한 불안함이 들었지만 쿠퍼는 주먹을 꽉 쥐고 일단 응원했다. 동기야 어떻든 의욕이 있는 건 좋은 일임이 틀림없으니까.

그렇게 해서 강의가 일단락되자 미리 짜 놓은 것처럼 메이드장이 말을 걸어왔다.

"아가씨, 쿠퍼 씨. 슬슬 학원 갈 시간이에요."

"네에~. 선생님, 레슨 감사합니다."

꾸벅하고 공손하게 인사하는 메리다와 온화한 미소로 거기에 응하는 쿠퍼. 두 사람이 있는 광경을 메이드장 에이미는 어딘가 감개무량하게 바라보고 있었다.

그런 줄 알았더니, 갑자기 손수건을 꺼내 훌쩍훌쩍 울기 시작하는 것이 아닌가.

"으으…… 이 대화를 당분간 못 보게 된다니, 저 너무 쓸쓸해요!"

"에엥? 에이미도 참. 학원 행사니까 어쩔 수 없잖아. 그게 뭐 큰일이라고."

요 며칠 내내 에이미가 이런 상태다 보니, 메리다는 어이없는 듯이 어깨를 으쓱했다.

하계휴가가 끝나고 신학기가 시작된 성 프리데스위데 여학원. 메리다가 다니는 그 마나 능력자 양성학교의 연례행사 중 하나인 일대 이벤트의 시작이 코앞으로 다가왔다.

이벤트 개최 기간은 오늘부터 약 1개월. 그 기간에는 메리다처럼 자택에서 다니는 학생들도 특별히 학원 기숙사에서 묵을 예정이다.

메리다의 교육담당 종자인 쿠퍼 역시 당연히 그녀를 수행해서 함께 간다. 다시 말해 지금부터 1개월간 메리다와 쿠퍼는 이 저택에 돌아오는 일도, 이곳에서 일하는 메이드 네 사람의 보살핌을 받을 일도 없어지는 셈이다.

어린 시절부터 메리다의 성장을 지켜봐 왔던 전속 메이드 에이미는 그것이 얼마나 쓸쓸한 일인지 마치 언니와 같은 심경으로 매일 울면서 호소하는 중이다.

"한 달이나 아가씨를 귀여워해 줄 수 없다니, 전 바싹 말라버리고 말 거예요!"

"흐규으윽……! 에이미, 답답해애."

에이미는 양팔 가득 아가씨를 껴안았지만 보호자의 마음을 아이는 모르는 법이랄까, 메리다는 "푸핫!" 하고 구속에서 빠져나와 저택으로 뛰어가기 시작했다.

"선생님, 바로 준비하고 올 테니까 기다려주세요――!"

"아앗, 아가씨! 오늘은 찬찬히 등목하게 해주세요～～～!"

똑같이 허둥지둥 저택으로 돌아가는 메이드장을 쿠퍼는 쓴웃음과 함께 지켜본다.

에이미에게는 조금 동정이 가지만, 그 이상으로 메리다는 의욕이 넘치는 것 같다. 그럴 만도 한 것이, 그녀로서는 고대하던 학원 행사이다.

하계휴가 전까지는――쿠퍼가 가정교사로 파견될 때까지는 저와 같은 기분으로 학원에 향할 수 있게 되리라고, 그녀는 상상도 하지 않았으리라. 자신을 《무능영애》라고 멸시하는 주위의 시선에 위축된 채, 우울한 기분으로 3년간을 보내야 한다는 불안에 시달리고 있었을 게 틀림없다.

하지만 적어도 지금, 그녀는 광채가 날 정도로 환한 미소를 쿠퍼에게 보여 주고 있다.

저 미소를 보면 자신이 목숨을 건 의미는 있지 않을까 하는, 조금은 보답을 받는 듯한 기분도 든다.

† † †

등교 준비를 마치고 메이드들의 섭섭한 목소리의 배웅을 받으면서 저택을 나선 메리다와 쿠퍼는 그길로 곧장 학원으로——
향하지 않았다. 1학기까지의 고지식한 우등생과는 다르다. 2
학기가 된 이래 메리다는 아주 조금 길을 돌아서 가게 되었다.

그 이유는 단순하다. 학생이라면 누구나 일상적으로 행할 만
한 자연스러운 일.

바로 친구와의 약속이다.

"기다렸지, 엘리!"

항상 만나는 장소인 옥시펜 로드와 팍스엔드 스트리트의 교차
점. 가스등이 밝히는 표지판 아래에서 은발의 요정이 메리다를
기다리고 있었다.

성 프리데스위데 여학원의 순백색과 붉은 장미가 어우러진 교
복에 지정된 가죽 가방까지 완벽하게 갖춘 메리다가 달려가자,
똑같은 교복을 입은 약속 상대도 얼굴을 들었다.

인형처럼 무표정했던 얼굴이 살짝 넋을 잃고 바라보게 될 정
도로 예쁜 미소를 만든다.

"안녕, 리타."

"안녕, 엘리! 에헤헤, 오늘은 참 따뜻하다!"

친밀함이 담긴 애칭으로 불린 은발의 소녀는, 금발의 메리다
와 거울을 마주 본 것처럼 빼어난 미모의 소유자였다. 감정이
풍부한 메리다와 좋은 대조를 이루는, 공허하고 신비스런 미
소. 소녀는 문득 왼쪽 손바닥을 내밀어 보였다.

"……갈까?"

"가자!"

서로 깍지를 꼬옥 끼는 모습이 마치 진짜 자매 같다.

메리다가 요즘 학원을 기다리게 된 가장 커다란 이유는 바로 이 소녀의 존재일 것이다. 엔젤 가문 분가의 핏줄인 사촌 자매 엘리제 엔젤……. 낙오자였던 메리다가 자연스럽게 거리를 두고 있었던 성 프리데스위데 1학년으로 《최강》이라는 소문이 자자한 천재소녀.

소원했던 그녀와 다시금 마주 보게 된 계기를 만든 것도, 메리다의 말에 따르면 쿠퍼의 지도 덕분. 듣자니 두 사람이 이처럼 해맑게 이야기할 수 있게 된 건 메리다의 모친이 죽은 이후 실로 몇 년 만의 일이라고 한다.

떨어져 있었던 시간을 메꾸기라도 하듯이 엘리제가 메리다에게 어깨를 바짝 붙인다.

그리고 갑자기 뒤를 돌아보더니, 뒤따라오는 쿠퍼를 물끄러미 올려다본다.

"……쿠퍼 선생님도 안녕. 오늘도 짐을 든 모습이 멋지네."

끄응. 가정교사는 자기도 모르게 뺨이 굳어질 뻔했다.

길드에 소속된 현역 기사이기도 한 그는 평소 입는 어두운색 군복 차림으로 두 사람분의 장기 숙박용 트렁크를 들고 있다. 옆에서 보기에는 조금 큰 짐이지만, 주인의 모든 부담을 맡는 것이 종자의 사명이라는 것.

엘리제의 은근한 도발에 지기 싫어서, 쿠퍼도 우아한 미소로 화답했다.

"안녕하십니까, 엘리제 님. 이 또한 아가씨께서 제게 보이는 신뢰의 증거라 생각하면 영광스럽기 그지없습니다."

"선생님은 참 믿음직하다니까요!"

그 말에 메리다는 솔직하게 얼굴을 환히 빛냈고, 엘리제는 대조적으로 낮게 신음했다.

"으으으…… 만만치 않은데."

홱, 외면하고서 엘리제는 메리다의 손을 잡아당겼다. 자매들의 뒤를 일정 거리를 지키고 걸어가면서 쿠퍼는 가볍게 어깨를 으쓱했다.

하계휴가 중에 열린 서클렛 나이트에서 댄스 파트너를 맡은 이후, 엘리제는 자주 이런 모습을 보인다. 쿠퍼는 그녀 앞에서는 항상 메리다를 자상하게 에스코트하는 신사적인 모습밖에 보여주지 않았을 텐데, 어째서 저리 경계하는 걸까.

"에—, 으흠, 으흠."

그때 부자연스러운 헛기침과 함께 누군가가 옆에 나란히 섰다.

패션모델같이 화려한 옷차림을 한 한편 머릿속도 화려한 꽃밭인 소녀. 메리다의 가정교사인 쿠퍼와 마찬가지로 엘리제의 가정교사로 일하고 있는 신진기예의 《1대 후작(캐리어 마키스)》 로제티 프리켓이다.

마치 연습이라도 온 것처럼 그녀는 득의양양하게 집게손가락을 세웠다.

"뭐랄까, 내 생각인데. 이렇게 매일매일 아가씨들의 등교를 수행하고 있으니, 우리한테도 《새댁 모임》 같은 연대감이 슬슬——."

"싹트지 않네요."

"왜~ 안 싹트는데!"

불만이 가득한지, 발끈하며 분개하는 로제티.

빵빵하게 부푼 여행가방을 번쩍 드는 그녀에게 쿠퍼는 시치미 뗀 얼굴로 대답했다.

"여러 번 말했잖아요? 저와 당신은 본가의 가정교사와 분가의 가정교사로 라·이·벌 관계입니다. 필요 이상으로 친해질 수는 없습니다."

"상관없잖아~?! 당사자인 아가씨들은 저렇게 친한데!"

처억. 무례하기 짝이 없는 동작으로 전방을 가리키는 로제티. 사이좋게 수다를 즐기는 공작 가문 따님들을 시야에 담으면서 쿠퍼는 골치 아프다는 듯이 이마에 손을 댔다.

"……설령 우리나 아가씨들이 신경 쓰지 않을 거라 해도 클라이언트가 어떻게 생각하겠느냐는 이야깁니다. 엘리제 님의 저택에도 신경질적인 분이 있잖습니까."

"아……. 응, 확실히."

"미세스 오셀로는 결국 요 1개월간 어떻게 하신답니까?"

에휴, 하고 로제티는 연극을 하는 듯한 몸짓으로 어깨를 움츠린다.

"믿음직스럽게도, 체류자 리스트에 자기 이름을 억지로 넣는데 성공한 모양이야. 나한테만 엘리제 님의 시중을 맡기는 게 걱정인가 봐."

"그것참, 유쾌한 한 달이 될 것 같네요."

"내 말이."

동시에 한숨을 내쉬는 쿠퍼와 로제티의 모습은, 옆에서 보면 이웃과의 교제에 고민하는 젊은 새댁이 따로 없었다.

어느 틈에 상당히 앞으로 가버린 메리다와 엘리제가 아무런 근심도 느껴지지 않는 미소로 이쪽을 향해 손바닥을 흔든다.

"선생님——! 로제티 님——! 두고 가버릴 거예요——!"

쿠퍼와 로제티는 힐끔 시선을 주고받고서 미리 짠 것처럼 미소 지었다.

"설령 처지가 다르대도 우리의 사명은 하나입니다."

"아가씨의 즐거운 학원생활을 지키는 일, 말이지."

묵직하고 무거운 짐을 단단히 고쳐 안고, 두 명의 가정교사는 힘차게 지면을 내디뎠다.

† † †

성 프리데스위데 여학원의 광대한 부지 안에는 아직 쿠퍼가 발을 들여놓지 않은 장소가 수없이 많다. 이를테면 학생들로부터 《폐교사》라고 불리는, 부지의 후미진 구획을 가로막고 있는 벽 건너편도 그중 하나다.

그런데, 언제 가 보아도 문에 엄중한 빗장이 걸려 있는 그곳이 일주일 정도 전부터 활짝 개방되어 있다. 벌써 여러 차례 방문했지만 여전히 신선한 느낌을 주는 그 신비의 벽을 쿠퍼 일행 네 명이 빠져나갔다.

그 앞에서 준비하고 기다리던 것은 유리로 세공된 거대 궁전이었다.

장식이나 조명을 비롯하여 천장부터 벽, 바닥과 기둥에 이르기까지 모든 부분이 유리로 구성된 이 휘황찬란한 건조물은 가스등의 빛을 통과시키고, 빨아들이고, 종횡으로 반사해서 사파이어 같은 신성한 빛을 발한다.

이 세상 것이 아닌 광경이란, 틀림없이 이것을 말하는 것이리라.

"예쁘다……."

거의 매일 아침 습관처럼 감상을 흘리고 메리다는 발걸음을 옮긴다.

궁전의 정문에는 발퀴레를 본떠 만든 두 개의 유리 조각상이 늠름하게 서 있다. 높이는 5미터 정도 될까. 올려다봐야 할 정도로 거대하지만, 세세한 부분까지 정교하게 만들어진 예술품이다.

더욱 놀랄 만한 점은——메리다와 엘리제가 문을 빠져나가려고 한 바로 그때, 유리 조각상들이 맑은 음색을 연주하며 자세를 바꾼 것이다. 유리로 된 검을 양측에서 드높이 교차시켜 소녀들의 접근을 막는다.

물밑에서 들려오는 건가 싶은 목소리가 발퀴레들의 목구멍으로부터 울려 퍼졌다.

『허가를 받지 않은 자의 입궐은 어느 누구일지라도 허용할 수 없다!』

『입궐을 바란다면 허가를 받았다는 증거를 보이거라!』

메리다와 엘리제는 가볍게 시선을 서로 주고받은 다음 가냘픈 전신에 꾹 힘을 넣었다.

거의 동시에, 눈이 벌떡 뜨일 것 같은 기세로 두 사람의 전신에서 마나의 불길이 솟구쳤다. 메리다는 고귀한 황금색 불길. 엘리제는 신비한 백은색 불길이다.

발퀴레들은 투구 안쪽에서 투명한 시선으로 두 사람을 내려다보았다.

『……1학년, 메리다 엔젤. 마찬가지로 1학년, 엘리제 엔젤.』

『그대들의 마나는 등록되어 있다. 입궐을 허가하지!』

발퀴레들이 자세를 원래대로 돌렸고, 날카로운 소리와 함께 두 개의 유리검이 멀어졌다. 메리다와 엘리제는 미소를 교환하고, 마나를 가라앉힌 다음 문 안으로 발을 내디뎠다.

그리고 그 뒤를 따라 쿠퍼와 로제티도 발을 옮겼는데──

철커엉────!! 지체 없이 교차한 유리검에 앞길이 가로막혔다.

『허가를 받지 않은 자의 입궐은 어느 누구일지라도 허용할 수 없다!』

『입궐을 바란다면 허가를 받았다는 증거를 보이거라!』

발퀴레들은 완전히 똑같은 언동을 반복했다. 메리다와 엘리제가 황급히 되돌아와서 각자 가정교사의 손을 잡고 호소하기 시작했다.

"저기, 우리 집안 사람입니다. 들어가게 해주세요."

『……허가를 받은 자가 허가한다면 우리도 허가하지 않을 수 없겠지.』

『좋다. 그대들의 입궐을 허가하지!』

철컹. 검이 멀어지고 이번에야말로 문제없이 네 명 다 문을 통과했다.

"일주일째야!"

통과하자마자 로제티는 못 참겠다는 듯이 소리쳤다.

"이제 슬슬 얼굴 정도는 기억해주었으면 싶은데."

"이해하세요, 그런 부분에서 융통성을 발휘하면 문지기가 아니잖아요."

저 유리 보초병과 벌이는 실랑이도 이제 일상이 다 됐다. 메리다와 엘리제의 종자라곤 하지만 학원의 학생도, 강사도 아닌 쿠퍼와 로제티는 마나를 등록할 수 없기 때문이다.

이때, 로제티는 갑자기 무언가를 깨달은 모습으로 문 앞까지 도로 뛰어갔다.

"……있잖아! 미세스 오셀로라는 사람, 오늘 벌써 여기 지나갔어? 우리와 똑같이 마나를 등록하지 않고—— 라고 해야 하나, 애초에 마나 능력자도 아니지만."

문지기들은 늠름하고 맑은 소리와 함께 목의 각도를 바꿔 로제티를 내려다보더니,

『……그대의 입궐은 허가되었다!』

『신속히 문을 빠져나가거라!』

"안 되겠구만."

정해진 문장으로밖에 대꾸하지 않는 유리 조각상들의 꽉 막힌 모습에 로제티는 그만 어깨를 떨궜다. 쿠퍼는 모르는 척하는 얼굴로 로제티를 불렀다.

"만약 용건이 있으면 아무 강사한테나 말을 걸어서 들여보내 달라고 하면 되잖아요?"

"그것도 그러네. 그냥 갈까."

어차피 메리다와 엘리제도 천천히 수다를 떨면서 걷고 있고, 등교 시간도 이미 얼마 안 남았다. 정면의 큰 계단――당연히 유리로 된――을 올라 무도장에 도착하자, 그곳에는 벌써 많은 여학생이 모여 있었다.

13살부터 15살인 세 학년을 합친 학생 수는 약 300명. 여학원 이란 명칭이 나타내는 대로 남성은 쿠퍼밖에 없는, 실로 화사한 공간이다.

유달리 키가 큰 군복차림의 사나이가 나타난 순간, 문 부근에 있었던 소녀들이 "꺄아아악!" 하고 정숙하게 열광했다. 그는 벌써 여학생들 대부분의 관심을 끄는 유명인이다.

그를 향하는 시선에 빠짐없이 미소로 화답하면서 메리다와 엘리제를 따라 홀 좌측으로. 병아리 같은 1학년들이 모여 있는 한쪽 구석으로 향한다.

"제때 온 것 같아. 다행이다⋯⋯. 벌써 강사 선생님들도 보여."

가볍게 숨을 고르는 메리다의 눈앞을, 마침 1학년 집단이 지나갔다.

"⋯⋯앗."

메리다의 입술에서 어딘지 모르게 어색한 목소리가 새어 나왔다.

세 명의 추종자를 거느리고 말없이 이쪽에 시선을 보내는 그녀는, 밤색 곱슬머리를 양 갈래로 땋은 같은 반 네르바 마르티요다. 한때 《무능영애》 메리다를 표적으로 삼았던 심술쟁이로, 지난 학기 공개시합에서 메리다가 완벽하게 되갚아준 사이라고 말하면 누구라도 이 긴박한 공기의 이유를 이해할 수 있으리라.

"……안녕, 메리다."

"아, 안녕."

최소한의 인사만을 나누고서 네르바는 추종자들을 데리고 가 버렸다.

뭐라 할 수 없는 표정으로 그것을 지켜보는 메리다에게 쿠퍼가 살짝 귓속말을 건넨다.

"아가씨. 그 후로 네르바 님한테 또다시 아니꼬운 말을 듣고 있진 않습니까?"

"아뇨. 신학기가 되고서 얼굴을 마주할 기회도 없어서……."

아주 조금 쓸쓸해 보이는 표정으로, 메리다는 웃었다.

"이제 저한테 상관하고 싶지 않은 것 같아요."

이때, 엄숙하고 장엄한 소리를 내며 무도장의 유리문이 닫혔다.

여학생들의 수다가 파도처럼 쓱 물러갔다. 아주 정숙해진 분위기 가운데, 학원의 강사들이 나란히 선 열에서 여성 한 명이 걸어 나왔다.

새하얀 머리카락에 주름이 눈에 띄는 얼굴. 상당한 고령으로 보이지만 등허리는 꼿꼿이 펴서 키가 크고, 마치 거목 같은 분위기를 풍긴다. 노련한 마녀라고 해야 할까? 위엄을 느끼게 하는 로브의 자락을 질질 끌면서 여학생들의 시선을 한 몸에 받으며 그녀는 앞으로 나왔다.

　성 프리데스위데 여학원. 학원장 샤를로트 블랑망제.

　나이를 매력으로 바꾸는 쾌활한 미소를 짓고, 학원장은 여학생들에게 선언했다.

　"여러분, 다 모였죠? 안녕하세요. 드디어 내일, 기다리고 기다리던 순간이 다가옵니다. 바로 금년도《루나 뤼미에르 선발전》입니다!"

　일류 음악가가 애용하는 바이올린같이 낮고 차분한 음성이 홀에 울려 퍼진다. 학원장은 그 작은 눈동자로 300명의 여학생을 균등하게 둘러보았다.

　"여러분도 아시다시피 선발전은 자매학교인 성 도트리슈 여학원과 함께하는 합동행사입니다. 학교마다 두 명씩 후보생을 선출, 세 가지 시련을 경합하여《달의 여신(루나 뤼미에르)》의 칭호에 가장 걸맞은 후보생을 전 학생의 투표에 따라 결정하는 것입니다."

　고양감에 여학생들이 몸을 꿈틀거린다. 벅찬 기대에 벌써 뺨을 붉히는 학생도 있다.

　학원장은 이 분위기가 재미있는지 아이 같은 미소를 지었다.

　"루나로 당선된 후보생은 이후 1년간 가장 모범적인 레이디로서 두 학교 학생의 존경을 받게 되겠죠. 아주 명예로운 역할입니다. 그래서, 우리 강사진은 금년 선발전에 어울리는 무대를 몇 달이나 계속 회의해 왔습니다. 그리고 이번에는——."

일단 말을 끊고 학원장은 양팔을 펼쳐 사파이어 같은 천장을 우러러보았다.

"이 유리 궁전, 《글래스몬드 팰리스》를 개방하게 되었습니다."

우아앗! 정숙하게 열광하는 여학생들을 강사진도 흐뭇하게 지켜본다.

"지하 대미궁 《비블리아 고트》의 입구이기도 한 이 궁전은 평소엔 엄중하게 봉인되어 있습니다. 그러나 기념비적인 제50회째 선발전에 즈음하여 비블리아 고트를 관할하는 라 모르 가문의 분들께서 특별히 출입을 허가해 주셨습니다. 미궁으로 가는 입구 자체는 봉쇄되어 있지만—— 여러분, 부디 지하 회랑 막다른 곳에 우뚝 솟아 있는 문을 억지로 열려는 생각은 하지 마시길. 알겠죠?"

학원장이 음성을 꽉 조여 여학생들의 표정을 긴장시킨다.

완급조절을 하는 지휘자같이 학원장은 몸짓을 섞어 설명을 계속했다.

"이 글래스몬드 팰리스는 프란돌이 건설된 아득한 고대의 유산으로 여겨지는 곳입니다. 요컨대 현대에 사는 우리가 모든 것을 장악한 물건이 아니라는 뜻이지요. 궁전 내에 배치된, 자율적으로 움직이는 불가사의한 유리 인형——《글래스 펫》은 그 중에서도 으뜸가는 존재라 할 수 있겠습니다."

쿠퍼는 정문을 지키고 있었던 문지기들의 모습을 떠올렸다. 학원장의 연설이 계속됐다.

"만약 궁전 내에서 행동이 망설여질 때는 그들에게 의견을 구해보는 것도 괜찮겠지요. 친절한 이웃으로서 선발전에 협력해줄 것을 약속해주었답니다. ──자아, 오늘 정오 무렵에는 도트리슈의 대표 학생들이 도착하고 당 학원은 완전히 《쇄성(鎖城)》하게 됩니다. 환영준비는 확실하게, 알겠죠? 선발전 사전준비는 오늘로 드디어 마지막, 최종단계입니다! 여러분 모두 분발해주시길. 그럼 해산!"

학원장이 소리 높여 연설을 마무리 지었고, 홀은 단숨에 떠들썩해졌다.

학생들은 각 학년, 그룹마다 할당된 업무로 향했다. 대부분은 부산을 떨며 홀에서 떠났고, 누군가의 호령 아래 수십 명씩 모였다.

한편 메리다는 일단 엘리제와 합류한 다음, 홀의 테라스 쪽 구석으로 향했다. 그들에게 부과된 일은 프리데스위데 후보생의 이름을 새긴 스테인드글라스의 제작과 그 장식이다.

같은 1학년이나 2학년, 3학년 선배들과 섞여 작업의 최종단계에 달라붙었다. 다 함께 의견을 교환하고 디자인해서 틀이 될 종이를 만들고, 유리를 잘라 접합시킨 오리지널 스테인드글라스에 최종 마무리로서 왁스를 입히는 일이다.

정성스럽게 브러시를 움직이는 모습을 지켜보면서 쿠퍼는 메리다에게 질문을 했다.

"아가씨. 루나 뤼미에르 선발전이란 구체적으로 무엇을 하는 겁니까?"

"으~음, 그러니까…… 루나 뤼미에르를 선발하는 거라 생각해요."

쿠퍼가 뭐라 형언할 수 없는 시선을 보내자 메리다는 허둥지둥 얼굴을 들었다.

"저, 저도 올해 입학해서, 학원장 선생님이 말씀하신 이상의 것까지는 잘 몰라요."

"그럼 대신 제가 대답해드리죠."

이때 누군가가 끼어들었으니.

바로 홀에서 학생들의 작업을 감독하고 있던 3학년이었다. 완만하게 웨이브가 들어간 플래티나 블론드를 가진 여학생. 메리다가 깜짝 놀라서 자기도 모르게 작업하던 손을 멈췄다.

"크, 크리스타 학생회장님!"

그녀는 쿠퍼도 몇 번인가 직접 본 적이 있다. 성 프리데스위데 여학원 현 학생회장, 크리스타 샹송. 집회에서는 단상에 서고, 학원행사에서는 학생들을 통솔해 강사진으로부터 신뢰를 받는 모습이 인상에 남아 있다.

크리스타 회장은 연상이며 장신인 쿠퍼를 보고도 겁내지 않고 마주 보며 말했다.

"선발전에서 무엇을 하는지, 한마디로 말하면《비밀》입니다."

"호오?"

"학원장 선생님께서 말씀하신 대로 세 개의 시련이 기다리고 있습니다만, 공평을 기하기 위해서 매년 그 내용은 바뀌고, 선발전에 출장하는 후보생들에게조차 상세한 내용은 직전까지 밝히지 않습니다. 다만 선발전의 관례로서 후보생들에게는 '운명을 함께할 페어와 신뢰할 수 있는 유닛 멤버를 두 명 선출해 두도록.' 이라고만 통지됩니다."

쿠퍼는 샤프한 턱에 손가락을 댔다.

"유닛 멤버……라는 것으로 보아, 시련 중 하나에서는 유닛끼리 시합을 벌이게 되는가 보군요."

"네. 하지만 남은 두 가지에 관해서는 완전히 미지의 영역입니다. 선발전이 시작될 때까지 상세한 내용을 아는 건 시련을 고안하신 학원장님 단 한 사람, 이라고 봐야 할 거예요."

그렇지만, 하고 크리스타 회장은 말을 끝맺으면서 시선을 내리깔았다.

"어떤 시련이든지 몹시 가혹하고 위험한 내용이라는 것만큼은 말할 수 있어요. 여하튼 우리 학교와 성 도트리슈는 마나 능력자 양성학교고, 그 대표 학생을 선발하고자 하는 거니까요. 저는 올해로 세 번째 선발전이 됩니다만, 어느 해나…… 아주 혹독한 공방이 펼쳐졌었습니다."

"그렇군요. 그리고 시련에 맞서는 모습을 보고 네 명의 후보생 중 누가 대표 학생——루나 뤼미에르에 어울리는지를 투표한다는 건가요. …………어라?"

거기서 쿠퍼는 문득 깨달은 것처럼 고개를 틀었다.

"성 도트리슈의 학생은 선발전 동안 전원이 이쪽에 체류하는 겁니까?"

"아니요. 세 개 학년 합해서 모두 50명 정도가 도트리슈의 대표로서 이쪽에 오고 있을 겁니다. 후보생의 숫자는 평등하게 2명씩입니다만."

"하지만, 그 상태에서 선거를 하게 되면……."

쿠퍼가 말하고자 하는 바를 깨달았는지 메리다가 몸을 앞으로 쑥 내밀며 말했다.

"맞아요, 보통은 개최 측 학교가 압도적으로 유리해요. 다들 자기 학교 학생이 루나가 되면 좋겠다고 생각하니까요. 하지만 작년 도트리슈에서 선발전이 열렸을 때는 그 핸디캡을 아랑곳하지 않고 프리데스위데의 선배가 당선됐어요!"

"""셴파 언니! 저희의 우상이에요!"""

대화를 듣고 있었던 메리다 반 친구들이 황홀해 하며 눈동자를 반짝였다.

"초대 측 후보생이면서 두 학교 학생으로부터 압도적인 지지를 받아 루나의 자리를 손에 넣은 셴파 언니!"

"더구나 그 위업을 2학년에 달성했으니, 더 놀랄 수밖에 없어요!"

"대항마는 프리데스위데 전 학생회장이었다고 하니까, 실질적으로 작년은 원 사이드 게임이었다고……!"

"으흠."

크리스타 회장이 가볍게 헛기침을 하자 여학생들은 황급히 왁스칠을 하러 돌아갔다.

플래티나 블론드를 쓸어 올리면서 크리스타 회장도 자랑스러운 듯이 가슴을 편다.

"뭐, 프리데스위데 2년 연속 대관은 결정된 것이나 다름없어요. 다만, 《누가》 당선될지는 아직 알 수 없지만요."

그러면서 학생들이 만든 스테인드글라스를 힐끔 쳐다본다.

프리데스위데 후보생의 이름을 쓴 그곳에는 '셴파 쯔베토크' 와 나란히 '크리스타 샹송'의 글자가 당당하게 새겨져 있었다.

그녀와 같은 것을 보고 쿠퍼는 상냥한 미소를 지었다.

"응원합니다, 미스 샹송."

"어머, 그거 고맙네요. 그럼 이쪽을."

천연덕스럽게 말하고 그녀는 물건 몇 개를 우르르 건네주었다.

램프에, 쇠붙이에, 공구였다. 쿠퍼는 자기도 모르게 멍한 목소리를 냈다.

"네?"

"램프를 배경으로 놓고 스테인드글라스를 눈에 띄는 위치에 장식해주세요. 사다리는 저쪽에 있고, 지시는 제가 내릴 테니까——신세 좀 질게요, 선생님."

"어라, 저는 언제부터 프리데스위데 학생이 된 건가요?"

"자잘한 부분은 신경 쓰지 마시고. 귀중한 남자 일손이니까 부지런히 일해주세요."

너무 따지고 들면 엉덩이를 걷어차일 것 같아서 쿠퍼는 가벼운 한숨을 쉬며 공구를 다시 짊어지고 그녀의 뒤를 따랐다. "졌습니다."라는 군소리에 여학생 몇 명이 웃는다.

채찍같이 날카로운 크리스타 회장의 지시에 따라 램프를 설치하고, 스테인드글라스를 고정하고, 두꺼운 커튼으로 가린다. 거대한 스테인드글라스의 장식이 마무리되자, 세 개 학년 여학생들이 하나같이 "우와아!" 하고 감탄사를 지른다.

"이걸로 도트리슈 학생들을 놀라게 할 준비는 완벽하군."

스테인드글라스에 새겨진 자신의 이름을 올려다보고 크리스타 회장은 만족스러운 듯이 중얼거렸다. 마지막 한 장에 커튼이 쳐지고, 메리다와 친구들은 분담된 작업을 이상 없이 마쳤다.

"운명을 함께할 페어와 신뢰할 수 있는 유닛 멤버라⋯⋯."

스테인드글라스를 덮은 커튼을 올려다보고 메리다가 꿈꾸듯이 중얼거린다. 내년이나 내후년, 만약 자신이 선발전에 입후보하면⋯⋯ 같은 공상을 하는 걸지도 모른다.

쿠퍼 쪽으로 시선이 슬쩍 다가와서, 그는 지체 없이 평소와 같은 미소로 화답했다. 메리다의 뺨이 홍조를 확 띠었고, 허둥지둥 얼굴을 돌렸다.

"그, 그래. 유닛이라고 하면, 그⋯⋯ 있잖아, 엘리!"

메리다는 큰맘 먹고 부른 거였지만 엘리제는 평소처럼 무표정하게 작은 머리를 갸웃거렸다. 계면쩍어진 메리다는 손가락을 꾸물꾸물 깍지 끼면서 중언부언한다.

"저, 저기, 말이야. 나 지금, 네르바의 유닛에서 빠졌으니까⋯⋯ 어디에도 소속되지 않은 셈이잖아? 공개시합 때는 유피가 자기 유닛에 들어오게 해줬지만, 그건 특별한 거라서, 그러니까 그⋯⋯."

무슨 말을 하고 싶은 건가 하고, 엘리제의 머리는 더욱더 각도가 기울어진다.

메리다는 침을 꿀꺽 삼키고, 눈치를 살피듯 사촌 자매의 얼굴을 올려다보았다.

"마, 만약 괜찮다면, 엘리의 유닛에 나를 넣어주지 않을래……? 에헤헤."

"에……."

"어, 억지로 넣어달라는 건 아니니까! 나랑 엘리는, 그, 스테이터스도 차이가, 나고. 그, 그래도 만약 엘리와 유닛을 짤 수 있다면, 분명 멋지겠다 싶어서――."

"엘리제 아가씨, 메리다 님. 죄송합니다만."

가시 돋친 목소리가 두 사람 사이에 끼어들었다.

어느 틈에 홀에 와 있었던 걸까. 메리다와 엘리제 옆에 나타난 것은 까마귀처럼 신경질적인 눈빛을 한 에이프런 드레스의 여성이었다. 엘리제의 저택에서 메이드장을 맡는 베테랑 메이드, 미세스 오셀로다.

철사 같은 전신을 꼿꼿하게 바로잡고서 그녀는 차가운 눈동자로 메리다를 내려다보았다.

"실례, 한마디만 말씀드리겠습니다. 제가 아는 바에 따르면, 유닛이란 란칸스로프를 비롯해 다수의 고난을 함께 맞서는 전우를 가리키는 것일 터. 제 안경이 판단하는 바에 따르면, 메리다 님이 엘리제 아가씨의 유닛 멤버를 맡기에는 다소 짐이 무겁지 않은가 싶습니다."

"분수를 알아라, 이 말이시죠? 역시 설득력이 달라도 달라.

제 심경도 지금 딱 그렇거든요."

엘리제의 수호령 같은 오셀로에게 지지 않으려고, 쿠퍼도 메리다 옆으로 걸어 나온다.

오셀로는 방금 알아챈 것 같은, 부자연스럽게 놀라는 연기를 보이며 물었다.

"미스터 방드릭. 당신도 이쪽에 체류하시나 보죠?"

"방피르입니다. 그쪽이야말로 노구로 견딜 수 있겠습니까, 미세스 오코스."

"오셀로예요. 그리고 그 점은 걱정하지 마시길."

파지직파지직 불꽃을 튀기면서도 두 사람 다 미소는 흐트러트리지 않고, 한 발자국도 물러나지 않는다.

오셀로는 엘리제의 어깨에 손을 올리고, 까마귀의 발톱처럼 힘을 확 넣었다.

"여하튼 엘리제 아가씨. 자신의 위치를 잘 자각하시고 친목을 돈독히 할 상대는 신중하게 선택하세요. 《팔라딘》의 유닛 멤버라면 그에 상응하는 품격이 요구되는 법. 어설픈 종복 같은 건 들러리도 되지 못합니다."

"자, 잠깐만요, 오셀로 씨!"

엘리제의 종자인 로제티가 황급히 끼어들었다. 미세스 오셀로가 너무나 앙칼진 목소리로 이야기해서 주위의 여학생들에게까지 대화가 샜기 때문이다.

"그런 표현은 좋지 않다고 몇 번을 말해요. 실제로 지금 엘리제 님하고 유닛을 짜고 있는 아이들도 있다구요?!"

실제로 1학년 몇 명이 불편한 듯이 이쪽을 의식하고 있다. 웬일로 불쾌감을 드러내는 로제티에게 미세스 오셀로는 못마땅하다는 듯이 입술을 비틀었다.

"위축되는 건 떳떳하지 못한 구석이 있다는 증거겠죠!"

한층 더 큰 목소리로 말하고는, 도망치듯이 댄스홀을 떠나 버렸다.

울분을 풀 길이 없어 보이는 로제티의 소매를 메리다가 조심스럽게 잡아당겼다.

"저기, 선생님들, 괜찮아요! 제 잘못이에요."

주위의 1학년에게도 들리도록 말하고서 억지로 미소를 꾸며 엘리제에게 보여준다.

"미안해, 엘리, 아무것도 아니니까! 아까 말한 건 잊어야 해?"

동급생들은 흥미를 잃은 척하며 부자연스럽게 시선을 돌렸다.

"…………."

그리고 엘리제는 조금 전부터 계속 감정이 보이지 않는 무표정 상태다.

그녀가 가슴속에 눌러 담고 있는 말은, 본인 말고는 짐작할 수 없으리라.

"여러분, 도트리슈 학생들이 왔습니다!"

이때, 가라앉은 분위기를 날려 버리는 듯한 목소리가 홀에 울려 퍼졌다. 여학생들이 일제히 창가로 뛰어간다. 쿠퍼도 덩달아 창문 바깥을 응시했고, 그리고 보았다.

가련한 군대의 행렬이 《폐교사》의 벽을 넘어 다가오는 광경을.

"저게 성 도트리슈 여학원의……."

성 프리데스위데보다 나으면 낮지 못하지 않은, 화사한 교복을 차려입었다. 사람 수는 1학년부터 3학년까지 약 50명 정도. 가로로 세 명씩 열을 이루어 일사불란한 행진으로 유리 궁전으로 가는 길을 나아간다. 한 명 한 명의 행동이 손끝, 발끝까지 세련되어 보인다.

보고 있는 이쪽이 긴장될 정도라서, 주위의 소녀들은 침을 꿀꺽 삼켰다.

"안내하는 사람은…… 셴파 언니예요!"

누군가가 소리 지른 대로 퍼레이드 선두에는 프리데스위데 교복을 입은 사람이 한 명 있었다. 날씬하고 신장이 크며 스타일도 빼어나다. 고저스한 머리카락은 허리 끝까지 너풀너풀 뻗어 있다. 왠지 모르게 《서러브레드》라는 말을 연상케 하는 분위기.

"저것도 루나의 역할입니다."

크리스타 회장이 인파 뒤에서 팔짱을 끼고 있었다. 쿠퍼는 그녀를 가볍게 돌아보았다.

"선발전은 내일부터 아닌가요?"

"그렇습니다만, 초대받은 측도 나름대로 준비할 게 있어서요. 도트리슈 학생분들은 일단 글래스몬드 팰리스 입궐을 위해서 한 명 한 명 마나를 등록하고, 프리데스위데에서의 생활에 앞서 오리엔테이션을 받습니다. ――여러분? 앞으로 1개월간 아침, 점심, 저녁으로 생활을 함께하게 되는 거니, 아무쪼록 도트리슈 여학원생들에게 얕보이지 않게끔――."

거기까지 말하고 크리스타 회장은 "으, 으흠." 하고 헛기침을 했다.

"하…… 한심한 모습을 보이지 않도록 정신을 바짝 차리기 바랍니다."

"여러분! 프리데스위데가 《쇄성》된대요!"

홀 문을 열어젖히고 여학생 하나가 어깨를 들썩이며 보고했다. 그 순간, 주위의 소녀들이 우와! 하고 환성을 지르며 홀에서 뛰어나간다.

"선생님, 저희도 보러 가죠!"

메리다도 흥분하여 쿠퍼의 팔을 잡아당겼다. 문으로 쇄도하는 여학생들의 후방에 홀로 남겨진 크리스타 회장은 불만스럽게 바닥을 팍팍 밟았다.

"제 이야기를 듣고 있는 우등생은 어디 없나요!"

† † †

소문을 전해 들은 것인지, 학원 성문 앞에는 이미 여학생들 대부분이 모여 있었다. 최후미에서 메리다와 쿠퍼 일행이 합류하자, 일부러 견학하러 오는 것을 기다리고 있었던 것 같은 블랑망제 학원장이 우렁찬 목소리로 학생들에게 소리쳤다.

"선발전 준비를 중단하면서까지, 여러분 다 잘 오셨습니다. 기대하시는 대로 지금부터 당 학원을 《쇄성》하겠습니다."

여전히 어딘가 유쾌하게 웃으면서 학원장은 성벽 쪽으로 돌아섰다.

부지의 넓이와 마찬가지로 성벽 또한 높다. 50미터는 되겠다. 이곳의 출입구는 300명의 여학생이 매일 아침 빠져나가는 터널 같은 이 성문 하나다.

"기념비적인 루나 뤼미에르 선발전, 제1회 개최 때. 어떤 범죄 집단이 이곳에 모인 귀족 영애들을 인질로 삼아 몸값을 챙기려는 시도가 있었습니다. 그렇지만 이곳은 마나 능력자 양성학교, 멍청한 자들은 하릴없이 격퇴되었고 사건 그 자체는 미연에 방지되었습니다만——그 이후 선발전 기간 중엔 쥐새끼 한 마리 통과시키지 않는 철벽의 경비태세를 펴는 일이 관례가 되었습니다."

쩌렁쩌렁한 해설을 마치고, 학원장은 다시금 여학생 집단을 향해 소리친다.

"이 성벽도 글래스몬드 팰리스와 마찬가지로 고대유산의 하나입니다. 그 굳건한 방비는 바깥에서 오는 것을 단호히 거부하고, 안에서 나가려는 것을 완전히 봉쇄합니다. 일단 《쇄성》 상태가 되면, 앞으로 1개월, 설령 학원장인 저일지라도 문을 여는 건 불가능하게 됩니다. 생활에 필요한 것은 충분히 준비했습니다만—— 여러분, 집에 놓고 온 물건은 없으시죠?"

학생들의 대답은, 없다. 다들 기대에 찬 눈동자가 반짝반짝 빛나고 있다.

학원장은 주름이 눈에 띄는 얼굴로 생긋 웃더니, 성벽을 향해 손가락을 휘익 휘둘렀다.

"좋습니다. 그럼 바깥세계와 잠시 헤어지겠습니다. ──《쇄성》!!"

"쇄성───────────────!!"

지시를 받은 강사 한 명이 성벽 내측에서 어떤 장치를 작동시켰다.

그 순간, 활짝 열려 있었던 터널의 문이 천천히 움직이기 시작했다. 양측에서 두 장의 문이 동시에 닫혔고, 대앵…… 하고 뱃속을 울리는 소리가 지면을 핥는다.

이어서 문을 중심으로 몇 겹이나 되는 구동음이 겹쳤다. 성벽 내측에서 자물쇠 여러 개가 연달아 잠기는 것을 알 수 있었다. 톱니바퀴가 움직여 틈을 메우고, 빗장이 내려와 압력을 막는다. 문으로부터 시작된 선율과도 같은 금속음이 좌우, 상부로 파도처럼 퍼지고──

그것이 일주한 직후, 화르르하고 희미한 불길이 성벽을 뒤덮었다.

파랑에서 빨강 그리고 노란색에서 녹색으로 빛깔을 바꾸는 그것은, 흡사 일루미네이션을 보는 것 같았다. 환상적인 광경에 여학생들로부터 "우와앗……!" 하고 조용한 환호성이 나온다.

내측에서 보는 경치도 근사하지만, 성벽 바깥에서 보면 그 역시 압권이리라. 게다가 이 불길은 그저 성스럽기만 한 것이 아니다. 터무니없는 수호력을 발휘하고 있음을 쿠퍼는 눈과 피부로 느낄 수 있다. 어쩌면 그가 하계휴가 중에 싸웠던 그 괴물…… 《임계도달(카운터 스톱)》의 이명을 가진 헌티드 키마

이라가 온몸으로 들이받아도 소용없을지도 모른다.

그것은 다시 말해 앞으로 1개월간, 어느 누구도 이 학원에 등교하는 것도, 하교하는 것도——숨어드는 것도, 도망치는 것도 불가능해졌다는 뜻이다.

학원장은 학생들을 돌아다보고 아이처럼 천진난만한 미소를 띠며 말했다.

"그럼 여러분! 지금부터 한 달 동안, 카니발을 실컷 즐깁시다!"

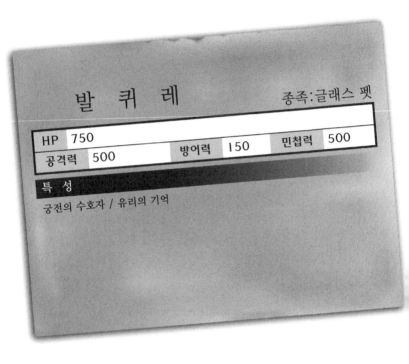

발퀴레   종족:글래스 펫

HP	750				
공격력	500	방어력	150	민첩력	500

특성

궁전의 수호자 / 유리의 기억

[개 요]

글래스몬드 팰리스 정문을 수호하는 최강의 글래스 펫.

두 명의 발퀴레 그 자체가 정문의 대문. 좌우 각각의 《자물쇠》이기 때문에 그녀들의 허가가 없으면 누구라 할지언정 궁전에 들어갈 수도, 나올 수도 없다.

그 스테이터스는 기병단 일선급 전사들에게도 필적할 정도지만 유감스럽게도 그녀들의 활동 범위는 정문 부근으로 한정된다. 란칸스로프 방어 등 다른 용도로는 전환할 수 없는 것이 애석하게 여겨지는 부분이다.

LESSON: II ~쇄성(鎭城)에 모이는, 소녀와 소녀~

 루나 뤼미에르 선발전을 드디어 내일로 앞둔 밤.

 이 시각 기숙사 휴게실은 잠옷 차림의 여학생들로 넘쳐나고 있었다. 원래부터 기숙사에서 생활하는 학생들과, 특별히 방을 배정받은 자기 집에서 다니는 그룹. 그리고 멀리서 온 성 도트리슈 여학원 대표자들……. 이만한 인원이 학원에 체류하는 일은 좀처럼 없다. 게다가 내일은 선발전. 여학생들은 하나같이 잠들지 못하는 모습으로, 시곗바늘이 아홉 시를 돌았어도 여전히 수다의 꽃은 거듭 만발했다.

 "도를 지나쳐도 된다고는 학원장께서 말씀하시지 않았어요!"

 사감 시스터가 꾸짖고 나서야 소녀들은 겨우 각자의 방으로 돌아가기 시작했다. 주인에게 홍차를 대접하고 있었던 쿠퍼도 티 세트를 척척 정리한다.

 "그럼 선생님, 안녕히 주무세요. 홍차 잘 마셨습니다."

 "로제 선생님도 잘 자."

 "두 아가씨 모두 안녕히 주무십시오. 내일 아침 모시러 오겠습니다."

 가정교사들에게 인사를 하고서 네글리제 차림의 메리다와 엘리제도 손을 잡고 휴게실을 나간다. 4인분의 찻잔을 다 정리했을 즈음에는 휴게실에 남아 있는 사람이 쿠퍼와 로제티 그리고 기숙사를 담당하는 시스터뿐이었다.

"두 분은 학원 학생은 아닙니다만——."

그렇게 서론을 붙인 후 시스터는 쿠퍼의 어깨를 단단히 잡으며 당부했다.

"기숙사에서 생활하는 이상은 규율을 지켜주세요. 물론 두 분은 양식 있는 현역 기사이고, 저희 학원의 미숙한 아기 새들과는 다르게 훌륭한 어른이라고 믿고 있습니다만…… 아시죠? 부디, 《도를 지나치는》 일이 없도록 부탁드리겠습니다."

여러 번 쿠퍼의 어깨를 두드리고서야 시스터는 몸을 돌리고 사라졌다.

무슨 이야기인고 하면, 기숙사 방의 할당에 관한 것이다. 성 프리데스위데 학생 기숙사는 기본적으로 2인실. 그리고 지금은 평소 기숙사에 거주하지 않는 학생에, 성 도트리슈의 내방 팀까지 받아들인 상태라 수용력에 여유가 없다.

게다가 예고도 없이 억지로 비집고 들어온 《신경질적인 까마귀》가 타인과 함께 방을 쓰는 것을 단호히 거부하는 바람에 필연적으로 쿠퍼와 로제티가 같은 방을 쓰게 되었다는 이야기다.

물론 각자의 제자와 같은 방을 쓰는 선택지도 있기는 하였으나——.

"저렇게 기뻐하는 아가씨들을 보면 말이지."

"갈라놓고 싶은 마음이 들지를 않죠."

가정교사들은 얼굴을 마주 보고 킥킥거렸다.

틀림없이 메리다와 엘리제는 자기 방으로 돌아간 후에도 같은 침대에서 이불을 뒤집어쓰고 졸릴 때까지 수다를 계속 떨고 있으리라. 몇 년간 소원했던 그녀들에게 지금이 얼마나 대체하기 어려운 시간인지 잘 아는 것이다.

쿠퍼는 로제티와 같이 배정받은 기숙사 탑 상층으로 향했다.

방 번호를 확인하고 자물쇠를 따니 앤티크 장식품으로 꾸며진 거실 겸 침실이 두 사람을 맞이했다. 이곳이 고급 여학교라는 사실을 재확인하게 하는 것 같은 격식과 고급스러움이 감도는 공간이다.

"멋져! 넓어! 침대! 푹신푹신! 나도 공주야암──!"

수수께끼의 구호를 외치며 로제티는 두 개 놓인 침대 중 좌측으로 다이빙했다. 시스터의 기대를 배신한 것도 모자라 영락없는 어린애처럼 군다.

자신의 트렁크와 겸사겸사 로제티의 가방을 들고 쿠퍼도 방 안으로. 설비를 확인해 보니 놀랍게도 각 기숙사실에 부엌과 욕실이 갖추어져 있는 모양이다.

"성왕구 자택보다도 사치스러운 공간이네요, 여기는."

"에헤헤, 난 이런 곳이 꿈이었어~."

침대에 드러누운 채, 로제티는 행복한 듯이 웃었다.

"난 학교에 다니지 못해서 말이지, 이런 게 줄곧 부러웠어. 뭐라고 하더라? 동급생이랑 함께 무언가 하기도 하고, 학교에서 하룻밤 묵기도 하고……."

"동감입니다. 솔직히 말하면——."

외부인으로서가 아니라, 이 세계에 몸을 두고 싶었다.

무심코 흘릴 뻔한 속마음을 쿠퍼는 즉시 삼켰다.

기사 공작 가문, 메리다 엔젤의 가정교사인 자신은 어디까지나 표면적인 모습에 불과하다.

기실, 수많은 더러운 일을 생업으로 하는 비공식 조직 《백야 기병단(길드 잭 레이븐)》으로부터 파견된 암살교사(에이전트)인 자신으로서는 거의 단념하고 있던 학교생활이다. 이 이상을 바라는 것은 그야말로 분에 넘치는 것. 설령 외부인 자격으로서라도 빛이 넘치는 이 장소에 데려와 준 아가씨에게 감사하지 않으면——…….

바로 이때.

쿠퍼의 눈에 이 화사한 공간에 어울리지 않는 것이 비쳤다.

바로 창가에 놓여 있었던 아주 작은 오브제다. 종잇조각을 몇 중으로 접어 만든, 손바닥 사이즈의 동물모형. 어떻게 생각해도 장식품으로 놓인 것은 아니다.

다가가서 보니, 새카만 메모지로 만든 새였다.

"————."

쿠퍼의 눈동자에서 감정이 사라졌고, 그는 말없이 그 검은 새를 주워들었다.

본 기억이 있다—— 저 아래에 있는 기억의 심부와 직결하여, 진한 피 냄새와 함께 고인 감정이 끓어오르기 시작한다. 네가 원래 있어야 할 장소를 떠올리라고, 새의 부리가 속삭인다.

어둠 속에서 《백야의 사자(使者)》가 쿠퍼를 손짓하며 부르고 있다.

"——응? 뭐야, 그거?"

순간 정신이 들었고, 로제티가 이쪽을 올려다봤다. 쿠퍼는 뒤돌아 대답한다.

"종이접기예요."

"종이접기?"

새를 꾸깃꾸깃 쥐어 뭉개고서 쿠퍼는 몸을 돌렸다. 멍청히 눈을 크게 뜨고 있는 로제티에게 다가가, 그녀가 드러누운 침대에 한쪽 무릎을 올린다.

로제티 위로 몸을 옮기고 어깨를 붙잡자, 눈이 휘둥그레졌던 그녀의 얼굴이 이번에는 확 달아올랐다.

"어, 어어?!"

"로제티 씨, 부탁이 있습니다."

"아, 아, 아, 안 돼! 그런 건 안 된다고 시스터가 말했잖아! 절도! 규율! 양식 있는 어른! 이쪽도, 마음의 준비가 필요하니까!!"

"아니요, 지금은 일각을 다투고 있습니다. 그리고 이건 당신을 위한 것이기도 할 터…….."

"꺄아악……!"

진지한 눈빛이 확 다가오자 로제티의 전신이 경련했다. 쿠퍼의 얼굴을 아주 가까이에서 올려다보고서는, 무슨 결심이라도 한 것처럼 단단히 눈을 감는다.

각오가 전해진 건가 싶어 쿠퍼는 한층 더 떨리는 목소리로 말했다.

"부탁입니다, 제발 지금 당장—— 잠깐만 뛰고 와주세요."

"네, 네엡! ………네?"

꿀밤 맞고 꿈에서 깬 소녀와 같은 눈빛이 의아하게 쿠퍼를 쳐다봤다.

† † †

체류자의 대부분이 잠들어 고요해진 성 프리데스위데 여학원 부지 내——.

기숙사 탑을 몰래 빠져나와 장미 정원을 통과해, 왼편으로 광대한 미로 정원을 보면서 한동안 걸은 쿠퍼는 이윽고 교사와 성벽 사이에 무성하게 자란 숲속을 방문했다.

어두운색 군복이 밤에 녹아든다. 지금의 그는 좀처럼 남에게 보이지 않는 표정을 짓고 있었다. 《쿠퍼 방피르》로서 보여 주는 어떤 얼굴과도 다르다. 주인에게 보여 주는 자애도, 동료에게 품는 공감도, 라이벌 가정교사에게 보내는 비아냥도 아무것도 없다.

예민해진 보라색 눈동자가 살의를 숨기고 표표히 흔들릴 뿐이다.

이윽고 교사로부터 충분한 거리를 둔 쿠퍼는 서서히 멈춰선 후 말했다.

"──무슨 용건이냐."

주위에는 당연히 사람의 모습은커녕 새 한 마리의 기척조차
없다. 벌레 울음소리만이 애달프게 들려오는, 새카맣고, 섬뜩
한 풍경이 끝없이 이어져 있다.

물음에 대꾸하는 목소리는 물론 없었다.

대신 메모가 팔랑팔랑 떨어졌다.

머리 위를 덮은 나뭇가지와 잎 어디쯤에서, 새카만 종잇조각
이 훨훨 내려온다.

『오랜만』

하얀 잉크로 그렇게 쓰인 종잇조각은 쿠퍼의 눈앞을 천천히
스치며 낙하하더니, 별안간 불길에 휩싸였다. 소리 없는 목소
리만을 남기고 메모는 소실되었다.

"……역시 너구나, 《블랙 마디아》."

쿠퍼는 그 코드 네임을 씁쓸하게 중얼거렸다.

한 번 보면 결코 잊을 수 없는 이 기묘한 커뮤니케이션 방법.
쿠퍼가 소속된 백야기병단의 에이전트로, 변장·잠입 임무의
프로페셔널이다. 언제 어떠한 때도 새카만 후드로 얼굴을 감추
고, 목소리는 한마디도 내는 법이 없어서 어렸을 때부터 함께
자란 쿠퍼조차 그녀의 신원에 관해서는 전혀 아는 바가 없다.

그녀── 그렇다, 유일하게 알고 있는 것은 몸집이 작은 소녀
라는 것뿐이다.

"참 나…… 도대체 뭐하러 온 거야?"

어깨를 으쓱하면서 쿠퍼는 대답이 뻔한 질문을 굳이 던졌다.

이 장소로, 쿠퍼의 부임처로, 왜 그녀가 투입되었는지는 생각할 필요도 없다. 의심받고 만 것이다. ……쿠퍼가 성실하게 임무를 처리하고 있는지 어떤지를.

『메리다 엔젤의 자질과 핏줄을 알아내고, 만약 그녀가 기사 공작 가문에 어울리지 않는 인간이라면, 죽은 어머니가 부정하게 낳은 딸이었다면── 암살하라.』

쿠퍼가 그 임무의 《절반》을 어기고 메리다의 출신을 은폐하려 하고 있는 것.

모종의 비밀을 품고 있다는 것이 발각되었다……!!

아니나 다를까, 계속해서 낙하하는 종잇조각에는 다음과 같이 쓰여 있었다.

『먼젓번』『보고서가』『불충분하다는』『결론이 나왔어』

『길드에 대한』『너의』『충성을』『의심하고 있어』

한마디씩 적힌 종잇조각이 떨어지고는 불타고, 떨어지고는 또 불탄다.

흡사 꽃잎이 흩날리듯.

"난 있는 그대로를 보고했을 뿐이다. 의심받을 만한 소린 하지 않았어."

『아무것도』『숨기지 않았다고』『말할 수 있어?』

"끈질기군."

『그렇다면』『엔젤의』『피를』『제공해줘』

쿠퍼의 입술이 굳는다. 대답을 기다리지 않고 연달아 메모가 쏟아지기 시작했다.

『왜』『그녀의 마나가』『지금까지』『눈을 뜨지 않았는지』

『왜』『이제 와서』『갑자기』『눈을 떴는지』

『연구할』『필요가 있어』

『후세를 위해서도 말이야』

"까불지 마, 현재 나는 엔젤 가문에 고용된 신분. 그녀의 가정교사가 현재 나의 최상위 임무다. 그 입장이 위태로워질 수도 있는 행동은 할 수 없어."

『그럼 됐어』

잠시 메모가 끊어졌다. 쿠퍼는 그 침묵에, 소녀가 옅은 미소를 짓는 것 같은 환각을 보았다.

『내가』『직접』『채취해 줄게』『엔젤은』

『203호실』『이었나?』

쿠퍼의 오른팔이 매섭게 번뜩였다. 품에 손을 넣고 잽싸게 뽑는다.

투척된 송곳이 상공의 나뭇가지 끝에 흡수되고 금속음이 났다. 직후에 검은 그림자가 낙하했다.

사뿐히 지면에 착지한 것은 몸집이 작고 가냘픈, 새카만 사람이었다.

전신을 빈틈없이 가리는 검은 옷에, 코까지 뒤집어쓴 검은 후드. 의심의 여지 없는, 쿠퍼가 잘 아는 백야기병단(길드 잭 레이븐)의 동포, 블랙 마디아다.

쿠퍼는 허리에 손을 돌려 검은 칼을 날카로운 소리와 함께 뽑았다. 티 하나 없는 도신에 희미한 빛이 번쩍하고 미끄러진다. 블랙 마디아는 재미있어 하는 것처럼 후드를 펄럭펄럭 흔들었다.

대체 언제 쓰고, 어떻게 뿌리는 것인지, 상공에서 팔랑팔랑 종잇조각이 떨어져 내린다.

『꼬리를 잡혔다』『라고 해석해도』『상관없어?』

"지금의 나는 메리다 아가씨의 종자. 그 책무를 다하겠다."

거기에 응하듯이 마디아도 무기를 뽑는다. 오른손 손바닥에 든 것은 펜서 클래스가 특히 잘 다루는 무기, 롱 소드였다.

대치하는 두 사람의 전신에서 마나의 불길이 휘몰아쳤다. 쿠퍼는 푸른 불길, 마디아는 피처럼 새빨간 색이다. 유례없는 압력이 서로 맞붙자 숲의 나무들이 삐걱거린다.

이때 '꿈틀' 하고 두 사람의 얼굴이 동시에 튀어 올랐다.

직후 난데없이 날아온 차크람 두 개가 마디아를 강습했다. 마디아는 순간적으로 하나를 검으로 막아내고, 즉각 크게 뒤로 물러섰다. 아무도 없는 공간을 가른 차크람은 흡사 자력(磁力)으로 이어져 있는 것처럼 주인에게로 되돌아갔다.

숲속에 경쾌한 구두 소리가 메아리친다. 되돌아온 차크람 두 개를 양 손바닥으로 잡은 붉은 머리 소녀는 쿠퍼의 옆으로 쑤욱 들어갔다.

"로제티 씨! ……이리로 오지 않아도 된다고 했잖아요!"

"어, 어떻게 그래! '수상한 자가 있다.'는 말을 들었는데!"

차크람으로 빈틈없는 자세를 취한 로제티는 수수께끼의 검은 실루엣을 매섭게 노려봤다.

　몸을 굽히고 있었던 마디아는 천천히 일어섰다. 로제티의 시야에도 팔랑팔랑 떨어지는 검은 종잇조각의 단어가 비친다.

『캐리어 마키스』

『쿠퍼와 똑같이』『엔젤』『지킴이였지』

"엔젤……. 설마 이 녀석, 요전에 아가씨들을 유괴한 놈들의 동료인 거야?!"

『무슨 말인지』『모르겠지만』

『너한테서도』『이것저것』『재미있는 얘기를』『들을 수 있겠군』

　파직. 공간에 스파크가 일었다.

　가냘픈 새카만 실루엣으로부터 터무니없는 압력이 밀려온다. 흡사 지옥의 가마에서 분출하는 마그마 같다. 쿠퍼와 로제티도 있는 힘껏 마나를 해방해 그 프레셔에 저항한다. 세 가지 색의 마나가 공간을 일그러뜨렸고, 산발적으로 스파크가 튀었다.

　나풀나풀. 블랙 마디아 머리 위에 꽃잎처럼 메모 한 장이 내려와.

　3인의 눈에 그 단어가 새겨짐과 동시에 거세게 발화했다.

『덤벼』

　삼면에서 지면이 터졌다. 어두운색의 남자와 심홍색의 여자가 순식간에 지면을 질주해 양 사이드에서 검은 소녀를 협공한다. 쿠퍼의 검은 칼이 쉴 새 없이 번쩍이고, 마디아의 검이 잔상을 남긴다. 격렬한 불꽃이 어둠 속에 피고, 귀청이 떨어지는 금속음과 동시에 마디아는 뒤로 공중제비를 돌았다.

"――여기다!"

로제티의 의상이 선녀의 날개옷처럼 펄럭였다. 앞으로 구르면서 뒤축 찍기를 시도하고, 이어서 축 다리를 빠르게 바꿔가며 돌려차기 7연발. 하지만 그 전부를 검은 실루엣은 가냘픈 양다리로 물리쳤다. 뼛속에까지 관통하는 충격이 둔탁한 소리가 되어 사방으로 퍼졌다.

『제법이네』『오랜만에』『가슴이 뛰어』

불타서 떨어지는 종잇조각을 시야 구석으로 인식하면서 쿠퍼가 적의 검을 상부로 쳐올린다. 무방비가 된 검은 실루엣의 몸통에 곧바로 로제티의 차크람이 빨려 들어가――키이이이잉!! 하고 예상을 뒤엎는 금속음이 로제티의 고막을 찢는다.

차크람에 썰리기 직전, 마디아의 왼손은 번개같이 또 다른 무기를 뽑아 들어 막은 것이다.

글래디에이터 클래스가 전문으로 하는 중량무기 메이스다.

"무기가 두 종류?!"

로제티가 허를 찔린 순간 마디아는 이미 지면을 박찼다. 지체없이 어두운색이 추격했고, 한 박자 늦게 심홍색이 불길을 퍼뜨리면서 모습을 지웠다. 어둠 속에서 초고속의 검은색이 난입하여, 교차점에서 눈부신 불꽃이 사방으로 튀었다.

――중거리전이라면 내가 유리해! 반사적으로 그렇게 판단한 로제티는 크게 뒤로 물러섰다.

허공에서 한껏 젖혀진 그녀의 오른팔을 보고, 순간적으로 쿠퍼가 깜짝 놀라 숨을 삼켰다.

"안 돼, 로제! 그 간격은——!"

경고는 이미 늦었다. 로제티의 손바닥에서 예리하게 투척된 차크람은——

마디아가 거울을 마주 보는 것처럼 로제티를 향해 내던진 차크람과 중간지점에서 충돌했다.

"어엇……?!"

눈이 휘둥그레지고, 자기도 모르게 몸이 경직되는 로제티.

뒤로 물러서 있었던 마디아는 착지와 동시에 백스텝을 더했다. 급속히 멀어져가는 검은색으로부터 두 개의 섬광이 반짝였다. 직후에 마나 탄환이 날아왔고, 로제티는 한쪽 손에 든 차크람으로 튕겨냈다. 두 개의 총알이 그린 선은 각각 속도와 두께가 달랐다.

십수 미터의 거리를 확보한 마디아는, 이번엔 오른손에 거너 클래스의 리볼버를, 그리고 왼손에 위저드 클래스의 긴 지팡이를 들고 전투태세를 취했다. 각각의 무기 끝에서 쉼 없이 섬광이 일었다. 쇄도하는 유성비를 로제티는 필사적으로 계속 튕겨낸다.

"도대체…… 누구야, 넌!!"

『나는 그림자』 『실체 없는 자다』

총알의 선이 하나로 합쳐져 위력과 속도를 배가시킨 섬광이 결국 로제티의 반응속도를 넘었다. 차크람의 측면을 포착하더니 금속음과 함께 손바닥에서 차크람을 날려 버리는 데 성공했다.

"앗……?!"

무방비가 된 로제티에게 마디아는 두 개의 무기를 들이댔다.

가차 없이 방아쇠가 당겨진다. 엄청난 수의 빛줄기가 단숨에 로제티에게 쇄도했고——

직전에 끼어든 쿠퍼가 한 발도 남기지 않고 전부 칼로 막아냈다.

칼이 부옇게 보일 정도로 빠르게 춤추고, 종횡으로 번쩍이는 도신에서는 불꽃놀이가 벌어진다. 마탄(魔彈)과 총탄이 엉뚱한 방향으로 흩어지고, 쿠퍼의 방어를 뚫은 충격파만이 로제티의 붉은 머리를 요란하게 흔들었다.

분위기는 일변하여 정적이 찾아오고.

마디아가 양팔을 이완시키자 상공으로부터 검은 메모지가 내려왔다.

『네가』『누군가를』『감싸다니』『별일이네』

『혹시』『그 아이가』『전에 말했던』

휘익. 쿠퍼는 칼을 휘둘러 머리 위에서 다음 메모지를 베어 버렸다.

두 동강이 난 종잇조각은 누구에게도 읽히는 일 없이 불타 떨어졌다.

"장난은 여기까지다, 마디아. 사람들한테 들키고 싶지 않으면 물러가."

마디아가 아주 살짝 고개를 갸웃거렸을 때였다.

숲 깊숙한 곳에서 하얀빛이 몇 개 깜박였다. 동시에 절박한 여성들의 외침이 들려왔다.

"이쪽이에요! 로제티 선생님이 알려준 불한당이 있는 곳이!"

"무시무시한 마나가 서로 충돌하고 있어……! 벌써 싸움이 시작된 거야, 서둘러!!"

후드를 쓴 머리를 천천히 쳐들고 마디아는 서서히 다가오는 빛을 바라보았다.

『그렇군』『프리데스위데의』『강사놈들』

『그들의』『도착을』『내다보고』『있었던 건가』

그녀의 얼굴이 이쪽을 향한다. 후드의 그늘에서 틀림없이 시선이 마주쳤음을 느꼈다.

『굳이』『일을 크게』『벌리다니』

『대담한』『수단을』『쓰는군』

"다시 성문이 열릴 때까지 얌전히 있어라. 뭔가를 캐내려고 해봤자 헛수고니까."

쿠퍼의 말이 닿은 건지, 닿지 않은 건지, 마디아는 조짐도 없이 지면을 박찼다. 가냘픈 새카만 실루엣이 튀어 오르고 상공의 나뭇가지와 잎 속으로 빨려들어 간다.

그와 교대하듯이 마지막 종잇조각이 팔랑팔랑 떨어져 내렸다.

『잊지 마』『나의 그림자는』『언제든지 너의』『뒤에 있어』

퍼엉. 눈앞에서 불통을 튀기고 검은 메모지는 흔적도 없이 소실(燒失)됐다.

마디아의 기척이 완전히 사라지자 쿠퍼는 커다란 숨을 내뱉었다. 검은 칼을 거두고 뒤돌아서, 한쪽 무릎을 꿇고 있는 로제티에게 손바닥을 내민다.

"도와줘서 고맙습니다, 로제티 씨. 괜찮으세요?"

"으, 응……. 미안, 도우려고 온 거였는데 오히려 발목을 잡고 말았어."

쿠퍼의 손바닥을 잡고 일어난 그녀는 영 납득하지 못하겠다는 표정으로 고개를 흔들었다.

"……그런 말도 안 되는 전투는 본 적이 없어. 대체 그 녀석 클래스가 뭐야?"

"클라운입니다."

"크, 클라운?! 하지만 클라운 클래스는……."

로제티는 나오려는 말을 집어삼켰다.

그녀의 반응도 이해가 가지 않는 건 아니다. 《클라운》이란 모든 스테이터스의 강화적성이 평균치를 밑도는 대신 팔라딘 등의 상급 클래스를 제외한 펜서 · 글래디에이터 · 사무라이 · 메이든 · 거너 · 위저드 · 클레릭…… 일곱 클래스의 모든 스킬과 어빌리티를 열화모방(러닝)할 수 있는 특성을 가진 클래스이다.

포텐셜만 놓고 보면 대단하지만, 그들이 습득하는 스킬은 어디까지나 《열화》모방에 불과하다. 똑같은 수행을 한 정규 클래스에게는 정밀함 · 위력 둘 다 미치지 않는 데다 그렇다고 해서 복수의 능력을 키우려고 하면 타인의 두세 배는 수명이 필요하게 된다.

결론적으로 클라운은 소속 유닛의 결점을 메울 수 있도록 능력을 향상하거나 혹은 결원이 생긴 유닛의 구멍을 메우는 대상으로 운용되는, 좋게 표현하면 '임기응변', 나쁘게 표현하면 '기용빈핍(器用貧乏)'과 같은 취급을 당하는 게 보통인 클래스다.

단, 그것은 어디까지나 하위~중견 레벨 전사에나 통하는 이야기이다.

만약 모든 분야에 뛰어난 재능을 가진 클라운이 어마어마한 수행시간을 들여 일곱 개 클래스의 모든 능력을 한계까지 끌어올렸다고 한다면?

"설마……!"

설명을 들은 로제티의 표정에 전율이 일었다. 쿠퍼는 똑똑히 고개를 끄덕였다.

"블랙 마디아――녀석은 틀림없는 프란돌《최강의 클라운》입니다."

† † †

"선생님께서 두 분 다 무슨 일이세요, 이런 야심한 시각에? 아까는 갑자기 떠들썩했던 것 같던데."

블랙 마디아의 습격을 힘겹게 물리친 쿠퍼와 로제티는 그 길로 곧장 교사 탑의 최상층을 찾았다. 바로 성 프리데스위데 여학원 학원장, 샬롯 블랑망제의 집무실이다. 이미 날짜가 바뀌려는 시각이었지만 다행히도 쿠퍼의 노크에 바로 입실을 허가하는 응답이 돌아왔다.

나란히 입실한 젊은 가정교사들을 노련한 마녀는 의아한 눈길로 번갈아 본다.

"밤늦게 죄송합니다, 학원장님. 실은……."

쿠퍼는 힐끔 옆의 소녀에게 시선을 보냈다. 로제티가 "네가 말해."라고 하듯이 눈짓해서 다시 집무용 책상으로 돌아섰다.

"실은 학원장님에게 무척 중요한 부탁이 있어서 왔습니다."

이 말만으로도 학원장은 무언가를 알아챈 모습이었다.

무언가를 내려놓은 듯한 표정으로, 반복해서 고개를 가볍게 끄덕인다.

"……네, 언젠가 이런 날이 오지 않을까 싶었습니다. 저도 책임을 지는 입장으로서 최대한 도와드리겠습니다."

"정말입니까……!"

로제티의 표정도 무심결에 환해진다. 과연 학원장답다. 통찰력이 굉장하다. 부자연스러울 정도로 이야기가 척척 진행된다.

의자에서 일어난 학원장은 책상을 돌아가서, 로제티의 손바닥을 양손으로 감쌌다. 어린 새의 자립이라도 지켜보는 것처럼 작은 두 눈에 눈물이 글썽인다.

"용케 결심하셨군요, 로제티 선생님. 당신은 출생을 비롯해 많은 부당한 중상을 받았으리라 생각합니다. 하지만 저는 당신을 응원해요."

"응? 어, 네. 감사합니, 다……?"

모호하게 대답하는 로제티를 놔두고, 학원장은 쿠퍼에게 돌아선다.

"쿠퍼 선생님, 힘든 일은 오히려 지금부터입니다. 성도 친위대(크레스트 레기온)의 신예를 독점하게 되면, 각 방면으로 다대한 배려가 필요할 겁니다. 하지만 장해에 져서는 안 됩니다! 앞으로는 당신이 남편으로서 당신의 여성을 끝까지 지켜——."

"시, 실례하겠습니다, 학원장님. 대체 무슨 이야기를 하시는 겁니까?"

쿠퍼가 엉겁결에 끼어들자 학원장은 이상한 것을 보는 듯한 표정을 지었다.

"……제가 두 분의 결혼식의 중매를 맡는다는 이야기 아닌가요?"

"전혀 아닙니다!"

쿠퍼가 거세게 부정하자 학원장은 더더욱 이상하다는 듯이 고개를 갸우뚱거렸다.

"그것 말고 두 분이 제게 할 중요한 이야기가 있나요?"

오히려 왜 제일 먼저 그 가능성을 떠올린 것인지 따지고 싶은 부분이지만, 공교롭게도 지금은 그럴 상황이 아니다. 부끄러움에 뺨을 붉히고 있었던 로제티와 한 번 더 시선을 주고받고, 쿠퍼는 이번에야말로 분명히 고했다.

"실은——루나 뤼미에르 선발전을, 중지해주셨으면 합니다."

학원장은 의미도 없이 돌아다본 다음 창과 커튼이 닫혀 있는지를 확인했다.

한 차례 책장까지 걷고서 되돌아와 의자에 앉은 다음 안경을 한번 벗고는 고쳐 쓴다.

그리고 차분하게 쿠퍼를 올려다보았다.

"우선 힘들다는 것을 미리 말해두겠습니다. 그걸 알아두시고 ——대체 무슨 소리인가요?"

두 남녀의 얼굴을 교차로 번갈아 본다. 쿠퍼는 혓바닥으로 입술을 적시고서 교사 탑의 기다란 계단을 오르는 동안에 생각해 둔 변명에 절반의 사실을 섞어가며 이야기했다.

　"학원 내에 살인 청부업자가 잠입했습니다."

　"결론부터 말하자면, 역시 중지는 불가능합니다."

　이야기를 다 들은 학원장은 어딘가 유감스럽게 보이는 표정으로 그렇게 대답했다. 옆에서 같은 이야기를 들은 로제티는 답답해하며 몸을 내밀었다.

　"그럴 수가…… 학원에 위험인물이 잠입했다구요?!"

　"게다가 녀석은 변장술의 전문가입니다."

　어떻게든 학원장의 마음을 돌리고자 쿠퍼도 어조를 누르고 주장한다.

　"블랙 마디아라고 하면, 성왕구의 기병단에서는 유명한《살인 청부업자》……. 녀석은 성별·연령 불문하고 온갖 종류의 인간을 연기할 수 있는 잠입임무의 프로페셔널입니다. 프리데스위데 학생에 도트리슈 학생까지 평소 이상으로 많은 학생이 모여 북적거리고, 초면인 상대도 많아지는 이 선발전의 기회로 어딘가의 학생이 되어 성문을 통과한 게 틀림없습니다."

　"네. 평범한 상급학교라면 즉각 중지할 만한 사유죠."

　학원장은 연신 고개를 끄덕이면서도, 결코 굽힐 생각이 없다는 의지를 느끼게 하는 목소리로 계속했다.

　"하지만 이곳은 마나 능력자 양성학교입니다. 저희 강사진과

300명을 넘는 수습생이 단 한 명의 침입자에게 휘둘려선 운영을 해나갈 수 없게 되어버립니다.”

덧붙여서, 하고 학원장은 조금 애처로운 눈길을 띄우며 말했다.

“벌써 당 학원은 《쇄성》을 한 상태입니다. 성벽에 설정된 1개월간은 어떤 수단을 써도 문을 열 수 없습니다. 빠져나갈 길이라고 하면 유일하게 지하 대미궁 《비블리아 고트》만이 외부와 연결되어 있습니다만.”

“그곳에는 들어가지 않는 편이…….”

“저도 그렇게 생각합니다.”

쿠퍼가 자기도 모르게 의견을 냈고, 학원장도 즉시 수긍하였다.

당장에라도 책상을 때리고 싶은 얼굴로 로제티가 덤벼들 듯이 몸을 쑥 내밀었다.

“그럼, 어떻게 하겠다는 말인가요?”

“정해져 있습니다. 선발전을 트러블 없이 진행하면서 우리가 직접 침입자를 격퇴할 겁니다. 그것 말고 선택지는 없습니다.”

학원장이 단호히 말하자 로제티는 입을 다물었다. 학원장은 약간 음성을 가라앉혔다.

“우리의 강점은 적의 표적을 어느 정도 좁힐 수 있다는 부분입니다. 아닌가요?”

쿠퍼와 로제티가 얼굴을 마주 본다. 학원장은 재차 확인하듯이 묻는다.

"그러므로 당신들이 제일 먼저 이변을 알아챈 거 아닙니까?"

쿠퍼는 크게 숨을 들이쉬고, 단념한 것같이 내뱉었다.

"……엔젤 자매. 메리다 아가씨, 혹은 엘리제 님이 녀석의 표적이겠죠."

"기사 공작 가문 영애의 가정교사가 되는 것을 안 날부터 고난은 각오한 바입니다. 복잡한 운명에 농락당하고 있는 아이들을 내버려 둘 수는 없습니다."

마치 강적에게 도전하는 듯한 눈빛으로 학원장은 젊은 가정교사들을 매섭게 노려보았다.

"쿠퍼 선생님, 로제티 선생님, 두 분도 경비에 참가해 주세요. 미스 엔젤 두 사람으로부터 잠시도 눈을 떼지 마십시오. 저희도 강사진을 총동원해 다른 학생들의 안전을 지키겠습니다."

늙었어도 여전히 날카로운 마녀의 시선이 로제티의 입술을 바싹 조였다.

"혼란을 피하기 위해서도 이 건은 학생들에게 부디 비밀로. 지금부터 1개월간, 저희에게도 큰 시련이 기다리고 있을 겁니다. 명심하세요, 이건 성 프리데스위데의 자존심을 건——침입자와의 전쟁입니다."

† † †

마치 몸을 자르기라도 할 것처럼 날카로운 빛을 발하는 유리 공간.

향기로운 진수성찬의 냄새와 경쾌한 음악. 참석자들의 수다조차도 품위가 넘친다.

9월 둘째 주 세 번째 날. 방과 후를 맞은 성 프리데스위데 여학원에서는 드디어 학생들이 고대하는 루나 뤼미에르 선발전이 개막을 앞두고 있었다.

개회식과 성 도트리슈 여학원과의 친목회를 겸한 파티는 글래스몬드 팰리스 무도장에서 개최되었다. 유리로 이루어진 휘황찬란한 회장과 유례가 없는 많은 인원. 처음 보는 성 도트리슈의 교복에, 지금부터 시작되는 고대했던 대형 이벤트에 대한 기대――.

좋든 싫든 자그마한 가슴의 고동을 느끼면서, 이상하게도 메리다는 어린 시절의 빛나는 추억인, 돌아가신 어머니의 생일파티를 떠올리고 있었다.

그리운 기억이 되살아나는 이유 중 하나는 물론 은발의 사촌 자매가 바로 옆에 있는 탓이겠다. 그래도 입식 파티를 즐기는 법을 몰랐던 그 시절과는 다르다. 조금 어른이 된 기분으로 두 사람은 유리잔을 째앵 하고 맞부딪쳤다.

반들거리는 입술을 가까이 대고 엘리제가 몰래 속삭여온다.

"……리타, 눈치챘어?"

될 수 있으면 눈치채지 못한 척을 하고 싶었던 메리다였지만 인정하지 않을 수 없었다.

오늘 수업이 시작되고서부터 계속 머리에서 떠나지 않은 이 위화감을.

"오늘은 왠지 강사 선생님들이 종일 예민해 보여. 우리 반 애들도 다들 그렇게 말했어. 그리고……."

메리다는 힐끔 자신들의 배후를 쳐다봤다.

쿠퍼 그리고 로제티가 각자의 제자 뒤에 붙어서 슬며시 어깨에 손을 올리고 있다. 게다가 그들은 모처럼 열린 파티인데도 불구하고, 요리도 먹지 않고, 환담도 하지 않고 예리한 눈길로 아까부터 계속 회장의 참가자들만 둘러보고 있다.

마치 범인이라도 찾는 것처럼.

메리다는 어깨에 실린 연모하는 사람의 손바닥에 살며시 자기 손을 포개어보았다.

"선생님, 오늘은 왠지 보디 터치가 많네요?"

"에, 아, 죄송합니다."

"아니에요, 선생님 손바닥 좋아하니까. 다만, 다른 학교 애들 앞이면 조금 부끄러워서……."

메리다가 몸을 머뭇거리자 가정교사는 장난스럽게 다른 쪽 손을 뻗어서 말랑말랑한 뺨을 가볍게 꼬집기 시작했다.

"실례, 아가씨가 너무나 매력적이라서 무심코 자랑하고 싶어졌습니다."

"어머, 선생님도 참……."

메리다가 멍하니 뺨을 누르는 것과 동시에 퍼억, 퍼억, 하고 둔탁한 소리가 연달아 났다.

로제티와 어째선지 엘리제가 쿠퍼의 다리를 걸어찬 것이다. 로제티의 입이 과장스럽게 열렸다가 닫혔고, 거의 목소리를 내지 않고 야단치기 시작한다.

"진지하게 좀 있으시죠."

"진지하고말고요."

무슨 이야기일까 하는 의아함이 들었을 때, 홀에 크리스타 학생회장의 목소리가 울려 퍼졌다.

"그럼 여러분, 슬슬 다음 순서로 진행하겠습니다. 우선 도트리슈 여학생들에게 환영의 훈장을. ──담당 학생들은 앞으로!"

"선생님, 잠깐 다녀올게요."

환영 담당으로 뽑힌 메리다는 엘리제와 함께 뛰어나갔다. 손바닥이 떨어질 때 쿠퍼가 뭐라고 하는 것 같았지만 아쉽게도 지금은 시간이 없다.

벽 쪽 테이블에는 메리다와 학생들이 직접 만든 유리 세공품이 나란히 놓여 있었다. 메리다는 자신이 만든 훈장을 집어 들려고 했다가 무엇인지 판별이 가지 않아 순간 망설였다.

"어, 어라? 어떤 거였지……."

"리타, 괜찮아?"

한발 먼저 자기 작품을 찾은 엘리제에게 메리다가 대꾸한다.

"먼저 가, 엘리. 늦겠다!"

엘리제는 조금 망설였지만 결국 메리다보다 먼저 몸을 돌렸다.

다른 여학생들이 잇달아 유리 세공품을 집어 갔고, 마지막으로 두 개만 남게 되고서야 메리다는 간신히 자기 작품을 발견할 수 있었다.

훈장을 손에 들고 조급한 마음으로 돌아서고── 결정적인 실수를 깨달았다.

"어머나, 야단났네……."

자신이 우물쭈물하는 사이에 다른 아이들은 재빨리 훈장을 수여하기 시작했다. 도트리슈 학생 한 명 한 명의 가슴에 훈장을 달아 환영의 뜻을 표하는 것이다.

"환영합니다. 프리데스위데에 잘 왔어요."

"환영합니다!"

둘러보는 범위 내에선 환영 담당과 훈장을 가슴에 단 도트리슈 학생의 짝이 거의 다 이루어져서, 메리다는 자신의 훈장을 누구에게 주어야 할지 망설였다. 환영 담당은 정확히 50명이니까 남을 일은 없을 것이다. 어딘가에 아직 훈장을 달지 않은 도트리슈 학생이 분명 있을 터.

틀림없이 그 아이도 민망한 상황일 거야. 메리다는 초조하게 주위를 둘러보았다.

이때, 뒤에서 누가 말을 걸었다.

"받을 수 있을까?"

휙 뒤돌아본 메리다는 자기도 모르게 숨을 쉬는 것도 잊고 경악했다.

──어쩜 이렇게 예쁜 아이가……!

도트리슈 여학생이었는데, 나이는 아마 자신과 똑같은 열세 살 1학년일 것이다. 하지만 동갑이라고는 생각되지 않을 만큼 어른스러운 분위기를 풍기고 있고, 동시에 어딘가 요염한, 등골이 오싹한 미소를 띠고 있었다.

무엇보다 시선을 끈 것은 머리카락이다. 메리다가 지금까지 본 적이 없을 만큼 순수한 칠흑. 빛을 빨아들여 어딘가 반투명하게 보이기도 하고, 고고한 흑수정을 연상케 한다.

무심결에 멍하니 있었던 메리다는 정신을 차리고 그녀의 가슴팍에 훈장을 가져갔다.

"화, 환영합니다. 프리데스위데에 잘 왔어요!"

메리다가 만든 훈장은 선배들의 작품과 비교하면 약간 못 만들어서 조금 자신이 없었다.

하지만 흑발 소녀는 가슴팍을 장식하는 유리 세공품을 쓰다듬으며 우아하게 웃었다.

"근사해라. 고마워, 메리다."

"어엇?"

"──그럼 이어서 왕관 반환이 있겠습니다!"

크리스타 회장의 목소리가 드높이 울려서 메리다의 그쪽을 쳐다보았다.

그 사이에 흑발 도트리슈 학생은 몸을 돌렸다. 말을 걸려고 해도 이미 늦어서, 인상적인 흑수정의 광채는 금세 인파 건너편으로 사라져 버렸다.

저 아이는 언제 내 이름을 안 거지?

"아가씨!"

그때, 교대하듯이 가정교사가 메리다가 있는 곳으로 달려왔다.

보랏빛을 띤 그의 흑발은 아까 전 소녀의 그것과는 매우 대조

적으로 눈부신 윤기가 흘렀다.

"다행입니다. 돌아오시는 게 늦어서 훈장을 수여하는 기회를 놓쳤나 싶었습니다."

"정말, 선생님도 걱정이 많다니까요."

그다지 회장을 어슬렁거리고는 싶지 않았기 때문에 메리다와 쿠퍼는 그 자리에서 파티의 진행을 지켜보기로 했다. 홀의 발코니 측에는 단상이 마련되어 있어, 크리스타 학생회장과 블랑망제 학원장의 모습이 보인다.

그리고 지금 도트리슈 3학년이 홀로 계단을 올라갔다.

주위의 프리데스위데 학생들이 저마다 속삭인다.

"저분이 도트리슈 학생회장인가요?"

"저쪽에서는 《총실장》이라고 부른대요."

"총실장?"

"학급위원이 《실장》인데, 그것들을 통솔하는 리더라서 《총실장》이라고 한다네요."

"아마 이름은—— 네쥬 토르멘타 님."

총실장의 지위를 지닌 도트리슈의 3학년은 어떤 의미에서 프리데스위데의 크리스타 회장과 정반대였다. 감정을 알기 쉬운 크리스타 회장과는 반대로 어딘가 불쾌해 보이기도 하는 무표정을 내내 고수하는 타입. 그녀가 단상에서 가볍게 학생들에게 인사를 했다.

그리고 그녀와 대면해야 하는 또 한 명의 여학생이 계단을 올라갔을 때, "우와앗!" 하는 자그마한 환호성이 홀을 에워쌌다.

프리데스위데, 도트리슈, 쌍방에서 나온 목소리가.

그녀의 고저스한 웨이브진 머리칼은 한 번 보면 결코 잊을 수가 없다. 서러브레드 같은 분위기를 가진 프리데스위데의 3학년, 바로 셴파 쯔베토크 언니다.

그녀는 학원장 앞에서 무릎을 꿇고, 휘황찬란한 왕관을 받침대에 올렸다.

"루나 뤼미에르를 증명하는 《달의 눈물》을 돌려 드리겠습니다."

동작 하나하나가 마치 무대 배우를 보는 것 같다. 셴파는 일어나서 학생들을 돌아보았다. 어딘가 장난스러운, 도전적인 미소를 짓는다.

"──곧 제게로 돌아오게 되겠습니다만."

대담무쌍한 발언에 꺄아악 하고 환호성을 날린 자가 대부분. 도트리슈 학생은 절반이 넋을 잃고 뺨을 붉혔고, 다른 절반은 대항하듯이 입술을 앙다물었다.

학원장은 기분이 좋아졌는지, 평소와 같은 미소를 지었다. 의식이 시작되고서 그녀 또한 다른 강사들과 마찬가지로 어딘가 엄한 표정을 하고 있었기 때문에 메리다는 조금 안심이 되었다.

"좋습니다! 여러분 모두 이미 기다리다 지쳤을 테지요. 지금 이 시각을 기해, 제50회 루나 뤼미에르 선발전의 개최를 선언하겠습니다!"

여학생들로 이루어진 악단이 경쾌하게 악기를 연주했고, 정숙한 환호성이 홀을 뒤덮었다.

학원장이 손가락을 샥 올리자 파도가 물러가듯이 학생들이 하나둘 진정한다.

"우선 금년 선발전에 출장하는 후보생들을 선출하겠습니다. 프리데스위데, 도트리슈 두 학교에서 각각 두 명씩 선발된 후보생이 세 가지 시련에 도전하고, 학생 여러분 한 명 한 명이 누가 올해의 루나에 가장 걸맞은가를 투표하게 되는데요."

말을 이어받듯이 크리스타 학생회장이 앞으로 나아갔다.

"프리데스위데의 후보생은 벌써 결정되어 있습니다. 실은 그 이름이 이미 이 회장 내에 있죠. ——도트리슈 학생 여러분, 부디 정면의 커튼을 보아주세요."

그녀는 몸을 비켜 단상 뒤에 우뚝 솟은 거대한 오브제를 손가락으로 가리켰다.

손끝이 가리킨 것은 메리다와 쿠퍼 및 학생들이 준비해 설치한 스테인드글라스. 일주일의 성과를 피로하는 순간이 다가와 프리데스위데 학생들 사이에서 흥분이 고조된다.

크리스타 회장은 우아하게 걸어가, 스테인드글라스를 덮고 있는 커튼의 끈을 쥐었다. 그녀의 뺨도 화려한 무대를 상상해서인지 홍조를 띠고 있다.

바로 그때.

짤랑. 커튼 자락으로부터 무언가가 흘러 떨어진 것을, 아마도 메리다만이 눈치챘다. 누구의 눈에도 머무는 일 없이 유리 바닥에 구르고 있는 그것은——

"유리 파편……?"

색이 들어간, 아주 작은 유리 조각이었다. 왜 그런 것이 커튼으로부터 흘러나온 것인지 생각할 틈도 없이, 더는 기다릴 수 없다는 듯한 크리스타 회장의 목소리가 드높이 울려 퍼진다.

"발표하겠습니다. 금년도 루나 뤼미에르 선발전, 성 프리데스위데 여학원 후보생은, 바로 이 두 명입니다! ──막을 걷겠습니다!!"

그녀가 힘차게 팔을 당겼고, 커튼이 성대하게 펄럭인다.

그 안에서 나타난 스테인드글라스의 휘황찬란함에 환호성이 들끓기 직전──

순식간에 전원이 숨을 죽였다.

소리를 내지 못하는 이유는 사람마다 다르리라. 누군가에게는 스테인드글라스의 뛰어난 완성도였을지도 모르고, 다른 누군가에겐 커튼에서 일제히 뿌려진 유리 파편이었을지도 모른다. 하지만 메리다나 쿠퍼도 포함해 대다수는, 조명이 비춰진 스테인드글라스의 중앙에 시선이 고정되었다. 끈을 쥔 채 놓지 못하고 있는 크리스타 회장이 "왜들 저러지?" 하고 나직이 중얼거렸다.

스테인드글라스에는 커다랗게, 이렇게 새겨져 있었다.

『엔젤』

블랙 마디아

클래스:클라운

HP	5366	MP	581		
공격력	582(492)	방어력	582	민첩력	582
공격지원	0~20%	방어지원	0~20%		
사념압력	50%				

주 요 스 킬 / 어 빌 리 티

열화모방LvX / 반석Lv9 / 강고Lv9 / 잠행Lv9 / 매력Lv9 / 집중사격Lv9 /
보이지 않는 주문Lv9 / 봉사의 마음Lv9 / 브리짓 레이스 / 가이스트 클래식 /
유천영류(幽天影流)・몽상(夢想)의 태도(太刀) / 클레오 네메시스 /
세븐스 스켈티오 / 호로로기우스 판타즈마

[광 대 / 클 라 운]

다른 하급 클래스의 이능을 모방하는 전용 어빌리티 《열화모방》이 클라운이라는 특성의 모든
것을 이야기한다고 할 수 있다.
어느 무엇도 될 수 없는 광대는 그 무엇에게도 이길 가능성을 품고 있다.
적성[공격 : B   방어 : B   민첩 : B   특수 : 중 / 원거리공격 C 공격지원 : C 방어지원 : C]

LESSON: III ~축제의 끝, 혹은 시작~

회장 내에서 가장 먼저 정신을 차린 쿠퍼는 즉시 주위를 둘러보았다.

300명의 프리데스위데 학생, 50명의 도트리슈 학생 그리고 십수 명의 학원 강사들……. 눈에 보이는 범위에 있는 사람들 각각의 표정에 무작정 시선을 돌린다.

──누구의 소행이지?!

공개된 스테인드글라스는 말할 필요도 없이 학생들의 작품이 아니었다. 디자인부터 아예 다르고, 정교한 마감을 보면 그야말로 프로가 손을 댄 것이다. 메리다가 속한 그룹이 몇 주일에 걸쳐 제작한 스테인드글라스는, 지금은 산산이 조각나 부서진 파편이 되어 커튼 자락에서 흩뿌려지고 있다.

이 안에 있는 누군가가 한 짓이다. 어제 쿠퍼가 직접 장식했으니 착각할 수가 없다. 《쇄성》된 학원 내에 새로운 내방자가 있을 턱이 없다.

원래의 후보생인 '셴파 쯔베토크', '크리스타 샹송'의 이름이 새겨져 있었던 스테인드글라스를 파기하고 그 대신 '엔젤'의 이름을 기입한 스테인드글라스로 바꾼 누군가가 이 회장 내에 있다!!

　──대체 누가?

　전신이 새카만 가냘픈 실루엣이 뇌리에 떠올라 쿠퍼는 자기도 모르게 이를 악물었다. 범인은 몇백 명이 경악에 얼어붙어 있는 지금의 상황에 내심 흐뭇해하고 있을 게 틀림없다.

　하지만 닥치는 대로 회장을 둘러봐도 수상한 반응을 보이는 자는 눈에 띄지 않는다. 어떤 사람은 입을 떡 벌리고, 또 어떤 사람은 눈이 크게 휘둥그레져 있을 뿐 전원이 스테인드글라스에 주목하고 있다. 도트리슈 학생 쪽에서 서서히 웅성거리는 소리가 나기 시작했다.

　단상에서 제일 먼저 목소리를 낸 사람은 성 도트리슈 총실장 네쥬 토르멘타였다. 의아한 듯이 눈살을 찌푸리고 있었던 그녀는 망연하게 혼잣말을 했다.

　"……엔젤?"

　그 목소리에 이어서 이번에는 성 프리데스위데의 블랑망제 학원장이 정신을 차렸다.

　"미, 미스 엔젤!"

　아무래도 동요를 완전히는 감추지 못한 모습으로 그녀는 학생들에게 소리쳤다.

　"메리다 엔젤! 엘리제 엔젤! 두 사람 다입니다. 자, 단상으로!"

　쿠퍼는 어쩔 수 없이 메리다의 등을 밀었다. 쿠퍼의 팔에 매달리듯이 하여 단상을 향해 걷는 그녀는 지금 머릿속이 새하얘졌을 것이다. 로제티에게 끌려 앞으로 나온 엘리제 역시 감정을 읽기 어렵지만 사태를 파악하지 못하는 눈치였다.

메리다와 엘리제, 엔젤 자매가 단상에 오르자 도트리슈 학생들이 웅성거리는 소리가 한층 더 밀도를 더했다. 그럴 만도 하다. 이 자리에 있는 두 학교의 리더나 전년도 《루나》 언니와 비교하면 두 살의 성장 차이가 있는 1학년들은 더더욱 어린애로 보이니까.

도트리슈의 리더 네쥬 실장의 무표정한 얼굴이 살짝 일그러졌다. 자신과 대면하여 서 있는 메리다와 엘리제를 내려다보고, 어딘가 불쾌한 듯이 눈살이 찌푸려진다.

"엔젤이라고 하면 기사 공작 가문으로 알고 있습니다만, 이들은 아직 1학년 아닌가요?"

"……."

메리다와 엘리제 두 사람은 물론 학원장조차 즉시 아무 대답도 하지 못했다.

도트리슈 학생들도 금년 선발전에 셴파 쯔베토크가 참전할 게 틀림없다고 확신하고 있었을 것이다. 그리고 원래 또 한 명의 후보생이었을 크리스타 회장은 지금도 혼이 빠져 버린 것처럼 망연자실 서 있다. 보니까 그녀는 여전히 스테인드글라스에 걸려 있는 커튼 끈을 부여잡고 있었다.

네쥬 실장은 학생들이 알아채지 못하게끔 나직이 한숨을 쉰 다음 도트리슈 학생들을 향해 돌아섰다.

"그렇다면 도트리슈 측도 후보생을 조금 다시 생각해보겠습니다. 원래는 제가 나갈 예정이었습니다만, 저 대신에 우리 쪽도 1학년에서——살라샤, 당신이 출장하세요."

"네엣?!"

도트리슈 학생들 속에서 움찔, 하고 몸을 튕긴 소녀가 지명된 살라샤일 것이다. 주위의 도트리슈 학생들은 그녀를 돋보이게 하려는 듯 자연스럽게 한 발자국 물러나, 살라샤라는 소녀는 300명이 넘는 시선에 일제히 노출되었다.

"마, 말도 안 돼, 저, 자, 자신 없어요……."

부웅부웅. 몇 번이고 고개를 흔드는 그녀를 주위의 도트리슈 학생들이 저마다 격려했다.

"괜찮아요, 살라샤 님이라면 할 수 있어요!"

"맞아요, 1학년 최고의 우등생이잖아요!"

"……으."

울먹인다기보다 어딘가 괴로워하는 것처럼 보이는 살라샤. 급우들에게 등을 떠밀리다시피 하여 단상에 오른 그녀를 보고 쿠퍼는 수긍했다.

루나 후보생으로서 추천받을 만한, 1학년이면서 메리다나 엘리제와 마찬가지로 장래성이 느껴지는 미소녀였다. 다만, 어떻게 봐도 사람 앞에 서는 데는 적합하지 않아 보인다. 자물쇠가 걸린 보석함 속에서 애지중지 자란, 엄지 공주 같은 분위기다.

네쥬 실장은 무표정한 얼굴을 유지하면서도 살라샤의 어깨에 손바닥을 올리고 격려했다.

"네가 가장 적임이야. 좋은 기회니까 조금은 자기주장 하는 법을 배우렴."

"……초, 총실장님께서 그렇게 말씀하신다면."

일단은 받아들인 살라샤를 보고, 네쥬 실장은 다시 모교 학생들을 돌아보았다.

"그리고 두 번째 후보생은, 2학년에서——키이라. 예정대로 네가 활약해줘야겠어."

"뭐?!"

지명된 학생으로부터 살라샤와는 다른 뉘앙스로 놀라는 목소리가 나왔다.

달려들 듯이 몸을 내민 것은 중성적인 미모를 가진 소녀였다. 변성기 전의 소년 같은 알토 보이스가 유리 홀에 드높이 울려 퍼진다.

"잠깐만, 실장! 그거라면 나 대신에 당신이……."

말을 꺼내자마자 그녀는 입을 다물었다.

새삼 단상을 보고 상상해 버린 것이리라. 이미 결정된 후보생은 세 명이 1학년. 만약 네 번째 사람으로 네쥬 실장이 참가하게 되면, 1학년들 속에 섞여 경기하는 3학년이 사람들 눈에 어떻게 보이겠는가, 라는 것을.

키이라라는 여학생은 입술을 다물더니, 씩씩한 구두 소리를 내며 앞으로 나왔다. 계단을 올라 많은 사람의 눈에 띄었을 때, 도트리슈, 프리데스위데 쌍방의 학생으로부터 "꺄아악!" 하고 환호성이 나왔다. 분위기가 가라앉은 쪽에서도 넋을 잃은 한숨이 여기저기 흘러나온다.

"누구예요? 저 늠름한 분은!"

"도트리슈의 2학년, 키이라 에스파다 님이에요."

"저쪽에서 《프린스》라는 별명으로 연모를 받는 인기인이라던데!"

"금년의 선발전에서는 셴파 언니의 라이벌이 될 거라 예상됐던 분……이었습니다만……."

프리데스위데 학생들의 수다는 파도처럼 금세 물러갔다.

다시 차갑게 굳은 공기 속에 키이라는 네쥬 실장과 살라샤 옆에 나란히 선 다음, 기분 탓인지 대면하는 메리다와 엘리제를 험악하게 노려보았다.

네 명의 후보생이 단상에 모이자, 네쥬 실장은 크리스타 회장을 힐끔 살폈다. 식을 진행해야 할 회장은 여전히 쇼크로부터 회복하지 못한 상태.

어쩔 수 없이 그럭저럭 여유를 가지고 있는 블랑망제 학원장이 힘주어 말했다.

"계속해서, 후보생과 운명을 함께할 페어를 지명하겠습니다. 상세한 내용은 추후에 통지하겠습니다만 페어가 된 학생은 후보생과 함께 어떤 시련에 임하게 됩니다. 몹시 가혹한 시련이기 때문에 단단한 유대로 맺어진 상대를…… 서, 선택하는 게 좋을 겁니다."

학원장이 조금 더듬거린 이유는 생각할 필요도 없다.

가혹한 운명을 함께할 단단한 유대로 맺어진 페어……. 그런 유일무이한 상대를 이렇게 즉흥적으로 선택할 수 있을 리가 없다. 메리다는 무작정 같은 반 애들 쪽을 보았지만 전부 다 불편해하며 시선을 피할 뿐이다.

지난 학기 공개시합을 거쳐 간신히 학원 내에서 어느 정도의 지위에 오르긴 했지만 메리다에게 친구라고 부를 수 있을 만큼 교류가 깊어진 상대가 있는지, 적어도 쿠퍼는 모른다. 유일한 존재라고 하면 엘리제가 있지만, 그녀는 지금 메리다와 똑같은 입장으로 단상에 서 있다.

어찌할 도리가 없는 침묵이 계속됐고, 내버려 두면 영원히 이어지는 건 아닐까 싶은 생각조차 들기 시작했다. 마냥 보고 있을 수 없어진 쿠퍼는 안 된다는 걸 알면서도 계단에 발을 걸쳤다.

다른 학생들이 무슨 일인가 하고 보고 있는 앞에서 블랑망제 학원장에게 귓속말을 한다.

"학원장님, 시련은 무척 위험한 것이라고도 들었습니다. 마음의 준비가 되지 않은 1학년에게는 가혹할지도 모릅니다. 혹시 후보생의 《집안》의 사람이라도 괜찮다면……."

학원장은 그 제안을 학수고대하고 있었던 것처럼 쿠퍼가 이야기를 하는 도중부터 연신 고개를 끄덕였다.

"좋아요! 그럼 후보생 메리다 엔젤의 페어는 그녀의 종자 쿠퍼 방피르로. 그리고 후보생 엘리제 엔젤의 페어 또한 마찬가지로 종자인——로제티 선생님, 부탁드려도 되겠죠?"

"네? 전…… 아, 네엡!"

퍼엉, 풍선이 터지듯이 정신을 차린 로제티는 황급히 계단을 올라가기 시작했다.

그렇게 메리다와 엘리제의 옆에 선 두 사람을 보고 도트리슈 측의 키이라가 무슨 말을 하려 했다. 그런 그녀를 아무렇지도 않게 제지하고 네쥬 실장이 앞으로 나온다.

"그럼 이쪽도 페어의 선출을 하겠습니다. ——살라샤의 페어는 제가 맡죠. 괜찮지?"

"네, 네에. 물론이에요……!"

계속해서 네쥬 실장은 다른 한 명의 후보생에게 힐끔 눈짓했다. 키이라는 딱 부러지게 고개를 끄덕여 응답하고서 도트리슈 학생들을 돌아보았다.

"내 페어는 너밖에 없어……. 피냐! 나와줘!"

꺄아악! 또다시 환호성이 터졌다. 도트리슈 학생들 가운데 확실히 《프린스》에 어울릴 만한 멋진 여학생이 앞으로 나와 단상으로 올라갔다.

블랑망제 학원장은 어딘가 불안해 보였지만 고개를 끄덕이고 식을 마저 진행했다.

"그리고 추가로, 후보생을 지원하는 두 명의 유닛 멤버를 선출해주세요. 몇 사람은 벌써 눈치챈 모양인데, 유닛 멤버는 후보생의 전력이 되어 시련에 참가하게 됩니다. 우정뿐만 아니라 스테이터스의 상성, 유닛의 구성까지 생각해서…… 멤버를 결정하는 게 좋을 겁니다."

어딘가 체념한 것 같은 슬퍼 보이는 눈길로 학원장은 메리다와 엘리제를 쳐다봤다.

여기서 결국 쿠퍼와 로제티도 난관에 봉착하고 말았다. 유닛 멤버라면 선발전에서의 책임이 《페어》만큼 막중하지야 않겠으나, 멤버를 고르는 난이도 면에서는 조금 전과 별반 차이가 없다. 엘리제도 마찬가지인 듯 의미도 없이 로제티와 시선을 주고받으며 잠자코 있다.

그러던 이때, 홀 한쪽 구석에서 분주하게 움직이는 사람이 있었다.

에이프런 드레스를 입은 까마귀, 엘리제 저택의 메이드, 바로 미세스 오셀로다. 무슨 일을 하려고 저러나 싶어 쳐다보니, 그녀는 홀에 북적거리는 프리데스위데 학생 안에서 2학년 2인조를 붙들고 무언가를 격렬하게 떠들어대는 게 아닌가.

이야기를 들은 2학년들은 얼굴을 마주 본 다음 여우 같은 미소를 지었다.

"엘리제 님의 유닛 멤버는 저희예요!"

"데이지 준 및 프리스 오귀스트, 엔젤 가문의 하인으로서 참전하겠습니다!"

두 사람은 주목을 받으며 계단을 올라간 다음 의기양양하게 엘리제의 옆에 나란히 섰다.

아무래도 미세스 오셀로가 어떤 거래를 제안한 것 같다. 기사 공작 가문의 이름을 대면 《포상》에 넘어가는 귀족의 존재는 분명 적지 않으리라.

쿠퍼는 머릿속 한쪽 구석으로 오셀로가 이어서 메리다의 유닛 멤버도 마련해주지 않을까 하고, 진짜 눈곱만큼도 있을 리 없는 희망을 품어보았다.

이는 물론 환상으로 끝났다. 미세스 오셀로는 우월감 넘치게 팔짱을 끼고 단상에서 이러지도 저러지도 못하는 메리다와 쿠퍼를, 최고의 명화를 보는 것같이 감상할 뿐이었다.

도트리슈 측 키이라가 결국 짜증을 못 참겠는지 구둣발로 쾅쾅 소리를 냈다.

"사전에 통지받았던 거 아닙니까?"

"……으."

그래도 메리다는 원통함에 입술을 깨물 수밖에 없었다.

네쥬 실장은 아까부터 조금도 이야기에 끼어들지 않는 크리스타 회장을 보고 실망한 것처럼 작게 한숨을 쉬었다. 어쩔 수 없다는 표정으로 입을 연다.

"만약, 지금 바로 멤버를 지명하는 게 어려울 것 같으면──."

"접니다!!"

느닷없는 큰 목소리가 네쥬 실장의 대사를 가로막았다.

홀에 있는 전원이 일제히 목소리의 주인을 보았다. 주위의 동급생들은 입을 떡 벌리고 있었다. 미세스 오셀로의 히죽거리는 웃음이 쏙 들어갔다. 그러나 이 중에서 제일 놀라고 있는 사람은 틀림없이 메리다였다.

"네르바……?"

밤색 트윈 테일을 흔드는 네르바 마르티요다. 그녀는 자포자기한 것처럼 계단을 성큼성큼 올라가더니, 도전하듯이 도트리슈 측을 향해 돌아섰다.

수도 없이 메리다를 멸시했었던 그 입술로 말했다.

"메리다는 저의…… 자매(블루멘)이니까요."

"⋯⋯!"

그리고 도트리슈 측 키이라가 네르바의 박력에 압도된 것처럼 물러났을 때였다.

"그럼, 세 번째 유닛 멤버는 제가."

그렇게 말하며 메리다와 나란히 그리고 네르바의 반대편에 선 여학생의 모습에 모두가 비명과도 같은 외침을 질렀다. 네쥬 실장의 무표정한 얼굴이 처음으로 냉정함을 잃었다.

메리다의 어깨에 가볍게 손바닥을 대고 한없이 우아한 미소를 짓는 사람은, 프리데스위데 전교생의 우상인 3학년이었다.

"셴파 님⋯⋯ 저번 루나인 당신이?"

"뭐 불만 있어? 말했잖아, '왕관은 바로 돌려받겠다.'고."

"⋯⋯⋯⋯⋯."

네쥬 실장은 그 이상 아무 말도 하지 않고 물러섰다. 그러나 홀의 함성은 가라앉지 않았다.

"셴파 언니가 후보생이 아니라, 하물며 페어도 아니고 일개 유닛 멤버로⋯⋯?!"

블랑망제 학원장이 손가락을 슥 올리자 평소의 배 이상의 시간이 걸려 수다가 진정되었다. 여하튼 이로써 프리데스위데 측 멤버는 모두 갖춰졌다.

이어서 도트리슈 측 유닛 멤버 선출이 시작됐고, 이쪽은 반해 버릴 만큼 매끄럽고 우아하게 학생들이 호명에 응했다.

제50회 루나 뤼미에르 선발전에 출장할 전원이 단상에 올랐고, 마지막으로 네쥬 실장은 희망의 끈을 더듬는 것 같은 눈길을 크리스타 회장에게 보냈다.

머리를 숙이고 있는 플래티넘 블론드의 모습을 보고 네쥬 실장은 다시 한번 한숨을 쉬어야 했지만.

할 수 없이 그녀는 크리스타 대신 두 학교 학생에게 선언했다.

"금년 후보생들은 무척 신선합니다. 여러분은 보석의 원석이 연마되어 가는 과정을 눈앞에서 보게 될 겁니다. 아무쪼록 공정한 눈으로 투표에 임해주세요. 저희 한 명 한 명의 손으로 차세대 루나 뤼미에르를 만들어냅시다. 기념비적인 이번 선발전이, 유의미한 것이 될 것을 기대합니다!"

† † †

"우선은 여러분들이 가장 의문으로 생각하고 있을 부분을 해소해두죠."

블랑망제 학원장이 다소 딱딱한 음성으로 말했다.

장소는 교사 탑 최상층, 학원장실. 도트리슈 학생들과의 친목 파티가 가까스로 파탄 없이 폐막한 뒤 메리다와 엘리제는 곧장 이곳으로 끌려왔다.

실내에는 메리다와 엘리제 뒤에 선 가정교사 쿠퍼와 로제티 외에, 루나 뤼미에르 선발전 본래의 후보생이었던 셴파와 크리스타 회장의 모습도 있다.

긴장한 표정의 엔젤 자매에게 학원장은 작은 눈동자를 돌렸다.

"미스 엔젤. 회장의 스테인드글라스를 바꿔치기 한 건 당신들

인가요?"

""아니오.""

목소리가 겹친 두 사람이 얼굴을 마주 보고, 메리다가 대표로
대답한다.

"저희는 아닙니다."

"거짓말!!"

즉각 고함을 친 건 크리스타 회장이다. 학원장이 무엇을 묻고,
거기에 메리다들이 어떻게 대답할 것인지 예상한 상태에서 폭
탄을 터뜨릴 순간을 살펴보고 있었던 듯한 분위기였다.

어깨를 움츠린 1학년들에게 크리스타 회장은 광견 같은 기세
로 짖어 댔다.

"너희 말고 누가 있어!! 그렇게 납득이 안 갔어?! 기사 공작 가
문인 너희를 제쳐놓고, 이 내가 출장하는 게!"

"크리스타, 조금 진정해."

센파가 부드럽게 중재했지만 광견의 기세는 멈추지 않았다.
울상이 된 공작 가문 자매에게, 찌르려는 듯이 집게손가락을 들
이댄다.

"엘리제, 넌 하계휴가 때 열린 서클렛 나이트에 혼자만 다른
드레스로 왔었지. 이번에도 똑같이 특별대우해 주길 바랐어?
서프라이즈로 자기 이름을 발표하면 다들 기꺼이 축복해줄 줄
알았냐고?"

"크리스타, 지금은 학원장님이 말씀하시고 있잖아."

"그리고 메리다, 지난 학기의 공개시합은 필시 좋은 추억이

됐을 테지. 그때의 환호성이 잊히지 않디? 선발전에서 대활약하고 다시금 사람들한테서 갈채를 받겠다? 그러네, 그렇게 하면 더는 아무도 너를 《무능영애》라고는 부르지 않을——."

"크리스!! 적당히 해!!"

셴파가 강렬하게 호통치자 그제야 크리스타 회장은 입을 다물었다.

블랑망제 학원장은 애처로운 눈길로 네 명의 학생들을 바라보았다.

"미스 샹송, 아니, 크리스타. 나는 두 사람의 입을 통해 직접 부정하는 말을 듣고 싶었어. 그뿐이야."

"……으."

크리스타 회장은 입술을 깨물고 침묵을 지킨다. 전혀 납득하지 않는 모습이었으나 간단히 납득이 가는 일도 아닐 것이다. 학원장은 다시 학생들을 둘러보고 이야기를 되돌렸다.

"여하튼, 두 사람의 소행이 아니라면 중대한 사태예요. 누군가가 메리다, 엘리제 두 사람이 선발전에 참가하게끔, 아무도 몰래 스테인드글라스를 바꿔치기했다는 말이 되니까요."

"저기……."

여기서, 거북해하고 있었던 로제티가 조심조심 손바닥을 들었다.

"그 범인, 의외로 쉽게 찾을 수 있지 않을까요? 저 유리 성에는 문지기가 있으니까, 그들에게 물어보면——아, 안 되나."

말하면서 그녀 자신도 깨달은 모양이다. 어제 등교할 때, 그 유리 발퀴레들에게 질문을 하고 어떤 반응이 돌아왔는지를 떠올렸으리라.

학원장도 동의하듯이 조금씩 여러 번 고개를 끄덕였다.

"네, 저희 강사진도 바로 궁전 내의 글래스 펫들에게 물어봤습니다만……. 유감스럽게도 그들은 결국 생물이 아니라 기능을 부여받은 인형에 불과합니다. 다만 그들로부터 얻을 수 있었던 단편적인 정보를 서로 연결하니, 아무래도 어젯밤 글래스몬드 팰리스에 어떤 자의 침입이 있었던 것 같습니다."

"이 두 사람이겠지."

크리스타 회장이 질리지도 않고 중얼거리자 셴파가 훈계의 눈길을 보낸다. 이대로는 결론이 나지 않겠다고 생각한 쿠퍼는 학원장에게 질문했다.

"후보생을 다시 고를 수는 없는 겁니까?"

그 순간 크리스타 회장이 얼굴을 쳐들었으나 학원장은 애처로운 눈빛 그대로였다.

"……그건 불가능합니다. 원래의 예정이 아니었다 해도 저 커튼을 걷음으로써 우리는 미스 엔젤을 프리데스위데의 후보생으로 하겠다고 도트리슈 측에 선언했습니다. 만약 나중에 의견을 번복하면, 결국 우리는 가짜 이름을 대서 도트리슈 학생을 속이고, 바보 취급했다는 모양새가 되어 버리는 겁니다."

게다가, 하고 학원장은 머리가 아픈 듯 관자놀이를 눌렀다.

"영악한 생각입니다만, 만약 가짜 스테인드글라스에 새겨져 있었던 것이 다른 학생의 이름이었다면 그나마 어떻게든 변명

할 여지도 있었을지도 모릅니다. 하지만 두 사람은 《엔젤》입니다. 여기서 의견을 바꾸면 우리는 성 도트리슈 여학원을 모욕하고, 전통 있는 루나 뤼미에르 선발전을 더럽히는 도구로 기사 공작 가문의 이름을 썼다는, 생각할 수 있는 최악의 상황에 몰리고 맙니다. ──그 후, 이 학원이나 저희 강사진 그리고 학생들이 어떻게 될지 상상할 수 있나요?"

상상하고 싶지도 않아서 쿠퍼는 우울한 표정으로 고개를 저었다.

커튼이 걷혔을 때 쿠퍼나 메리다를 포함해 프리데스위데 학생 대부분이 '스테인드글라스가 달라!' 하고 소리치려고 했었다. 이제 와서 보면 그렇게 되기 전에 곧장 식을 진행한 학원장의 판단은 슈퍼 파인 플레이나 다름없었다.

그때 뒤에서 학원장실의 문을 콩콩 노크하는 소리가 났다.

입실을 바라는 목소리가 들려왔고, 학원장이 허가를 내주었다. 문을 열고 들어온 것은 세 명의 도트리슈 학생들이었다. 선두에 네쥬 총실장 그리고 이번 선발전에 출장하게 된 살라샤와 키이라라는 소녀들이다.

"막고는 있습니다만 학생들에게 동요가 퍼지고 있습니다."

네쥬 실장은 입을 열자마자 그렇게 말하고서 조금 불쾌한 듯이 눈살을 찌푸렸다.

"학원장님, 이건 성 도트리슈를 상대로 자비를 베풀 생각이신지요?"

"어머, 무슨 소릴 하는 거예요, 미스 토르멘타."

"작년, 선발전 개최 측이지만 루나 지위를 빼앗긴 성 도트리슈에게 배려를? 저희가 기사 공작 가문을 밀어내고 당선되면 가슴이 후련해지리라 생각하신 겁니까?"

1학년인 메리다와 엘리제를 힐끗 내려다본다. 학원장은 의자에서 벌떡 일어났다.

"아니요, 네쥬. 프리데스위데는 진심으로 2년 연속 루나 뤼미에르 대관을 노리고 있습니다. 미스 엔젤 두 사람은 분명히 1학년입니다만, 역대 후보생에게 밀리지 않는 실력을 보여줄 겁니다."

"……그러기를 기대합니다."

네쥬 실장은 쌀쌀맞게 응수한 다음 후보생 두 사람을 데리고 몸을 돌렸다.

그대로 물러가나 싶었는데 그녀는 셴파 앞에서 한 차례 멈추어 섰다. 얼굴을 돌리지 않은 채 감정이 빠진 것 같은 목소리로 말한다.

"……당신과 겨루기를 기대하고 있었는데, 아쉽군."

대답을 기다리지 않고 다시 발을 내디딘다. 구두 소리를 드높이 울리고 이번에야말로 방을 나갔다.

침묵이 깔리고 블랑망제 학원장은 조금 지친 것처럼 의자에 앉았다.

"결론적으로――."

집무 책상에 전원의 시선이 모인다.

"지금부터 변경하는 것은 불가능합니다. 제50회 루나 뤼미에르 선발전, 성 프리데스위데 여학원의 후보생은 메리다와 엘리제 두 사람입니다."

"진짜 싫어!!"

크리스타 회장이 날카로운 목소리로 소리쳤다. 아름다운 플래티넘 블론드를 쥐어뜯고 있다. 셴파가 보다 못해 그녀에게 다가갔다.

"크리스, 우리도 방으로 돌아가자. 따뜻한 차를 달여 줄게."

"나는 3학년이야!!"

달래는 말도 듣지 않고 크리스타 회장은 고함을 질렀다.

"이럼 내년은 없다고! 이번 선발전이 그 사람에게 속죄할 수 있는 유일한…… 마지막 기회였는데…… 으, 으, 으으……!"

"크리스, 응? 진정해."

"그만, 건들지 마! 너만은 절대 내 기분을 모를 거야!!"

크리스타가 손바닥을 난폭하게 뿌리치자, 셴파가 상심한 표정을 지었다. 그만큼 더 속이 탄 크리스타 회장의 눈동자에서 굵은 물방울이 흘러나왔다.

얼굴을 돌리고 그녀는 뛰기 시작했다. 오열을 숨기지 못한 채, 학원장실을 뛰쳐나간다.

바로 그 뒤를 쫓아가려다 셴파의 발이 멈춘다.

설명이 필요하다고 생각한 건지, 그녀는 메리다와 엘리제를 돌아보았다.

"나쁘게 생각하지 말아줘. 그 애, 작년 선발전 출장자였거든."

"네에……?"

"저번 후보생이자 당시 프리데스위데 학생회장이었던 밀레이 이스토닉 선배의 페어로서 말이야. 그런데 쟤, 선발전에서 말도 안 되는 실수를 저질러서……. 결과적으로 내가 루나로 뽑히고, 쟤는 '밀레이 언니가 루나가 되지 못한 건 나 때문이다.'라며 지독하게 자신을 책망했었어."

3학년인 그녀는 서서히 다가와 메리다와 엘리제의 어깨에 손바닥을 올렸다.

"그래서 분명 쟤, 금년 선발전에서는 자기가 루나가 되어서 밀레이 언니한테 사과하러 가고 싶었던 걸 거야. 그것 때문에 필사적이었고. ——정말로 너희 소행이라고 생각할 리는 없어. 용서해주렴?"

"아뇨, 그런, 저희는……."

머리를 숙이는 메리다와 엘리제에게 셴파는 나이 이상으로 어른스러운 미소를 지어주었다.

그리고 천천히 몸을 돌린 다음 크리스타 회장을 쫓아 학원장실을 나갔다.

† † †

"아가씨들, 로제티 씨와도 의논했습니다만……."

연모하는 사람의 가라앉은 목소리에, 머—엉하니 있었던 메리다는 정신을 차렸다.

퇴실하라는 학원장의 명령에 방을 나와 사촌 자매와 가정교사들과 함께 기숙사로 돌아가는 길이다. 지금까지의 일, 앞으로의 일 생각에 머리가 터질 것 같았던 메리다는 쿠퍼가 어깨에 손을 올리지 않았다면 멈추어 서지도 못했을지도 모른다.

그는 엘리제의 가정교사 로제티와 시선을 주고받고 계속 말한다.

"오늘 밤부터 기숙사 방 배정을 두 분이 따로따로 하는 게 어떻겠습니까?"

"네……?"

"메리다 아가씨와 저, 엘리제 님과 로제티 씨가 한방에 묵는 겁니다. 혹시 앞으로 있을 선발전 중에 또다시 어떤 사고가 갑자기 일어났을 때…… 그…….."

어떻게 말하면 좋을지 고민하듯 입을 다물었다가, 포기한 것 같은 한숨을 흘린다.

"……확실한 알리바이가 있는 편이 좋지 않을까 합니다."

"어머, 어머, 어머머! 그거 무척 좋은 생각이네요!"

대답한 건 메리다도 아니고, 엘리제도 아니었다.

어느 틈엔가 엘리제 저택의 메이드장인 미세스 오셀로가 마중을 와 있었다. 이쪽의 기분은 하나도 아랑곳하지 않고 평소 이상으로 과장된 리액션을 보인다.

"저도 그게 좋다고 생각해요! 본가는 본가, 분가는 분가끼리 철저히 구별하는 게 마땅하고말고요. 암요, 공사 모두 그래야죠! 호호호!"

"말씀하시는 뜻을 잘 모르겠습니다만, 그럼 그런 것으로."

상대하는 것도 귀찮다는 듯이 쿠퍼는 대충 대답했다.

그 후 네 명과 한 명은 기숙사 탑으로 돌아가 어젯밤 사용했었던 각자의 방을 왕복해서 짐을 교환했다. 엘리제는 마지막까지 메리다와 떨어지기 싫어했지만 로제티가 "잘 때만 떨어지는 거니까."라고 달래서 마지못해 고개를 끄덕였다.

그들이 헤어지는 순간 마치 젊은이들의 불운으로부터 활력이라도 얻는 것처럼 신이 난 미세스 오셸로가 엘리제의 어깨에 손을 대면서 말을 걸어왔다.

"아주 잘하셨네요, 메리다 님."

"네?"

"어떻게 스테인드글라스를 바꾼 것인지, 나중에 몰래 가르쳐주세요. 본가 분의 솜씨가 어떤지 꼭 좀 보고 싶군요."

"저는 아니에요."

메리다는 자신의 말이 아무런 설득력도 가지지 않은 사실에 슬퍼졌다.

"글쎄요──."

미세스 오셸로는 위세 좋게 두 마디째, 세 마디째를 퍼부으려고 했다. 하지만 입을 열기 직전, 메리다 뒤에 선 쿠퍼가 얼어붙을 정도로 차가운 목소리를 냈다.

"그쯤 하시지."

"히익……!"

미세스 오셸로가 순간 진심으로 벌벌 떤 것을 메리다도 알 수 있었다. 메리다의 시점에서는 쿠퍼의 표정이 보이지 않는다. 다만, 일찍이 들은 적이 없을 만큼 낮은 목소리였다.

전원이 입을 다물고 있는 것을 보고, 메리다는 결심하고 입을 열었다.

"저기, 오셀로 씨. 만약 제가 선발전에서 엘리보다 우수한 성적을 거두면 저희가 유닛을 짜는 걸 인정해줄래요?"

"……네?"

오셀로는 멍청히 메리다를 내려다보고, 이어서 "하핫!" 하고 활짝 웃었다.

"본가 분은 농담도 잘하시는군요!"

다른 학생들이 모두 잠들어 조용한 기숙사 탑에 박장대소가 울렸고, 미세스 오셀로는 자기 방으로 돌아갔다. 당연히 그 손바닥은 엘리제를 단단히 연행했고, 서운해 보이는 사촌 자매의 얼굴은 점점 멀어져갔다. 어색하게 시선을 왕복시키고 있었던 로제티는 곧 가볍게 인사한 다음 몸을 돌렸다.

새카만 복도에 메리다는 서 있었다. 추운 것도 아니고 무서운 것도 아닌데 손발이 욱신욱신 저렸고 후들거렸다. 쿠퍼가 살짝 어깨에 손바닥을 올리고, "돌아갈까요." 하고 다정하게 말해주었다.

이날 밤, 메리다는 자기 방에서 쿠퍼가 차려준 저녁 식사를 두세 입만 겨우겨우 삼킨 다음 샤워는 내일 아침에 하기로 하고 일찌감치 침대로 기어들어갔다.

그러나 아무리 눈을 세게 감아도 몸은 도통 잠들 줄을 몰랐다.

새카만 천장에 '엔젤'의 이름이 새겨진 스테인드글라스가 떠올랐다. 파티 회장의 견디기 힘들었던 공기가 되살아나기 시작했다. 크리스타 회장의 눈물 섞인 목소리가 몇 번이고 메리다를 몰아세웠다.

"……으."

도저히 잘 수 있을 것 같지 않아 메리다는 상반신을 일으켰다.

반대 측 침대에서는 쿠퍼가 이쪽에 등을 돌리고 자고 있었다. 그의 이불에 기어들어가고 싶은 유혹을 간신히 뿌리치고서 메리다는 네글리제 위에 가운을 걸친 다음 랜턴을 손에 들고 방을 나갔다.

소등시간은 진즉에 지나 지금은 아무도 없을 휴게실로 왔다. 혼자 있을 수 있는 게 이토록 마음이 편할 줄이야, 낙오되어 있었던 이전까지는 생각도 하지 않았다. 이전엔 좌우간 학원 사람들에게 인정받고 싶어서 필사적이었으니까.

하지만 그렇다고 누군가를 밀어내면서까지 루나 뤼미에르의 자리에 앉고 싶다고는, 메리다는 생각한 적도 없다.

그럼 누가? 메리다와 엘리제를 선발전에 참가시켜서, 학원장이 말했던 《범인》은 도대체 무슨 이득을 본다는 걸까……?

"안녕."

그때, 갑자기 누군가 말을 걸었다.

메리다가 그렇게 놀라지 않고 끝난 것은 그 목소리가 너무나 맑고, 침착했기 때문이리라. 한밤중에만 모습을 보이는 요정과 마주친 듯한 기분이었다.

휴게실 입구에 네글리제 차림의 여자아이가 서 있었다. 흑수정을 연상케 하는 투명한 느낌의 흑발. 얼굴을 마주 대하는 건

두 번째지만 메리다는 금방 알아차렸다.

"아…… 도트리슈의."

"파티에서 근사한 유리 세공품을 줘서 고마워, 메리다."

환영 담당인 메리다가 직접 만든 훈장을 준 검은 머리의 도트리슈 학생이다. 이 조용하고 어두컴컴한 분위기 속에서 얼굴을 마주하니, 그녀의 어른스러운 미소는 한층 더 요염해 보였다.

랜턴조차 들지 않고 온 그녀는 들떠 보이는 발걸음으로 다가왔다. 뒷짐을 지고 스텝을 밟고, 노래하는 듯한 목소리로 질문을 해왔다.

"있잖아, 사실 그쪽 후보생은 너희 둘이 아니었던 거지?"

"어?"

"개회식 분위기를 보면 알아. 어쨌든, 스테인드글라스를 바꿔치기하는 건 무척 훌륭한 방법이었다고 생각하지 않아?"

"나는 아니야."

메리다가 대답하자 흑발의 그녀는 여배우처럼 놀란 연기를 했다.

"난, 메리다가 했다고는 한마디도 안 했는데?"

"……."

"지금은 이야기할 기분이 아니니?"

메리다가 입술을 깨물자, 흑발의 그녀는 메리다를 배려할 생각인지 몸을 돌렸다.

"또 만나러 올게. 선발전, 힘내. 응원하고 있어."

대답도 하지 못하는 사이에 흑수정 머리칼이 휴게실 입구에 나부끼고 사라진다. 마치 정말로 요정이나 그런 거라도 되는 양 소녀는 눈 깜짝할 사이에 가버리고 없었다.

메리다가 깊은 한숨을 내쉬자 다시 한번 목소리가 울렸다.

"아가씨."

이어서 발코니 상공에서 웬 사람이 사뿐히 내려왔다. 메리다도 이번만큼은 놀랐다.

"선생님. 어, 언제부터 거기에?"

"죄송합니다. 말을 걸 생각은 없었습니다만."

"처, 처음부터인가요……."

아무래도 방을 나간 시점에서부터 지켜보고 있었던 모양이다. 걱정을 끼치고 말았다.

메리다가 발코니로 나가자 쿠퍼는 휴게실 입구로 시선을 돌렸다.

"방금 분은?"

"으음, 도트리슈 학생 같아요. 그러고 보니, 이름도 안 물어봤네."

"그렇습니까……."

한쪽 눈을 살짝 감고 어둠을 응시하는 쿠퍼는 무슨 생각을 하는 걸까.

이때, 그의 얼굴을 쳐다보고 있었던 메리다는 결국 감정을 억누를 수 없게 되었다.

와이셔츠를 입은 쿠퍼의 가슴에 정면으로 천천히 안겨들었다.

"아가씨?"

"제가 아니에요……."

가슴 쪽에서 들려온 흐릿한 목소리에 쿠퍼의 눈동자가 퍼뜩 흔들렸다.

쿠퍼의 가슴에 매달린 메리다는 눈물을 흘리고 있었다.

"난 아니야. 내가 바꾼 게 아니라고. 기껏 다 같이 만든 스테인드글라스를, 내가 왜 부수고 그래요. 그런데, 전부 저 때문이래요! 다들, 다들 내가 잘못했다고! 난 나쁜 짓은 하나도 안 했는데!!"

"아가씨."

쿠퍼는 메리다를 꼬옥 껴안았다. 그칠 줄 모르고 우는 가냘픈 소녀의 몸을 양팔로 단단히 감싸준다.

금세공 같은 머리칼에 입술을 바짝 대면서 타일렀다.

"설령 전 세계가 의심해도, 저만은 당신의 편입니다."

"선생님……!"

"그러니 아가씨도 저를 믿으세요. 제가, 당신을 믿고 있다는 것을."

대부분 빛이 꺼진 기숙사 탑. 칠흑에 뭉개질 것처럼 새카만 어둠 속에서.

밤하늘에 홀로 빛나는 별 같은 메리다를 쿠퍼는 언제까지고 계속 안아주었다.

소녀의 온기를 느끼며, 쿠퍼의 가슴속에서 결의가 날카롭게 다듬어진다.

메리다의 눈물은 그 한 방울 한 방울이 자신에게 있어 다이아 몬드보다도 큰 가치를 가진다. 이 아가씨를 슬프게 만든 죄는 무겁다——.

반드시 대가를 치르게 해주마! 진범(마디아)!!

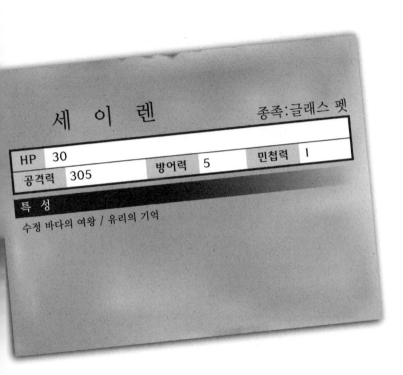

세 이 렌		종족:글래스 펫
HP	30	

공격력	305	방어력	5	민첩력	1

특 성

수정 바다의 여왕 / 유리의 기억

[개 요]

글래스몬드 팰리스 옥상 수영장에 군림하는 물의 요정의 모습을 한 글래스 펫.
감정으로 물의 흐름을 자유롭게 조종하는 능력을 가져, 수영을 즐기는 자들을 때로는 도와주고,
때로는 조롱한다. 변덕스러운 그 마음이 원래는 누구의 영혼을 모방한 것인지는 아무도 모른다.
수영장을 찾은 이들에게 그것이 우아한 바캉스가 될지 혹은 거친 폭풍우가 될지는, 물보다도 종
잡을 수 없는 이 세이렌의 심기에 달렸다고 할 수 있으리라.

LESSON : Ⅳ ～아름다운 노랫소리와, 깨진 그릇～

　그 꿈 같았던 환영 파티 다음 날 아침——.

　메리다와 엘리제 그리고 쿠퍼와 로제티는 등굣길에, 교사 탑 1층 로비의 가장 눈에 띄는 위치에 유리로 만든 커다란 천칭이 장식된 것을 볼 수 있었다.

　활처럼 구부러진 네 개의 지주 끝에 유리 바구니가 매달려 있고, 제각기 '메리다', '엘리제', '키이라'. '살라샤' 라고 쓰인 플레이트가 걸려 있다.

　네 개의 바구니 안에는 형형색색의 작은 유리석(石)이 깔려 있었다. 분량은 각기 차이가 있다. '키이라' 의 바구니에는 가장 커다란 무더기가 있었고, 숫자는 꽤 차이가 나지만 그다음이 '살라샤', 거기서 추가로 절반 정도 더 줄어 '엘리제'. 그리고 '메리다' 의 플레이트를 단 바구니에는 돌 여섯 개가 민망하게 널브러져 있을 뿐이었다.

　"아가씨, 이 유리석의 숫자는 무엇을 나타내는 건가요?"

　"득표수예요."

　딱히 충격을 받은 기색도 없이 메리다는 태연하게 대답했다.

　"선발전 출장자 이외의 학생한테는 이 유리석이 네 개 배포되고, 돌 하나가 1포인트의 투표권이 되는 거예요. 돌은 아무 때나 넣어도 되지만, 꺼내거나 다른 바구니에 다시 넣거나 할 순없어요. 그래서 보통은 시련이 시작되기 전의 평판으로서 한번, 제1시련이 끝난 후, 제2시련이 끝난 후, 제3시련이 끝난 후에 각각 한 번씩 총 네 번으로 나눠 투표하는 게 일반적인 모양이에요."

"그렇군요. 그렇게 세 개의 시련이 끝난 후, 최종적으로 유리석을 가장 많이 받은 후보생이 루나 뤼미에르의 영관을 손에 넣는다, 이 얘긴가요."

이해한 쿠퍼는 고개를 끄덕이고서 다시 유리로 만든 거대 천칭을 올려다보았다.

"다시 말해 지금은 선발전이 시작되기 전의 평판이라는 게 됩니다만⋯⋯."

"전 아무도 기대하지 않나 봐요."

"보십시오, 아가씨. 그래도 몇 사람은 아가씨를 응원해주시고 있습니다."

"정말이네. 기쁘다아."

마치 꽃잎처럼 메리다의 입술이 벌어진다.

이때 교사 탑 상층에서 종이 울렸다. 홈룸이 시작되는 신호다. 일행은 늘 가는 교실로 향하기 위해 발걸음을 내디뎠다. 메리다는 무의식적으로 사촌 자매와 손을 잡으려 하다, 잡혀야 할 손바닥이 옆에 없음을 깨달았다.

"엘리?"

뒤돌아보니 그녀는 아직 혼자서 천칭을 올려다보고 있었다. 넋을 잃고 생각에 잠겨 종소리도 깨닫지 못한 모양이다.

"엘리, 그러다 수업 늦겠다."

"아…… 응. 갈게."

엘리제는 후다닥 쫓아간 다음 메리다와 팔짱을 끼고 걷기 시작했다.

사이좋은 광경이 흐뭇하기 그지없지만, 유감스럽게도 두 사람이 서로 다른 반. 엘리제와 헤어져 메리다가 자기 교실로 가문을 열고 들어가자, 같은 반 애들의 시선이 일제히 모이기 시작했고, 이어서 부자연스럽게 다른 곳으로 돌아갔다.

모두 힐끔힐끔 메리다를 신경 쓰면서도 결코 말을 걸려고 하지는 않는다.

"……안녕, 얘들아."

"아, 안녕하세요, 메리다 님!"

메리다 쪽에서 인사하자 급우들은 무서워하듯이 몸을 피했다.

오늘은 기숙사 방을 나와서부터 줄곧 이런 상태다. 이유는 명백하다. 어젯밤 환영 파티에서의 사건이 이런 상황을 야기한 것이리라. 메리다가 자석이기라도 한 양 누구도 접근하고 싶어 하지 않아서 어쩔 수 없이 주위에 아무도 없는 구석진 자리에 가방을 놓았다.

쿠퍼도 탄식을 숨기면서 그 바로 옆의 계단에 걸터앉았을 때였다.

"……안녕, 메리다."

옆의 의자에 같은 반 한 명이 착석했다. 너무나 갑작스러운 한편 예상하지 못한 상대여서 메리다의 목소리도 엉겁결에 뒤집혔다.

"네, 네르바? 아, 안녕."

"…………."

말을 걸었으면서 무뚝뚝한 얼굴로 입을 다문 소녀는, 한때 메리다를 타깃으로 삼아 괴롭혔었던 네르바 마르티요였다. 그러고 보니 무슨 생각인지 메리다의 유닛 멤버로 입후보해 주었는데, 여태 제대로 이야기를 나눌 시간도 없었다.

조금 떨어진 자리에서 네르바의 자매(블루멘)들이 걱정스러운 듯이 상황을 지켜보고 있다. 메리다가 안절부절못하고 있자 네르바는 손으로 턱을 괴고 창밖을 바라보면서 조용히 말했다.

"……어떡할 거야?"

"어…… 뭐, 뭐가?"

"그러니까, 그……."

"…………."

"…………."

그것을 끝으로 둘 다 입을 다물어 버렸다.

지지부진 이야기가 진행되지 않는 것을 보고 쿠퍼는 "으흠." 하고 헛기침을 하며 일어났다. 메리다의 책상 앞으로 돌아가자, 소녀들의 시선이 갈 곳을 찾듯이 모이기 시작한다.

"아가씨들. 두 분에게 이래저래 인연이 있는 건 알고 있습니다만, 안타깝게도 지금은 느긋하게 화해하고 있을 시간이 없습니다. 지금은 부디 일시적으로 신뢰관계를 맺어주세요. ——
악수!"

쿠퍼가 좌우의 손으로 악수하는 제스처를 취하자 소녀들은 머
뭇거리며 서로를 마주 보았다. 어색하긴 하지만 누가 먼저랄 것
도 없이 손바닥을 뻗고 맞잡는다.

그것이 신호라도 되었다는 듯이 네르바는 곧바로 말을 쏟아냈
다.

"그래서 선발전 말인데! 뭔가 생각은 있는 거야? 나, 도트리
슈 학생 앞에서 개망신당하는 건 완전 사절이거든."

메리다도 까다롭게 생각하는 건 그만두고 꾸밈없는 어조로 대
답했다.

"생각해봤는데, 우리의 강점은 역시 셴파 언니가 아군이라는
점 같아."

"나도 그렇게 생각해. 그럼 이렇게 되겠군. 나랑 메리다가 서
포트를 충실히 하고, 미끼가 될지 방패가 될지 정해서……."

"응. 그래서 셴파 언니가 혼자여도 괜찮은 상황을 만들어줄
수 있으면, 진대도 그렇게 비참하게 지진 않겠지?"

"나쁘지 않은 아이디어야. 그러면 남은 건 어떻게 적의 주의
를 끄느냐인데——."

철썩! 목검을 손바닥에 쳐서 쿠퍼는 두 사람의 입을 다물게 하
였다. 메리다와 네르바의 어깨가 튀어 올랐고, 반사적으로 앉
음새를 고치고 그를 올려다본다.

"이 겁쟁이들, 거기 앉으세요."

"네, 네엡……."

"그보다 어디에서 목검을……."

"보기 좋게 지겠다고요? 무슨 잠꼬대 같은 소립니까. 이왕 하는 이상! 전력으로 승리를 노리는 게 당연하잖습니까!!"

"네, 네에에엣?!"

"쿠퍼 님, 하지만 상식적으로 생각해서 말한 건데요?"

끝까지 신중한 스탠스를 흐트러뜨리지 않은 채 네르바가 의견을 말했다.

"딱히 비아냥거리는 게 아니라 객관적인 시점에서 볼 때——이번 선발전에서 메리다가 상위를 노리는 건 힘들지 않을까요? 여하튼 다른 후보생들이라면, 도트리슈의 《프린스》를 필두로, 그 살라샤라는 애도 저쪽에서 최우수 1학년이라고 하고, 엘리제에 관해서는 말할 것도 없고……. 로비에 있는 천칭 보셨어요? 그 득표수의 차이가 선발전에 관한 전망을 그대로 암시하고 있는 거예요."

"재미있군. 대체 나를 누구라고 생각하시는지?"

표차가 크면 클수록 불탄다고 말하려는 듯이 쿠퍼는 입꼬리를 추어올린다.

"아무도 기대하지 않기에 오히려 다들 놀랄 만한 기적을 연출할 수 있는 겁니다. 전 학기의 공개시합을 벌써 잊으셨나요? 그날, 메리다 아가씨의 승리를 예상한 분이 몇천 명의 관객 속에 한 명이라도 있었습니까?

"으으…… 왜 패배한 저를 향해서 그런 말을 하나요."

"가장 가까이에서 목격한 네르바 님이야말로, 누구보다도 실감하실 겁니다."

결코 물러서려고 하지 않는 연상의 남성 모습에 네르바는 포기한 것 같은 한숨을 쉬었다.

입장이 조금 난처해졌지만 어딘가 기쁜 듯이 메리다가 말을 걸었다.

"미안해. 선생님이 평소엔 점잖으신데, 왠지 나에 관한 일이 되면 가끔 이렇게 아이처럼 굴거든."

"둘 사이를 자랑하는 것으로밖에 안 들려, 그 말은."

머리가 아픈 듯 한숨을 쉬고서 네르바도 일단 수긍은 해주었다.

쿠퍼는 만족한 듯이 고개를 끄덕여 대답하고 둘을 향해 거듭 주장했다.

"좋습니다. 앞으로 1개월, 아가씨의 루나 뤼미에르 당선을 목표로 빡세게 지도해나갈 테니 그렇게 아십시오. 방과 후의 예정은 매일! 비워놓도록."

"내가 어쩌자고 하겠다고 이름을 댔을까……."

"당장 할 일은——."

네르바의 한탄을 화려하게 흘려듣고 쿠퍼는 계속했다.

"팀 메리다를 저를 포함해 네 명 빠짐없이 모두 모으는 일부터 군요."

"그럼 셴파 언니를 부르러 가야겠어요."

메리다가 그렇게 확인하고, 하지만 조금 거북한 표정으로 네르바와 얼굴을 마주 보았다.

"그런데, 상급생 교실은 왠지 좀……."

"들어가기 어렵지."

"더구나 난 지금 학원 전체로부터 미움받는 상황이니……."

"언니들한테서 무슨 소릴 들을지 훤하다 훤해."

"그나마 사람이 적은 시간이 언제일까?"

"휴일이 좋지 않을까 싶은데. 셴파 언니는 동아리에는 소속되지 않은 거로 알아. 그러니 기숙사 탑에서 나오는 순간을 진득하게 기다려서——."

철써어억!!

""오늘 점심시간에라도 당장 가세요!!""

쿠퍼의 목검이 내는 음색 하나로 꼿꼿이 등줄기를 고치는 메리다와 네르바였다.

† † †

"조금 더 꾸물거릴 줄 알았는데…… 바로 3학년 교실에 뛰어들어 올 줄이야, 역시 배짱이 있구나, 너희는."

홍차가 담긴 컵을 기울이면서 셴파 쯔베토크는 장난스럽게 웃었다.

허브 정원 근처에 세워진, 프리데스위데 학생들이 즐겨 찾는 오픈 카페다. 주위의 테이블에는 점심 식사를 즐기는 여학생들의 모습이 적잖이 있어, 호기심 어린 시선들이 힐끔힐끔 집중된다. 그럴 만도 한 게, 옆에서 보면 꽤 묘한 조합의 그룹이다.

학원 유일의 남성기사에, 그가 섬기는 무능영애, 그 옆에 앉아 있는 건 얼마 전까지 괴롭혔던 장본인이고, 게다가 전 학생의 우상인 언니까지……. 너무나도 있을 수 없는 광경에 카페 여기저기에서 소문의 꽃이 만발한다.

학생들의 주목을 있는 대로 모으면서 우선 쿠퍼가 공손하게 인사를 했다.

"어젯밤 환영 파티에서는 큰 도움이 되었습니다. 감사의 말씀을 드립니다, 미스 쯔베토크."

"잘 부탁해요. 이쪽으로서도 선발전에 참가할 수 있는 건 명예로운 일인걸요."

여유 있는 미소로 대답하고서 셴파는 적극적으로 테이블 위에 몸을 내밀어 왔다.

"그러면, 급조한 유닛이니까 느긋하게 있을 시간도 없겠네. 바로 선발전 대책회의를 시작하죠. ——메리다, 후보생이니까 학원장님으로부터 시련 개요를 건네받았을 거라 생각하는데?"

"아, 네! 가지고 왔어요."

메리다는 가방에서 둥글게 만 양피지를 꺼냈다. 끈을 풀어 전원이 읽을 수 있도록 테이블 중앙에 쫙 펴고. 각자 몸을 내밀어 사방팔방에서 머리를 맞댄다.

양피지에는 다음과 같이 쓰여 있었다.

==

❋제1시련《건배》개최일 : 9월 제2주 7일째 장소 : 옥상 수영장

　수영장의 수호여신인 글래스 펫《세이렌》에게 루나 후보생으로서 걸맞은 아름다움과 재능을 보이고, 그녀의 등에서 힘의 근원인 날개를 탈취할 것.

　또한, 후보생에게는 전용 수영복이 준비된다. 별도 확인.

❋제2시련《꼭두각시 무도회》개최일 : 9월 제4주 3일째 장소 : 안뜰

　페어를 킹으로 가정하고, 후보생 한 명과 실전적인 체스 게임을 한다. 다종다양한 글래스 펫이 플레이어의 말이 될 것이다.

　※상세한 게임 룰은 제1시련 후에 통지

　※시련 개시 때 특별 룰의 추가 있음

❋제3시련《기적의 성》개최일 : 10월 제2주 1일째 장소 : 궁전 전체

　모든 후보생과 유닛 멤버로 배틀 로얄을 벌여 자웅을 가린다. 각자 가슴에 붙인 훈장은 후보생이 3포인트, 유닛 멤버가 1포인트의 가치를 지닌다.

　30분의 제한시간 내에 가지고 있는 모든 힘을 구사해 포인트를 확보하라.

==

마지막까지 다 읽고서 센파가 양피지 앞에서 몸을 뺐다.

"세 번째 시련까지는 아직 짬이 있어. 두 번째 시련에 대해서는 생각해봐야 방법이 없고. ——당장 문제인 건 3일 후로 다가온 첫 번째 시련에 대한 대책이네."

네르바도 의자에 다시 앉아 센파에게 얼굴을 돌린다.

"저, 수영장은 오랜만이에요. 뭘 하는지는 대강 알겠는데, '아름다움과 재능을 보여라.'라는 말이 무슨 뜻인 거 같으세요? 언니."

"요약하면 세이렌이라는 녀석을 매료시켜 날개를 만지는 허가를 받으라는 거겠지. 특별한 퍼포먼스가 필요해질지도 모르겠네……."

"특별한?"

"그냥 우두커니 서 있기만 해선 불충분하다는 말씀. 예를 들면 악기를 연주하거나 특기를 보여 주거나……. 아마 숙녀로서의 교양을 묻는 시련일 거라 생각해."

"저기……."

메리다가 머뭇거리며 거수를 하여 테이블의 시선을 모았다.

"왜 그러십니까? 아가씨."

"저, 저 말이에요, 헤엄치는 데 별로 자신이 없어서……."

추욱. 다른 세 사람의 어깨가 처진다. 쿠퍼는 기분을 새로이 하고 얼굴을 들었다.

"그럼 연습할까요."

"그런데 쿠퍼 님, 어디서 연습을? 성 프리데스위데에는, 아니, 그보다 수영시설 자체가 좀처럼 있는 게 아닌 데다 헤엄을 칠 수 있을 만큼 넓은 물가는…….”

“과연, 이거 난처하게 됐군요…….”

네르바와 나란히 고민하고 있자 셴파가 문득 깨달은 것처럼 얼굴을 들었다.

“있어, 헤엄칠 수 있는 장소.”

“정말이에요?”

“기숙사 탑 6층에 학생회 임원이나 기숙사 감독생만 사용할 수 있는 큰 욕탕이 있어. 나도 가끔 들어가는데 그 넓이라면 수영연습에도 충분할 거야.”

셴파는 턱에 손가락을 대고 생각하면서 설명을 이었다.

“다른 애들 입욕 시간이랑 겹치면 안 좋으니까…… 밤 11시부터 1시간, 내가 어떻게든 빌려볼게. 짧아서 미안하지만 3일 안에 메리다를 철저히 훈련해줘요, 쿠퍼 선생님.”

쿠퍼는 가슴에 손바닥을 대고 다시 한번 인사를 했다.

“협력 감사합니다, 미스 쯔베토크.”

“셴파 님은 기숙사 감독생이기도 했었군요!”

메리다가 존경의 눈길을 보냈다. 그러나 셴파는 깨끗이 고개를 가로젓는다.

“에이, 설마. 그런 귀찮은 역할을 누가 떠맡겠어.”

“어, 그런데 방금, 학생회 사람이나 감독생만 사용할 수 있다고…….”

메리다가 아는 한 셴파는 학생회 멤버가 아니다. 그러자 그녀는 태연한 얼굴로 홍차를 머금으면서 에둘러 대답을 밝혔다.

"루나의 위광이라는 게 이렇게 편리해."

다른 셋은 바로 제각기 시선을 분산시키고 티컵을 손에 들었다. 갑자기 생각난 것처럼 케이크 진열장을 가리키고, 이곳의 구운 과자는 절품이네 어쩌네 하고 후하게 칭찬했다.

편리하다는 점은 정말로 틀림없기 때문에, 아무것도 묻지 않은 거로 했다.

† † †

그날 밤 기숙사 탑 소등시간이 지난 후. 쿠퍼와 메리다 두 사람은 바로 첫 번째 시련을 대비한 수영연습에 나서기로 했다. 우선 피복실에 들러 후보생용 특제 수영복을 조달해 셴파가 가르쳐준 6층의 대욕탕으로 향한다.

학생회 임원도, 감독생도 아닌 메리다가 이런 시간에 돌아다니면 사감 시스터에게 발각되는 즉시 큰 꾸지람을 들을 것이다. 쿠퍼는 사무라이 클래스의 스킬을 완전히 발휘해 순회하는 빛을 교묘하게 피하면서 메리다를 상층으로 이끌었다.

셴파가 그려준 학내지도를 이따금 확인.

기숙사 탑 6층에 체크된 문을 열자 그곳이 바로 목적지인 대욕탕이었다.

"엘리와 로제티 님은 아직 오지 않은 모양이네요."

휑한 탈의실을 돌고 메리다가 바구니 하나에 손짐을 넣는다.

쿠퍼는 그 반대 측 선반에서 갈아입기로 했다. 메리다와는 정확히 등을 마주하는 위치.

메리다는 대욕탕에 관한 이야기를 엘리제에게도 밝히고, 한정된 이 시간과 장소를 나눈 합동연습을 제의했다. 자신과 마찬가지로 급히 출장하게 된 엘리제 역시 수영과제 때문에 고민하고 있을지도 모른다고 걱정해서이다.

쿠퍼로서는 자매의 우정에 물을 끼얹을 생각은 전혀 없다. 그렇지만 저 엔젤 분가의 은발 소녀 또한 선발전의 강력한 라이벌 중 한 명이라는 사실은 분명하다. 쿠퍼는 재빨리 군복 벨트를 풀면서 메리다에게 말을 걸었다.

"시간은 유한합니다. 한발 먼저 트레이닝을 시작하고 있죠."

"네, 네엡……. 저기, 선생님?"

목 언저리의 단추를 풀면서 메리다가 이쪽을 힐끔 살펴왔다.

"수, 수영복으로 갈아입을 거니까, 저 지금부터 일단, 전부 벗어야 하는데…… 여, 엿보면 안 돼요, 선생님! 저, 누가 보는지 즉시 알 수 있으니까요. ……그래도 선생님이 어떻게든 봐야겠다고 하시면, 조, 조금은 모르는 척을 해줄 수도——."

쿠웅! 쿠퍼는 메리다가 말하는 도중에 접이식 칸막이를 놓았다. 메리다의 주위에 칸막이를 착착 전개하면서 상냥하게 웃는다.

"아가씨는 이쪽을 쓰십시오. 걱정 마세요, 빈틈은 없습니다."

만반의 준비와 동시에 자제심으로 넘쳐흐르는 신사의 미소를 짓는 가정교사의 모습에, 메리다는 왠지 납득이 가지 않는다는

듯이 입술을 다물고,

"배려 고맙네요!!"

엄청나게 복잡해 보이는 표정으로 화내면서 발을 동동 굴렀다.

칸막이 건너편으로부터 옷 스치는 소리가 들리기 시작한다. 뭔가 거침이 없다.

저 아가씨야 말할 것도 없겠지만, 이쪽도 이성과 번뇌가 종이 한 장 차이다. 쿠퍼는 머리를 흔들어 사념을 떨쳐내고 "그럼." 하고 등을 돌려 옷을 벗기 시작했다.

그렇지만 메리다와 달리 이쪽에는 남성용 수영복이라는 센스 있는 물건은 준비되어 있지 않다. 그 때문에 군복 외투를 접고, 넥타이를 풀고, 와이셔츠를 벗고, 양말도 벗고 슬랙스 끝자락을 걷어 올리면, 그로써 준비 완료다. 흠뻑 젖을 걸 다 알고 왔고, 그래서 슬랙스와 갈아입을 속옷을 지참했다.

그렇게 상반신만 벗고 메리다가 갈아입기를 기다리고 있는데, 갑자기 칸막이 건너편에서 "앗." 하는 목소리가 울렸다.

"아차~…… 야단났네."

"왜 그러십니까?"

"태그를 보고 알았는데요, 저, 착각해서 엘리의 수영복을 가지고 와버린 것 같아요. 어떡해야 하나……."

"가지러 가실 겁니까?"

라고 말하긴 했지만 대욕탕을 사용할 수 있는 건 딱 한 시간뿐이다. 지금부터 다시 피복실로 돌아갔다가 들키지 않도록 신중하게 되돌아오려……면, 상당한 시간 낭비가 될 것이 뻔하다.

같은 생각을 한 것인지, 메리다가 칸막이 건너편에서 고개를 흔드는 기척이 느껴졌다.

"엘리 거라면 됐어요. 이대로 빌려 쓸래요."

"사이즈는 문제없습니까?"

"괜찮아요. 저희, 체구가 거의 똑같아서 옛날부터 자주 옷을 빌리고, 빌려주고…… 잠깐, 무슨 상상을 하는 거예요?!"

"아, 아무 상상도 하지 않으니, 빨리 갈아입으십시오."

공작 가문 자매의 알몸이 무심코 뇌리에 떠오르기 시작한 건 우리만의 비밀이다.

스르륵스르륵, 부스럭부스럭 옷 스치는 소리가 계속 났고, 머지않아 칸막이 건너편에서 수영복으로 갈아입은 메리다 아가씨가 모습을 드러냈다.

평범한 수영복이 아니다. 시련에 임하는 후보생을 위해서 만들어진 특별한 의상이다. 위아래가 분리된 형태지만 장식이 많아서 노출은 그리 강조되지 않는다. 신비한 느낌을 주는 얇은 베일 때문인지, 보는 사람으로선 물에서 헤엄치기보다 의식적인 용도의 물건이라는 인상을 받겠다.

머뭇머뭇 속살을 감추면서 메리다는 뺨을 붉히고 이쪽을 올려다봤다.

"어, 어때요? 어디 이상한 데 없나요……?"

"아가씨는 정말로, 뭘 입어도 어울리십니다. 드레스를 입으면 공주님, 네글리제 모습은 숲의 요정. 그리고, 가련한 수영복의 머메이드……."

"어머나, 선생님도 참……."

꺄아악, 수줍게 뺨을 누른 아가씨는 이어서 한층 얼굴을 상기시키면서 부끄러운 듯이 눈가를 가렸다. 손가락 틈으로 힐끔힐끔 이쪽을 훔쳐본다.

"선생님도, 좀 더 마르신 줄 알았는데, 몸이 무슨 조각 같아요……."

으읍. 가볍게 머슬 포즈를 잡으며 쿠퍼는 화답했다.

그렇게 얼추 비평회를 마친 두 사람은 바로 대욕탕에 발을 들였다.

셴파가 말했었던 대로 상당히 호화로운 입욕시설이었다. 대리석 바닥에, 일정한 간격으로 즐비하게 늘어선 기둥, 천장에 매달린 샹들리에가 널찍한 공간을 휘황찬란하게 비추고 있다. 이쯤 되니 기숙사생이 아닌 메리다 아가씨도,

"2학년이 되면 학생회에 입후보해볼까……."

하고 중얼거리는 것도 납득이 간다.

그리고 가장 중요한 욕조를 보면, 폭이 15미터가량 되고, 깊이는 쿠퍼가 바닥에 섰을 때 허리 언저리까지 온수에 잠길 정도는 된다. 몸집이 작은 열세 살 메리다라면 수영연습에 쓰기 충분할 것이다. 폭이 약간 불안하지만 이 이상을 바란다면 벌을 받으리라.

"그럼 폼을 확인해볼 테니 제 지시대로 헤엄쳐보십시오."

"네, 네엡."

조금 긴장한 기미의 메리다가 욕조 안에서 몸을 띄운다. 가정

교사의 목소리에 따라 욕조를 좌로 우로, 쿠퍼의 주위를 빙글빙글 돌 듯이 자유자재로 물을 헤쳐 보였다.

"물장구부터, 크롤, 배영으로——뭐야, 잘만 헤엄치잖아요."

"정말이네. 몇 년 만인데, 의외로 몸이 기억하는군요."

"이거라면 물에 몸을 길들이기만 해도——아니, 잠시만요."

쿠퍼는 미간에 손가락을 댔다. 쓰지도 않은 안경이 번쩍 빛난다.

"경쟁이 없는 훈련……. 얼마나 따분하겠습니까."

"선생님은 왜 그렇게 난이도를 못 올려서 안달이세요!"

"무슨 말씀이십니까. 시련에서는 무슨 일이 일어날지 모르니까 전력을 기울여야 합니다. ——해서 꺼낸 건 이쪽, 동전 열 개입니다."

주머니에서 꺼낸 금색 동전을 손바닥 안의 빛으로 보여준다. 천천히 엄지손가락으로 피————잉 하고 튕기자 허공을 비행한 광채가 욕조로 낙하한다. 연거푸 피잉, 피잉, 피잉, 핑핑핑핑피————잉 하고 시원한 소리가 메아리치고, 황금 조각들이 어지러울 만큼 빠른 속도로 욕조 여기저기에 파문을 일으켰다.

쿠퍼는 뒷짐을 지고 몹시 유쾌해 보이는 미소를 지으며 말했다.

"자, 아가씨, 테스트 개시입니다. 이 욕조에 있는 동전 열 개를 전부 모으십시오. 제한시간은 3분. ——그럼, 시작!"

"조, 좋~아…… 파이팅."

양손을 쥐고 기합을 넣고서 메리다는 수중으로 뛰어들었다.

 탕 자체가 아주 맑고, 바닥에 가라앉은 동전이 반짝반짝 빛내며 존재를 주장하는 덕택에 그렇게 어려운 과제는 아니다. 몇 번인가 중간중간 숨을 돌리면서 메리다는 순조롭게 황금색 조각을 주워 모아갔다. 단숨에 세 개, 여세를 몰아 다섯 개, 순식간에 일곱 개 그리고 여덟 개째, 아홉 개째를 손에 넣고서——.

 푸하아, 숨을 돌린 메리다는 약간 초조한 듯이 욕조를 둘러보았다.

 "어, 어라? 이상한데…… 열 개째는 어디에 있는 거지?"

 "이런, 이상하군요."

 이미 욕조 바닥 어디를 둘러봐도 황금 한 톨 보이지 않는다. 그리고 눈앞에는 뒷짐을 지고 싱글벙글 미소 짓고 있는 가정교사의 모습……. 메리다는 바로 느낌이 딱 왔다.

 "——아, 알겠다! 열 개째는 선생님이 가지고 있구나!"

 "정답입니다. 자, 제한시간은 앞으로 1분입니다."

 뒤에 숨기고 있었던 마지막 동전을 여봐란듯이 보이고 쿠퍼는 욕조 안에서 자세를 갖추었다. 메리다도 눈동자를 날카롭게 뜨고 욕조 바닥을 걷어찼다.

 "에잇!"

 일직선으로 달려들지만, 가정교사는 탕 속이라곤 생각되지 않을 만큼 날렵하게 회피했다. 쉴 새 없이 두 번, 세 번 팔을 뻗긴 했지만 메리다의 손바닥은 아주 쉽게 받아 넘겨졌다. 물의 저항을 있는 대로 받아서 허리에 힘이 실리지 않는다.

"앞으로 30초. ──아가씨, 우리는 마나 능력자라는 사실을 잊지 마세요."

"마, 맞아!"

쿠퍼의 어드바이스에 메리다는 황급히 마음의 심부에 사념을 집중시켰다.

잠시 후, 수영복 차림의 전신에서 황금색 불길이 풀려나왔다. 반사광에 의해 욕조 전체가 신성한 색으로 물들었다. 쿠퍼는 엷게 미소 지으면서 더욱 허리를 낮춘다.

"아가씨. 마나를 해방한 상태에서 물의 저항을 받으며 행동하는 감각을 익히세요. 평소보다 꽤 몸의 감각이 다를 겁니다. 힘 조절을 실수하지 마세요……."

"알겠습니다!"

씩씩하게 대답한 메리다는 다짜고짜 전력으로 바닥을 박찼다.

첨벙────!! 수면이 폭발했다.

성대하게 물보라가 솟아오르고, 욕조에서 튀어나온 메리다는 높은 천장에 닿을락 말락 할 때까지 날아올랐다. 아무래도 힘을 지나치게 넣은 모양이다. 쿠퍼는 깜짝 놀라 눈을 부릅떴다.

"아, 아가씨!"

예상외의 일에 메리다는 매우 놀라 당황했다. 그녀가 수면에 내동댕이쳐지지 않도록 쿠퍼는 정확하게 바닥을 차서 낙하지점으로 뛰어들었다.

슬로 모션처럼 메리다가 품 안에 쏙 떨어졌고, 직후에 다시 요란한 물소리와 물보라가 튀었다. 쿠퍼는 메리다를 감싸면서 등부터 욕조에 가라앉았다.

""어푸푸……!""

둘 다 탕 속에서 거품을 토하면서 간신히 물 위로. 쿠퍼는 그대로 욕조 가장자리에 등을 맡겼다. 도약했을 때 힘이 조금 더 붙었었더라면, 하마터면 대리석에 대격돌할 뻔했다.

우람한 팔에 꼭 안긴 채 메리다는 쿠퍼를 등으로 밀어 넘어뜨린 것 같은 자세에서 얼굴을 들여다보았다. 자신의 어깨에 걸쳐진 손을 미안한 마음에 꼭 잡았다.

"죄, 죄송해요, 선생님. 괜찮으세요?"

"아, 아가씨야말로, 다친 데는 없으십니까?"

"저는 완전 끄떡없어요. 선생님이 보호해줘서……."

"저도 이쯤이야 별거 아닙니다. 무사하셔서 다행입니다."

"네. 정말 서로 아무 일도 없어서 다행──."

부우욱.

그때, 명백한 이음(異音)이 가까이에서 울렸다. 물소리와는 다르다. 무언가가 찢어졌음을 알 수 있는 직감적인 소리였다. 메리다가 눈살을 찌푸리는 것과 동시에 스르륵 하고 옷 스치는 소리가.

직후, 그녀의 가슴팍에서 수영복 상의가 미끄러져 떨어졌다.

쿠퍼의 눈앞에서 일어난 일이다. 순간적으로 사태를 이해하지 못하고 시선이 당연하다는 듯이 훤히 드러난 살색에 끌려갔다. 무방비로 노출된 맨 가슴, 부풀기 시작한 두 언덕. 촉촉함을 빨아들이는 그 끝에, 풋풋한 딸기가 오뚝하게 위를 향해 있다.

물방울이 쇄골을 타고 계곡에서 오른쪽 가슴을 미끄러지듯
이 올라, 정점에 있는 복숭아색 부분에서 투명한 빛을 머금더
니……. 찰싹, 쿠퍼의 입술에 튀었다.

"꺄아…………!!"

제 몸에 일어난 일을 파악하기 어려웠던 아가씨는 거기서 간
신히 정신을 차렸다. 맨 가슴을 감싸고 비명을 지르면서 욕조에
쭈그리고 앉는다.

"꺄아아아아아아아아아아아아악?!"

『지금 목소리…… 리타?!』

그리고. 비극이란 연달아 오는 법.

탈의실 쪽에서 다른 목소리가 들렸다 싶었더니 문이 확 열어
젖혔다. 뜨거운 김 건너편에서 배스타월조차 걸치지 않은 벌거
숭이 소녀들이 뛰어들어온다.

"무슨 일이야, 리타!"

"잠깐만요, 엘리제 님! 아무리 그래도 타월은 챙겨야지!"

쿠퍼 앞에 스스로 몸을 날린 건 다름 아닌 엘리제 엔젤과 로제
티 프리켓이었다. 두 사람은 쿠퍼의 모습을 인지하자 발을 멈추
더니, 욕조 안에서 얼굴을 새빨갛게 붉히고 있는 상반신이 알몸
인 메리다를 발견했고, 이어서 뒤늦게 자신들의 꼴을 돌아보았
다.

수영복으로 갈아입는 도중이었나 보다. 어찌어찌 속옷이 걸
려 있는 로제티는 그나마 다행이지만 엘리제 쪽은 위에서 아래
까지 살색으로 만개하고, 배스타월조차 걸치지 않은 상태다.

어안이 벙벙해진 쿠퍼의 시선이 자기도 모르게 소녀들의 아리따운 신체를 구석구석까지 핥아 버렸고——— 직후, 번개 같은 속도로 양팔이 그 시선으로부터 가슴과 하반신을 지킨다.

엘리제의 얼굴이 그녀답지 않게 수줍어하는 동시에 화가 난 것 같은 주홍색으로 물들었다. "히이익!" 하고 외마디비명을 지른 로제티는 눈동자에 눈물마저 글썽인다.

잠시 후에 펼쳐질 미래는 누구나 똑똑히 예상할 수 있겠지만——

고막을 찢을 듯한 그 절규를 쿠퍼는 달게 받아들였다.

""꺄아아아아아아아아아아아아아악!!""

———애당초.

이곳에는 입욕이 아니라 수영연습을 하기 위해 모인 것이며, 쿠퍼가 지도하기로 한 것 또한 상대방 역시 알고 있고, 무엇보다 알몸으로 돌격해온 건 저쪽 분들이라서 해명의 여지는 충분히 있을 테지만,

"무례를 용서하십시오, 아가씨들. 어떤 벌이라도 받겠습니다……."

불필요한 말은 붙이지 않고 쿠퍼는 그저 무릎을 푹 꿇었다. 알몸에 배스타월을 두른 세 명의 소녀들은 욕조 가장자리에 걸터앉아 손바닥을 획획 흔들었다.

"아, 아니에요. 선생님이 잘못한 건 아니니까……."

"솔직히, 있는 거 알고서 들어간 것도 이쪽이니……."

"…………."

엘리제만은 말없이 욕조를 첨벙 차올렸다.

덕분에 뜨거운 물을 뒤집어쓰고 말았지만, 이걸로 참아준다면 좋다고 칠 수 있다. 쿠퍼는 머리를 흔들어 물방울을 털면서 다시 소녀들에게로 돌아섰다.

"관대한 마음씨에 감사드립니다. ——그럼, 그건 그렇다 치고. 아가씨들, 이쪽을 봐주십시오."

쿠퍼가 건네준 것은 바로 메리다가 입고 있었던 수영복 상의였다. 조금 전의 사고가 생각나서인지 뺨을 붉히면서 메리다가 의아한 눈길로 수영복을 살폈다.

"그러고 보니, 왜 갑자기 벗겨진 거죠?"

"옷깃의 매듭을 보십시오. 부자연스럽게 찢어진 곳이 있습니다."

"네에?! 그건 다시 말해……!"

로제티가 얼굴을 쳐든다. 쿠퍼는 신중히 고개를 끄덕여 대답했다.

"이걸 입고 격렬한 운동을 하면 벗겨지도록 세공이 되어 있었던 겁니다. 그 수영복은 메리다 아가씨가 착각하고 가져온 엘리제 님의 것. 그리고 엘리제 님이 대신 가져온 메리다 아가씨의 수영복을 확인해본바, 이와 같은 세공은 보이지 않았습니다. 요컨대 후보생 누군가를……이라기보다, 엘리제 님을 타깃으로 한 짓궂은 행위로 여겨집니다."

"용서 못해! 그런 방법으로 방해하려고 하다니!"

사촌 자매를 생각해 메리다가 얼굴을 붉히며 일어났다. 엘리제는 그런 메리다를 무표정으로 막고 이쪽을 쳐다보기 시작한다. 쿠퍼의 뺨에 끈끈하게 시선이 들러붙었다.

　"나로서는 그것보다 쿠퍼 선생님이 알몸을 본 쪽이 문제."

　"아, 아무튼!"

　콜록하고 헛기침을 하면서 쿠퍼는 표정을 다잡고 소녀들을 응시했다.

　"아가씨들, 이번 건으로 분명해진 것은 한 가지입니다. 이 선발전을 방해하려고 하는 누군가가 저희 주위에 있다는 것. ——십분 주의해주십시오."

† † †

　갖가지 의심을 품으면서도 눈 깜짝할 사이에 시간은 흘러 3일 후. 드디어 선발전의 서전, 네 명의 후보생들이 첫 번째 시련에 임할 때가 찾아왔다.

　글래스몬드 팰리스 옥상에는 폭 50미터를 넘는 대형 수영장이 설치되어 있다. 물론 건축자재는 전부 유리다. 신비스런 수조 바닥에서 파란빛이 피어올라 흡사 물 그 자체가 빛나는 것같이 환상적인 광경을 연출하고 있었다.

　수영장 가장자리에서는 꺅꺅대는 앙칼진 환호성이 연신 나오고 있다. 300명이 넘는 수영복 차림의 여학생들이 물장구도 치고 수영 경주도 하며 놀고 있다. "선발전, 만세!" 그들의 마음속

외침이 들려오는 것 같았다.

"여러분! 수영장에 들어가는 건 허가합니다만, 시련을 방해하지 않도록, 또 시련에 말려들어 다치지 않도록, 알겠죠!"

평소와 같이 로브를 걸친 블랑망제 학원장이 물 바깥을 걸으며 학생들에게 파바박 주의를 주었다. '부상'이라는 한마디에 들떠 있었던 여학생들의 표정이 약간 긴장된다.

수영장 중심에는 원형 받침대가 있고, 거기에 유리 인형 하나가 엎드려 누워 있었다. 상반신은 미녀의 형체를 하고 있으나 하반신은 물고기의 모습. 거기에 등에는 새의 날개가 한 쌍……. 수영장의 수호여신이라고 불리는 글래스 펫 《세이렌》이다.

그 세이렌을 에워싸는 것처럼, 지금 수영장 가장자리에서 네 척의 곤돌라가 출발했다. 말할 필요도 없이 각각의 배에는 후보생들의 모습이 보였다. 이 시련을 위해서 마련된 특제 수영복이 파란빛에 비추어지고, 얇은 베일이 바람에 휘날린다.

첫 번째 시련에서는 페어도, 유닛 멤버들의 조력도 없다. 후보생 한 명 한 명의 힘으로 고난에 맞서지 않으면 안 되는 것이다.

긴장한 표정의 메리다, 평소와 똑같은 무표정의 엘리제, 어깨를 움츠리고 있는 도트리슈 후보생 살라샤에, 혼자 여유로운 미소를 짓고 있는 《프린스》 키이라. 네 명의 후보생을 똑같이 둘러보고서 수영장 전체에 울려 퍼지도록 학원장이 목청을 돋운다.

"그럼 다시 한번 시련의 개요를 확인하겠습니다. 제1시련 《건배》의 목표는 세이렌의 등에서 힘의 근원인 날개를 탈취하는 것입니다. 떼어내는 게 어렵다면 파괴해도 상관없습니다만——

문제는 세이렌은 괴팍한 여성이라는 점입니다. 루나 후보생으로서 걸맞은 아름다움과 재능을 보이는 것이야말로 공략의 요점이 되겠지요."

바이올린같이 느긋한 그 목소리를 쿠퍼와 로제티는 물에는 들어가지 않고 수영장 측면 안쪽에 선 채로 듣고 있었다. 로제티는 학원에서 대여한 수영복을 입었지만 쿠퍼는 여느 때처럼 상반신만 드러낸 슬랙스 차림이다.

멀리 수면에 뜬 곤돌라로부터 메리다와 엘리제의 시선이 이쪽으로 향해왔다. 쿠퍼가 목덜미와 허리를 만지는 제스처를 보낸다. 그녀들은 각자 수영복의 매듭을 재확인하고서 고개를 크게 끄덕여 괜찮다는 사인을 돌려주었다.

시련 전에 쿠퍼도 로제티와 확인했지만 이번엔 수영복 자체에 세공은 되어 있지 않은 것 같다. 그렇지만 방심은 금물이다. 학원 어딘가에——라기보다 틀림없이 이 수영장 안에 선발전을 방해하고자 하는 누군가가 있다는 사실은 확정적이기 때문이다.

"역시, 그 블랙 마디아라는 녀석의 소행인가?"

옆에서 로제티가 입술을 바싹 대고 소곤거렸다. 쿠퍼는 즉답하기 어려워 고개를 흔들었다.

"모르겠습니다. 애당초 메리다 아가씨들을 선발전에 입후보시켜서 녀석에게 무슨 메리트가 있는 건지. 그리고 무엇을 목적으로 방해하려는 건지……."

"그러고 보니 이 시련 말인데, 조금 이상하다고 생각 안 해?"

한층 더 몸을 붙이면서 로제티는 우아하고 아름답게 엎드려 누운 유리 인형을 가리켰다.

　"저거, 인어 맞지? 그다지 《타인의 아름다움을 인정》해 줄 것처럼 보이진 않는데."

　"……아가씨들이 알아채지 못할 것 같아서 참견하지 않았습니다만."

　조금 주저한 후에 쿠퍼도 입을 연다.

　"애당초 아름다움으로 매료해 세이렌의 마음에 드는 것이 공략방법이라면 시련 개요에 있었던 날개를 《탈취한다》라는 표현은 어딘가 인상이 어긋납니다. ……단순한 말의 뉘앙스라면 좋겠습니다만."

　좋지 않은 예감만이 부풀어 가는 한편, 블랑망제 학원장은 마지막으로 한 번 더 수영장 전체를 둘러보고 드높이 선언했다.

　"자자, 슬슬 시련을 시작하죠! 관객 여러분은 좀 더 수영장 뒤로 물러나고, 끔찍한 경험을 하지 싫지 않다면 물에서 나오고——미스 샹송, 앞으로 너무 나왔어요. 그렇지, 그렇지, 후보생들을 방해하면 안 됩니다. ——자, 마음의 준비는 됐겠죠!"

　곤돌라 위의 네 사람이 각자 고개를 끄덕여 대답한다. 학원장은 손가락을 척 들었다.

　"좋습니다! 그럼 제1시련 《건배》, 지금 바로 개시!!"

　유리종이 시원한 선율을 울렸다. 수영장 상공에 천사의 음색이 울려 퍼지고, 바깥에서 시련을 지켜보는 300명 이상의 여학생들이 "우와아!" 하고 환호성을 지른다.

동시에 글래스 펫 《세이렌》이 성가시다는 듯이 눈을 떴다. 무슨 일이냐는 듯한 모습으로 상반신을 일으키고 사방에서 접근해오는 네 척의 곤돌라를 바라본다.

세이렌으로부터 일정 거리를 유지하고 곤돌라는 각각 진행을 멈췄다. 관객 여학생들의 분위기는 싹 바뀌어 숨을 죽이고 추세를 지켜본다. 공기가 얼어붙은 고요한 옥상 수영장에 물 튀기는 소리만이 나직이 울려 퍼진다.

메리다와 엘리제가 움직이려고 하지 않는 건 쿠퍼와 로제티의 지시 때문이다. 방해자가 무엇을 꾀하는지 모르는 이상, 우선 다른 후보생들이 어떻게 나오는지 살펴보라는 지시다. 그리고 도트리슈 후보생 중 한 명인 살라샤는 어떻게 보아도 솔선해서 나설 것 같은 타입은 아니다.

마지막 후보생 키이라가 도저히 움직이려고 하지 않는 1학년들을 보고 코웃음 쳤다.

"이런, 다들 겁먹은 거니? 그럼 일단 내가 먼저."

위세 좋게 노를 저어 세이렌 앞으로 나아간다. 무색투명한 시선을 받으면서 키이라는 발밑에 노를 놓은 다음 정교한 자수가 달린 부채를 꺼냈다.

그녀가 선보일 퍼포먼스는 《무용》 같다. 자신의 전투 스타일과 통하는 부분이 있는 로제티가 관심을 보이며 몸을 내밀었다. 쿠퍼도 어떻게 될지 궁금해하며 팔짱을 낀다.

자신감이 넘쳐흐르던 키이라의 얼굴에서 감정이 싹 사라졌다. 그야말로 모조품 같은 정교한 무표정이 되어서, 누가 실로 조종이라도 하는 것처럼 매끄럽게 팔이 올라간다.

　기다란 속눈썹으로 꾸며진 눈동자가 너무나도 아름다워 등골이 오싹할 정도다.

　키이라의 손목이 뒤집히고, 그녀는 곤돌라 위에서 춤추기 시작했다.

　느긋한 파도 같은 움직임. 동시에 산들바람과 같은 섬세한 연기. 잠시도 끊어지지 않는 일련의 이야기를 그녀는 몸 전체로 표현했다.

　좁은 자리에 얽매이지 않고, 오히려 물에 갇힌 그 공간이 춤을 최대한 돋보이게 했다. 키이라가 곤돌라의 가장자리에서 닿지 않는 하늘로 팔을 뻗은 순간, 구경하던 여학생들은 입을 모아 호오…… 하고 안타까운 한숨을 쉬었다. 몇 명은 퍼덕거리며 수영장 밖으로 쓰러지고 행복한 듯이 정신을 잃었다.

　이건 이의 없는 합격이 아닐까 하고, 쿠퍼가 세이렌에게 시선을 옮긴다.

　……파란 유리로 구성된 몸이, 가슴속에서부터 부글부글 새빨갛게 끓어오르기 시작했다.

　"어, 어라?"

　같은 광경을 본 로제티의 뺨이 굳은 직후.

　우우웅……… 하고 수영장 전체가 낮고 무겁게 진동했다.

　수면에 큰 파문이 번진다. 흔들리는 곤돌라 위에서 키이라의 춤이 중단됐다. 여학생들이 무슨 일이냐며 허둥대기 시작한다. 발밑의 진동은 서서히 커지고 격렬함도 더한다.

세이렌은 이미 분노한 표정을 짓고 있었다. 그녀를 중심으로 첨벙첨벙 수영장이 소리 내며 진동하고, 자잘한 파문이 네 척의 곤돌라를 밀어서 밖으로 밖으로 되돌려 보낸다.

"나 말이야, 약간, 좋지 않은 예감이 드는데."

넘어지지 않도록 다리를 벌리고 버티면서 로제티가 소리쳤다.

"저 세이렌 혹시, 자기보다 아름다운 것을 용납하지 못하는 거 아니야?!"

직후, 수면이 말려 올라가듯이 폭발했고, 굉음과 함께 용이 튀어나왔다.

정확하게는 수류(水流)다. 폭이 2미터는 될 법한 수류가 다발로 묶여 소용돌이를 치더니 상공으로 한 차례 뻗어 오른 후에 낙하. 아주 굵은 창이 되어 키이라의 곤돌라를 습격했다.

"크윽————?!"

키이라가 뛰쳐나온 직후, 수직으로 격류를 얻어맞은 곤돌라는 분쇄되었다. 수영장에 거대한 소용돌이가 발생했고, 재차 물 밑에서 거대한 폭발이 일어났다.

무시무시한 물보라가 솟구치고 물방울이 옥상에 골고루 쏟아진다. 여학생들은 결국 비명을 지르며 수영장에서 탈출하기 시작했다. 부상자가 나오지 않은 것을 확인하면서 쿠퍼와 로제티는 교대하듯이 수영장 측면으로 다가갔다.

수면에 얼굴을 내민 키이라가 미친 듯이 날뛰는 세이렌을 쳐다보고 아우성쳤다.

"이, 이야기가 다르잖아! 이런 녀석을 어떻게 하란 말이야…… 젠장!"

기합을 넣자 그녀의 전신에서 마나의 불길이 끓어오른다. 온 힘을 다해 물을 걷어차 허공에 떠오르고 그대로 수상을 달리기 시작했다. 충분히 단련된 신체능력을 가진 마나 능력자가 아니고는 할 수 없는 기술이다.

물수제비를 뜨는 돌같이 수영장을 질주해 키이라는 직접 세이렌에게 달려들었다. 하지만 그 직후, 세이렌이 유리로 된 팔을 대충 한 번 휘둘렀고, 그러자 흡사 신통력으로 조종되는 것처럼 커튼같이 튀어 오른 수류가 키이라를 집어삼켰다.

"크악……!"

키이라는 비명조차 지르지 못하고 십수 미터는 날아가 수면에 내동댕이쳐졌다.

도트리슈의 《프린스》마저 회유조차 못한다면 힘으로 밀어붙이는 것도 통하지 않으리라. 메리다를 비롯한 다른 후보생들이 망설이는 것도 당연했다. 그때, 제자의 모습을 찾고 있던 로제티가 갑자기 쿠퍼의 팔을 잡아당겼다.

"있잖아, 잠깐, 저기 좀! 엘리제 님의 상태가 왠지 이상하지 않아?!"

하지만 그녀가 말하는 위화감을 확인하고 있을 틈은 없었다. 분노한 세이렌이 득달같이 다음 재난을 불러일으켰기 때문이다. 전신의 힘을 긁어모으기라도 하는 양 양팔이 부들거리고, 이어서 콰앙! 하고 상공을 향해 해방되었다.

동시에 열 군데가 폭발해, 종말의 대해일이 수영장을 뒤덮었다. 장절한 기세로 수류가 으르렁거리고, 절망적인 높이의 파도가 단숨에 수면을 때린다. 메리다의 곤돌라는 아슬아슬하게 전복을 면했으나 엘리제와 살라샤의 곤돌라는 대책 없이 뒤집혔고, 두 사람의 모습도 파도 사이로 끌려들었다.

"엘리제 님!!"

자기도 모르게 뛰쳐나가려 한 로제티의 어깨를 쿠퍼는 괴로운 마음으로 붙잡았다.

학원장은 지금도 눈썹 하나 까딱하지 않고 수영장을 지켜보고 있다. 아직 시련은 계속되는 중인 것이다.

이때 수영장 측면에서 프리데스위데 3학년이 한 명, 안타까운 듯이 몸을 내밀었다.

"아, 진짜, 이게 무슨 추태래요?! 저라면 더 잘할 텐데……."

"크리스타 회장, 위험해요! 물러나세요!"

급우의 경고도 듣지 않고 더욱더 수영장에 몸을 내미는 것은 프리데스위데의 원래 후보생인 크리스타 샹송 학생회장이었다. 아까부터 몇 번이고 신경은 쓰고 있었지만, 그녀는 다른 일반 학생들보다도 수영장 쪽에 몸을 두고 싶어 했다.

그 초조함이 최악의 타이밍에서 화가 되었다.

세이렌은 추가로 이섬(二閃), 삼섬(三閃), 격정이 시키는 대로 양팔을 마구 흔들었다. 수면으로부터 물이 솟아올라 물보라를 내뿜으면서 폭발했고, 수류 몇 줄기가 종횡무진 뛰어다니고, 그중 하나가 상공에서 물 바깥을 강습했다.

"회장, 위!!"

"어어⋯⋯?"

목소리에 반응하는 것보다 한순간 빨리 쏟아진 수류에 그녀는 냅다 튕겨 나갔다. 그 충격으로 정신을 잃은 크리스타 회장은 수영장에 팽개쳐졌고, 미처 날뛰는 파도에 삼켜져 눈 깜짝할 사이에 바닥으로 끌려들어 갔다.

"""크리스타 회장!!"""

비명을 지르는 여학생들 사이를 누비며 검은 누군가가 달려나갔다. 바로 쿠퍼다. 주저하지 않고 바닥을 박차 물로 다이빙, 거친 파도를 밀어 헤치며 물 밑으로 잠수한다.

남겨진 여학생들은 수영복 차림으로 허둥지둥 당황하는 것밖에 할 수 없었다.

"쿠퍼 님까지! 아아! 어떡하죠! 어떡하죠⋯⋯!"

"이제 무사하신 건 메리다 님뿐이에요!"

학생들로부터 메리다에게 매달리는 듯한 눈길이 쏟아졌지만, 정작 메리다는 아무것도 못하고 갈팡질팡할 뿐이었다. 이 폭풍우 속에서 아직도 곤돌라가 전복하지 않고 있는 건 기적이나 마찬가지다. 메리다 본인이 배 가장자리에 매달리는 것만으로도 벅차다.

"어, 어떡하지⋯⋯ 어떡해야⋯⋯!"

그때였다. 갑자기 수면으로부터 뻗어 올라온 손바닥이 메리다의 팔을 잡았다. "꺄아악?!" 하고 비명을 지를 틈도 없이 이어서 수영복 차림의 소녀가 곤돌라로 기어 올라온다.

도트리슈 후보생의 한 명, 살라샤였다. 의연하게 다문 입술이 지금까지 본 그녀의 인상을 크게 뒤엎었다. 살짝 쳐진 눈동자를 휙 추켜올리고 살라샤는 말했다.

"협력해…… 주세요!"

"어?"

"한 명이 맞서기는 힘들어요! 우리가 힘을 합쳐야 해요!"

"아, 알았어! 그런데 어떡할 거야?!"

성대하게 흔들리는 곤돌라 위에서, 살라샤는 필사적으로 팔을 뻗어 세이렌을 가리키고서 몸짓 손짓을 섞어 호소하기 시작했다.

"제가 정면에서 주의를 끌 테니까 당신이 배후에서! 학원장님의 말씀대로라면, 날개를 어떻게든 하면 멈출 거예요!"

"알았어! 잘 부탁해!"

고개를 끄덕여 대답하고서 메리다는 두 자루 있었던 노 중 한쪽을 손에 들고 물로 뛰어들었다.

교대하듯이 곤돌라 위에 선 살라샤는 흐으읍 하고 호흡을 가다듬었다.

──노래.

자비를 베풀 듯이 양팔을 벌리고, 살라샤는 아주 맑은 목소리로 노래하기 시작했다. 그것은 울려 퍼지는 수류 속에서 불가사의할 만큼 선명히 그리고 더할 나위 없이 고상하게 세상을 물들였다.

세이렌의 대항심이 순식간에 팽창했다. 곤돌라에 정면으로 돌아서서, 그녀도 노래를 부를 자세를 잡는다. 듣는 자의 정신을 도려내는 듯한, 사람이 아닌 자의 노랫소리가 초음파처럼 확산됐다.

살라샤와 세이렌을 중심으로 바람이 휘몰아쳤다. 그야말로 노랫소리와 노랫소리의 격돌. 전혀 소리가 다른 선율이 정면으로 부딪쳐 상대의 정감을 덧칠할 것같이 음량을 높이고, 이 세상이 아닌 영역으로 승화한 소리의 파도가 수영장에 유례없을 만큼 큰 폭풍우를 불러일으켰다.

수면으로부터 튀어 오른 수류가 창과 같이 굽이치며 곤돌라를 노렸다. 수영장 측면의 여학생들이 "앗!" 하고 숨을 죽인 그 직후, 수류의 창끝이 곤돌라 바로 앞에서 첨벙! 성대하게 비산했다.

물보라를 뒤집어쓰면서 곤돌라에 착지한 것은 은발을 나부끼는 엘리제 엔젤이었다. 손에 든 노를 머리 위로 돌리고 세이렌을 향해 들이민다. 동시에 전신으로부터 마나의 순도 높은 맑은 불길이 끓어오르고, 노를 휘황찬란하게 빛냈다.

"엘리제 님!"

좌우에서 끝없이 덮쳐오는 수많은 수류를 엘리제는 교묘하게 노를 흔들어서 물리쳤다. 살라샤는 눈을 감은 채 노래를 멈추지 않는다. 세이렌은 더욱 기를 쓰고 수영장에 파도를 일으켰다. 물과 소리와 불길의 응수가 형형색색으로 수상에 번쩍였다.

물 바깥의 여학생들이 눈동자를 빛내며 성원을 보냈다.

"엘리제 님——!! 힘내세요——!!"

"멋져요! 역시 엘리제 님이야~~!!"

"저, 결정했어요! 남은 유리석 전부 다 엘리제 님한테 투표할래요!!"

"──읏!!"

그 순간.

톱니바퀴가 어긋한 것처럼 어째선지 일순 엘리제의 몸이 경직했다. 그 틈을 꿰뚫듯이 돌격해온 수류의 채찍이 그녀를 곤돌라 위에서 냅다 날려 버린다.

"아앗!"

여학생들의 비명과 동시에 반대방향에서 수류가 하나 더. 곤돌라 바닥에 숨어들 듯이 낮게 파고들어 간 그것은 수면을 말려 올라가게 하여 배를 튕겼다. 살라샤의 노래가 끊겼고, 그녀는 꼼짝없이 수영장으로 내팽개쳐졌다.

물기둥이 오르고, 마지막 곤돌라가 물속으로 끌려들어 간다.

자신의 성역으로부터 모든 미소녀를 제거한 세이렌은 만면의 미소를 띠었다. 펄펄 끓어올라 있었던 빨간 빛이 서서히 가슴속으로 가라앉았고, 동시에 미쳐 날뛰고 있었던 수면도 점차 질서를 되찾았다.

물 밖의 전원이 긴박감에 침을 꿀꺽 삼킨 직후──.

세이렌의 배후에서 수면이 튀었다. 상공으로 뛰어오른 황금색 그림자가 전신에서 불길을 퍼뜨리면서 노를 번쩍 든다.

"──아아앗!!"

기세와 함께 날아오는 그 모습에 세이렌은 순간적으로 뒤돌아 봤고──

찰나. 배후를 날아온 유성이 세이렌의 등에 한 줄기 궤적을 그렸다. 노를 힘껏 휘두른 메리다는 그 힘을 버티지 못하고 "으아아, 으아, 까아악!" 하는 한심한 비명과 함께 수영장에 떨어졌다.

그리고 세이렌의 등에서 샤라아아앙……! 하고.

머리끝이 쭈뼛해질 만큼 청아한 음색을 울리며 한 쌍의 날개가 박살났다. 수영장의 수호여신은 말 그대로 실이 끊어진 인형처럼 받침대에 힘없이 쓰러졌다.

모두 숨을 쉬는 것도 잊고 쳐다보는 가운데 블랑망제 학원장의 목소리가 드높이 울려 퍼졌다.

"제1시련, 종료!! 훌륭해요! 훌륭합니다!"

그것이 계기가 되어서 무시무시한 환호성이 옥상을 뒤덮었다. 300명이 넘는 프리데스위데 학생과 도트리슈 학생이 한목소리로 후보생들을 칭찬했다.

"모두 다 수영장에서 끌어올리세요! 자, 어서요!"

학원장이 빠릿빠릿하게 지시를 날리자 대기하고 있었던 강사진이 수영장에 하나둘 뛰어들었다. 살라샤와 엘리제 그리고 자력으로 되돌아온 메리다를 합친 1학년 조가 터질 것 같은 박수와 함께 물 밖의 환영을 받는다.

어깨에 타월을 걸치면서 메리다는 퍼뜩 얼굴을 들었다.

"맞다, 크리스타 회장님은……?!"

그 목소리에 응답하듯이 수면이 첨벙 하고 물결쳤다. 수영복 차림의 3학년을 안은 쿠퍼가 얼굴을 내밀고 힘차게 물 밖으로 기어오른다.

"무사합니다."

그의 말대로 크리스타 회장은 심하게 콜록대고는 있지만 목숨에는 별 지장 없어 보였다. 일찌감치 정신을 잃어 물을 먹지 않고 끝난 것이 다행이라고. 3학년 급우들이 일제히 그녀에게 달려와 앞다투어 배스타월을 덮어준다.

"콜록, 콜록! 도, 도대체, 뭐가 어떻게 된 거야······?"

"메리다 애들이 세이렌을 멈췄어. 그 친구들이 너를 살려준 것 같아."

그렇게 깨우쳐준 것은 센파였다. 크리스타 회장의 얼굴이 그 순간 새빨갛게 물들었다.

그녀는 용수철처럼 시선을 굴려 조금 떨어진 장소에서 상황을 살피고 있는 메리다와 다른 후보생의 모습을 발견했다. 크리스타 회장의 얼굴이 귀 끝까지 더욱 붉어지고, 그녀는 황급히 타월을 끌어당긴 다음 "흐응!" 코를 풀고 그 자리를 떠나가 버렸다.

어안이 벙벙해 그 모습을 바라보는 메리다는 옆에 있는 엘리제와 얼굴을 마주 보고 서로 웃었다. "무사해서 다행이다."라는 메리다의 말에 엘리제가 고개를 끄덕였다.

"잠깐만 기다려주세요! 이런 건 불합리합니다!"

그때, 중성적인 목소리가 들뜬 분위기를 찢어발겼다.

대충 타월을 걸친 도트리슈의 《프린스》 키이라 에스파다다. 여학생들의 물결을 밀어 헤치면서 그녀는 쩌렁쩌렁한 목소리로 학원장에게 따지고 들었다.

"대체 뭡니까, 지금 이 시련은! 《세이렌을 제압한 자》가 승자여야 하는데, 다른 후보생과 협력하지 않으면 접근하는 것 하나

뜻대로 할 수 없다니요! 이런 건 정상적인 방법으로는 못 풉니다! 아니, 애당초 과제로서 성립하지 않습니다!"

"그렇지 않아요, 키이라. 선발전의 의의를 잘 떠올려보세요."

학원장은 그녀에게 돌아서서 침착한 음성으로 타이르기 시작했다.

"이 싸움은 《시합》이 아니라 《선거》입니다. 시련에는 분명히 승리조건이 있습니다만, 꼭 승패만을 겨루는 것은 아닙니다. 설령 상대를 이겼다고 해도 시련을 지켜보는 학생들이 '루나 뤼미에르에 걸맞지 않다'고 판단한다면, 그 사람은 결국 《모범적인 숙녀》의 자격을 가지지 못하는 셈이 되지요. ——이 첫 번째 시련에서는 당신들 후보생이 그 사실을 알아주길 바랐습니다."

"……으."

입술을 깨물고 키이라가 침묵을 지킨다.

학원장은 1학년 세 명을 뒤돌아보고 진심으로 기쁜 듯이 미소를 지었다.

"메리다, 살라샤 그리고 엘리제. 당신들은 그 극한상황에서 다른 사람을 밀어내는 게 아니라 《손을 맞잡는다》는 가능성을 선택했어요. 여성의 아름다움이란 외면뿐만 아니라 마음의 안쪽에서부터 넘쳐흐르는 것. 틀림없이 루나 뤼미에르 후보생으로서 걸맞은 《아름다움과 재능》을 보였다고 할 수 있겠죠. ——훌륭했습니다!!"

블랑망제 학원장이 갈채를 보내자 다시금 프리데스위데, 도트리슈 쌍방의 학생들로부터 박수가 들끓었다. 둥글게 둘러싼

학생들의 중심에 있는 1학년 후보생들은 수줍게 웃었고, 키이라는 한층 더 납득이 가지 않는 듯 입술을 비틀고 남몰래 등을 돌렸다.

"우리가 해냈어, 살라샤!"

감격한 메리다가 옆에 있는 도트리슈 학생과 양손 다 깍지를 낀다. 그에 응해 손가락을 꼬옥 맞잡아준 그녀는, 마치 꽃의 나라의 공주님처럼 활짝 웃었다.

"해냈어요! 메리다 씨!"

기쁨을 서로 나누며 소녀들은 "에헤헤." 하고 똑같이 웃음꽃을 피운다.

그러나 어찌 된 일인지 갑자기 정신을 차린 것처럼 살라샤의 표정이 굳어졌고 미안하다는 듯이 손바닥을 떼고 등을 돌렸다.

"나, 나도 참…… 죄송해요."

그렇게 말만 남기고 그녀도 인파 건너편으로 달려가 버렸다. 무엇을 사과한 것인지, 왜 도망친 것인지 모르고 양손이 남겨진 메리다는 고개를 갸우뚱거린다.

학원장이 흥분이 다 가라앉지 않은 여학생들을 향해 소리쳤다.

"제1시련은 이로써 종료입니다! 자, 다들 교사로 돌아가세요. 꼼꼼히 몸을 닦아 감기에 걸리지 않도록—— 아니면 아직 세이렌과 다 못 놀았다는 학생 있나요?"

"저기, 학원장님. 죄송합니다, 세이렌의 날개를 부수고 말았어요……."

문득 생각난 것처럼 메리다가 사죄하며 어깨를 떨궜다. 그러자 학원장은 전혀 신경 쓰는 눈치 없이 태연하게 대답했다.

"걱정할 필요 없어요, 미스 엔젤. 글래스 펫들에겐 자기수복 기능이 있으니까요. 설령 전신이 부서졌다고 해도 금방―― 다시 말해 내버려 두면 알아서 고쳐집니다."

메리다는 귀를 의심해 자기도 모르게 수영장 중앙의 세이렌에게 시선을 돌렸다.

분명히 날개를 잃었을 텐데도, 인어는 받침대에 누운 채 태평한 숨소리를 내며 자고 있었다.

† † †

"굉장했지, 엘리!"

볼에 홍조를 띠고 메리다가 말했다. 이유도 없이 주위를 둘러보고 다시 한번 수긍한다.

"뭔가 정말 대단했어!"

교사 탑 탈의실. 현재 후보생들 전용 대기실로 쓰이고 있는 이 장소에서 교복으로 갈아입은 메리다가 계속해서 시련 중에 겪은 흥분을 이야기하고 있었다.

의자에 앉아 조용히 듣고만 있는 건 마찬가지로 교복을 입은 엘리제다.

"응, 대단했지."

"난 굳이 말하자면 퍼포먼스 쪽에 자신이 없으니까, 그렇게 힘으로 해결하는 상황으로 전개되어서 다행이었는지도 모르지만……. 그런데 도트리슈의 키이라 님 말이야! 그 사람 춤추는 거 봤어? 난 진짜로 그때 '승부가 갈렸다'고 생각했었다니까!"

"나도."

"하지만, 하지만—— 우리도 활약했잖아! 학원장님이 칭찬해 주셨고! 다들 엄청나게 박수쳐 줘서——아아, 기분 정말 좋았어!"

"리타, 기뻐 보여."

"그럼 기쁘지! 우린 선발전이 시작되고 쭉 무시당했잖아? 그렇게 많이 응원해줄 거라곤 생각도 안 해봤어. 내일 어쩌면…… 득표수가 쑤~욱! 하고 올랐을지도 모른다고?!"

"…………."

거기서 갑자기 엘리제는 입을 다물었다. 그리고 왠지 모르게 시선을 피한다.

위화감을 느낀 메리다는 무릎을 구부려 그녀에게 시선을 맞췄다.

"엘리, 너, 시련이 한창 진행 중인데 조금 상태가 이상한 것 같다?"

"……이상하다니?"

"예를 들면, 그, 살라샤 씨를 지켰을 때 말이야! 평소의 엘리였다면 좀 더 잘 견뎌냈을 것 같거든? 아니, 내가 버텼는데 엘리가 그냥 가라앉았던 게 뭔가 이상하다 싶었어."

"…………."

엘리제가 다시 말을 참았을 때, 콩콩, 문을 노크하는 소리가 들렸다.

메리다가 "네에~." 하고 대답하자 천천히 문이 열리고 여학생 둘이 모습을 드러냈다. 메리다는 자기도 모르게 헝클어져 있는 교복을 허둥지둥 바로잡았다.

"셴파 님에…… 크리스타 학생회장님!"

약간 거북한 표정의 크리스타 회장과 그 등을 미는 셴파. 엘리제가 의자에서 일어났을 때, 전 루나 뤼미에르 출신 3학년이 장난스럽게 웃었다.

"크리스가 두 사람한테 할 이야기가 있대요."

자연스럽게 메리다와 엘리제의 시선이 학생회장에게 집중된다. 연하의 소녀들이 동시에 쳐다보자 크리스타 회장은 "으윽." 하고 말문이 막혔다.

가볍게 헛기침을 하고서 고개를 돌리더니, 뺨을 붉게 물들이면서 빠르게 말한다.

"두…… 두 사람이 스테인드글라스를 바꾼 범인이 아니란 건 처음부터 빤히 알고 있었습니다."

"네……?"

"하, 할 말은 그것뿐이에요!"

철썩 소리가 날 정도로 내던지듯이 고함을 지른 크리스타 회장은, 더 견디지 못하겠다는 양 몸을 돌렸다. 하고 싶은 말만 하고 눈 깜짝할 사이에 탈의실을 나가 버렸다.

셴파는 가볍게 웃으면서 활짝 열린 문에 손을 댔다.

" '미안해.' 라고 하네. 참 서투른 애지."

"으음, 저기, 그 말은……?"

"메리다, 너——내가 생각했었던 거 이상으로 노력가더라."

센파도 편한 말투로 그렇게 말하고는, 엷은 미소를 남기고 바로 문 건너편으로 모습을 감춰 버렸다.

마치 회오리가 지나간 것 같은 정숙. 메리다와 엘리제는 멍하니 의자에 앉아 서로 얼굴을 마주 보았다. 메리다가 푸훕 하고 웃음을 터뜨리자 엘리제도 무표정인 채 고개를 끄덕인다.

메리다는 개운한 표정으로 웃었다.

"있잖아, 엘리. 나 말이야, 어째서 내가 선발전에 나가게 됐는지는 모르겠지만…… 프리데스위데 대표로서 부끄럽지 않도록 있는 힘껏 싸울 거야."

엘리제의 대답은 없다. 메리다는 계속해서 마음가짐을 이야기했다.

"확실히 난 후보생 가운데 제일 스테이터스가 낮을지도 몰라. 하지만, 전장에 오르면 그런 건 상관없어! 난 엘리와 싸우게 된다고 해도 봐주지 않을 거야. 전력으로 이기려 들 거라구!"

"…………."

엘리제는 계속 말이 없다. 푸른 눈동자 속에 짐작할 수 없는 감정이 어른거린다.

이윽고 그녀가 불쑥 한마디 했다.

"……나는, 봐줄래."

"어?"

"리타. 내가 일부러 질 테니까, 이겨주지 않을래?"

메리다는 순간 엘리제가 무슨 말을 하는 건지 이해할 수 없었다.

엘리제가 너무나도 담담해서 곧바로 말의 본질을 알아들을 수 없었다.

──지독히 모욕당하고 있다는 것을.

"리타가 이기면 우린 유닛을 짤 수 있잖아? 난 리타랑 유닛을 짜고 싶어. 그러니까 이겨줘. 내가 일부러 질 테니까."

"자, 잠깐만 엘리, 그게 대체 무슨……."

"리타는 나랑 유닛 짜기 싫어?"

"그, 그럴 리 없지! 싫은 건 아니지만…… 그래서 무슨 의미가 있겠어!"

메리다의 외침에 엘리제는 이해할 수 없다는 듯이 고개를 갸우뚱거린다.

메리다는 무의식적으로 일어섰다. 그리고 아연실색하여 뒷걸음질 친다.

"요컨대 엘리는…… 내가 널 절대로 이길 수 없다고 말하고 싶은 거야?"

일말의 악의도 없는 무구한 표정으로 엘리제는 고개를 갸웃거렸다.

"이길 수 없잖아?"

"……으!!"

메리다의 얼굴이 순간적으로 새빨갛게 들끓었다. 온몸이 부르르 떨린다.

"나, 난, 분명히 엘리보다 스테이터스도 낮고, 《무능영애》 소리나 듣는 낙오자지만…… 우린 대등하다고 생각했었어! 엘리는 아니야?!"

휘익. 엘리제는 시선을 돌리고 바닥을 내려다봤다.

짧은 말에 본심이 담긴다.

"나는, 리타와 대등하고 싶지 않아."

"──!"

메리다의 귓가에서 무언가가 확 역류했다. 난폭하게 짐을 움켜잡고 몸을 돌린다.

"이제 너랑 말 안 해!"

탈의실 문을 힘껏 열어젖히고 그대로 뛰쳐나간다. 한눈팔지 않고 전력 질주하면서 엘리가 꼭 들을 수 있도록 큰 소리로 외쳤다.

"반드시 이겨주겠어!!"

바람처럼 달려서 빠져나가는 그 옆에 가정교사의 모습이 있었던 것조차 그녀는 알아채지 못했다. 심상치 않은 주인의 모습과 그 뺨에 확실히 빛나고 있었던 눈물을 확인하고, 마중 나와 있었던 쿠퍼는 자기도 모르게 멈추어 섰다.

"아가씨?"

조그마한 뒷모습은 순식간에 막다른 모퉁이를 돌아 사라졌다.

반대 측을 돌아보니 열어 젖혀진 문 건너편에 혼자 우두커니 의자에 남겨진 엘리제 엔젤의 모습이 있었다.

문이 저절로 서서히 닫힌다. 그녀의 모습이 문 뒤에 가려지기 직전──

"할 수 있으면 그렇게 해, 리타."

가느다란 실을 끌어당기는 듯한 목소리가 들린 기분이 들었다.

도 플 《 사 냥 꾼 》

종족:글래스 펫

HP	1				
공격력	20	방어력	10	민첩력	50

특 성

가벼운 나이프를 들며, 《도적》보다 먼저 공격할 수 있다.

도 플 《 도 적 》

종족:글래스 펫

HP	1				
공격력	55	방어력	10	민첩력	20

특 성

완강한 도끼를 들며, 《모험가》가 드는 방패를 꿰뚫을 수 있다.

도 플 《 모 험 가 》

종족:글래스 펫

HP	1				
공격력	20	방어력	50	민첩력	10

특 성

거대한 방패를 들며 《사냥꾼》의 나이프를 완전히 봉쇄한다.

개 요

자율적인 기능을 일절 가지지 않고 능력자의 마나를 원동력으로 삼아 기동하는 어딘가 남다른 글래스 펫, 그것이 도플이다. 그들에게는 세 가지 《형태》와 단순한 거동의 공격·방어 패턴이 설정되어 있고, 각각을 경쟁시키면 서로가 서로를 견제하는 관계성을 띤다.

흡사 경기를 위해서 만들어진 것 같은 그 성질은, 그들을 제작한 고대의 《누군가》의 존재를 시사한다며 흥미 깊은 연구대상이 되었다.

LESSON: V ～독인가 약인가, 그녀의 함정인가～

"어, 어머나, 이런 우연이~! 두 사람 다 안녕~!"

몹시 서투른 연기로 말을 걸어온 붉은 머리 소녀에게, 주인과 마주 보고 아침 식사를 먹고 있었던 쿠퍼는 전혀 예상하지 못했다는 듯이 얼굴을 돌렸다.

"어이구, 로제티 씨 아닙니까! 엘리제 님도! 지금부터 아침 식사이십니까?"

"맞아! 와아, 마침 옆에 의자 두 개가 비어 있네!"

"정말 운명적이군요! 의자를 빼 드리겠습니다. 두 분 다 이쪽으로 앉으시죠!"

"어머, 신사이셔라! 모처럼 만났으니까 이 테이블에서 같이 들까요, 엘리제 님!"

"여럿이 모여서 먹는 편이 요리도 더 맛있어지잖아요, 메리다 아가씨!"

"선생님."

시무룩한 표정으로 대답한 메리다는 자기 식판을 들고 의자에서 일어났다.

"난 저쪽 테이블에서 먹을게요."

"······나도 딴 데 가서 먹을래."

엘리제도 로제티 옆에서 발길을 돌렸다. 왠지 모르게 비슷하면서도 대조적인 자매는, 마치 거울을 마주 보는 것 같이 등을 돌리고 점점 멀어졌다. 혼잡한 아침 식사 시간의 식당, 너무 떨어지지도 않고, 그렇다고 전혀 가깝지는 않은 의자에 각자 걸터앉는다.

주위가 여학생들의 떠들썩한 수다에 휩싸이고, 쿠퍼와 로제티는 뭐라고 할 수 없는 표정으로 서로를 쳐다봤다. 둘 다 어깨를 떨구면서 마주 보고 같은 테이블에 앉는다.

로제티는 견딜 수 없다는 듯이 몸을 내밀며 다그쳤다.

"이 분위기 좀 어떻게든 해 봐!"

"제가 부탁하고 싶을 정도입니다."

둘이 동시에 흘린 한숨이 ""하아."" 하고 테이블 위에서 어우러진다.

요약하면 최근 일주일간 메리다와 엘리제는 내내 이런 상태였다. 서로가 서로의 일부라고 말하는 것 같았던 친밀한 관계는 어디로 갔을까. 최근엔 쿠퍼와 로제티가 부단히 사이가 좋아지도록 주선해도 두 사람은 눈을 마주치려고조차 하지 않는다.

이렇게 된 계기는 말할 것도 없이 선발전 제1시련 직후에 발발한 대기실에서의 말다툼이다. 쿠퍼는 대강의 경위를 주인에게서 듣기는 했지만, 그래도 마주 보고 있는 라이벌 가정교사를 향해 이렇게 질문하지 않을 수 없었다.

"로제티 씨, 도저히 이해가 안 되는 점이 있습니다. 메리다 아가씨가 화를 내고 계시는 이유는 대충 이해할 수 있는데, 엘리제 님은 대체 무엇 때문에 화가 난 겁니까?"

그러자 로제티는 '나도 두 손 두 발 다 들었다.' 라고 말하듯이 고개를 가로저어 보인다.

"그게, 나한테도 분명하게 말을 안 하네. 아무래도 다른 사람한테 들려주고 싶지 않은── 미묘한 일인 것 같아."

"곤란하게 됐군요……."

원인을 모른다면 개선할 방법도 없다. 엘리제와의 커뮤니케이션 부족이 부각된 순간이었다.

이때, 혼자 묵묵히 아침밥을 먹고 있었던 엘리제에게 2학년 이인조가 찾아왔다. 미세스 오셀로의 조치로 선발전에서 엘리제의 유닛 멤버가 된 데이지 쥰과 프리스 오귀스트다.

"무슨 일이에요, 엘리제 님? 그런 재미없어 보이는 얼굴로 혼자서."

좋게 말하면 친밀하게, 나쁘게 말하면 스스럼없이 그들은 엘리제의 어깨를 손을 댔다. 상대가 어떻게 봐도 '말 걸지 마라.' 라는 아우라를 발하고 있음에도 아랑곳하지 않는다.

정말로 걱정이 돼서 이러는 건지, 아니면 재미있어 하고 있을 뿐인지, 이들의 히죽거리는 웃음소리로는 판별할 수 없다.

"항상 느끼는 건데, 그렇게 늘 무뚝뚝하게 있으면 아무리 미인이어도 아무 의미가 없어요. 자, 좀 더 웃어봐요! 배에 힘을 주고 목소리를 내서, 기운을 차려보라고요!"

"프리스 말이 맞아요. 항상 초연하게 있는 모습이 엘리제 님

답긴 하지만. 하고 싶은 말이 있으시면 부디 저희에게 이야기해 주세요."

"무책임한 소리 하지 마."

얼음처럼 단단하게 내뱉은 목소리로 엘리제는 말했다.

차갑게 얼어붙은 말속에 확실한 열기가 담겨 있는 것을 쿠퍼는 느꼈다. 위험하다, 상대가 선배라는 사실을 완전히 잊고 있다. 한마디로 말해 열 받은 상태다.

"재밌지도 않은데 어떻게 웃고, 침울해 있는데 무슨 기운을 차리란 거야. 당신들의 인상을 멋대로 막 강요하지 마. 난 인형이 아니라 살아 있어."

"그…… 그런 거야 알고 있어요!"

"뭐야, 무슨 꼭 우리가 나쁜 애들 같잖아!"

단숨에 험악해지기 시작한 것을 보고 로제티는 "아, 진짜아." 라며 자리에서 일어났다.

식판을 손에 들고 자리를 이동하려다가, 엘리제를 변호해주고자 쿠퍼를 뒤돌아보았다.

"최근에 깨달은 건데, 저 애한테는 통역이 필요한 것 같아. 이만 갈게."

"네. 나중에 보죠."

어수선하게 인사를 나누고 로제티는 종종걸음으로 떠나갔다.

그 뒷모습을 바라보고 쿠퍼는 고개를 저으며 탄식하고는 자리에서 일어났다.

메리다와 합석하려는 것이다. 테이블을 옮기고 다시 정면에 앉자, 애서 이쪽을 보지 않으려 하던 금발의 주인이 불쑥 질문했다.

"……엘리, 괜찮은 걸까요?"

"네?"

"아, 아무것도 아니에요."

당황한 듯이 고개를 흔들고 스푼으로 입을 막는다.

떨어져 있는 게 불안하면 그만 싸우고 화해하면 된다── 라고는 차마 말하지 못하겠고. 아무튼 서로서로 깊이 생각하고 있어서 오히려 이번 말다툼은 그렇게 쉽게 풀리지 않을 성싶다. 그 생각에 쿠퍼는 남몰래 한숨을 내쉬었다.

"메리다 님, 쿠퍼 님, 함께해도 괜찮을까요?"

그때, 같은 반 몇 명이 합석을 청해왔다. 쿠퍼가 지체 없이 자리에서 일어나 의자를 빼주자, 소녀들은 공주님 대우에 "꺄아악." 하고 볼을 빨갛게 물들였다.

"다들, 이제 메리다 아가씨를 따돌리는 장난은 질리신 건가요?"

"정말, 쿠퍼 님도 참, 심술궂은 말은 하지 말아주세요."

메리다 옆에 앉은 한 사람이 뾰로통하며 볼을 부풀린다. 다른 소녀들도 "맞아요, 맞아." 하고 동조한다.

"저희 누구도 메리다 님들이 《범인》이라고 생각하지 않았는 걸요."

"두 분이 제일 당황하기도 하셨잖아요."

"보고 있으니 금방 알겠더라구요."

"거기에…… 크리스타 학생회장님이 당부하셨어요."

그렇게 말한 한 명에게 쿠퍼는 얼굴을 돌렸다.

"크리스타 회장님이 뭐라고?"

"'스테인드글라스의 진상은 학생회가 조사하고 있으니까 쓸데없이 소란피우지 말 것. 지금은 성 도트리슈와의 교류회가 한창이라는 것을 명심하도록.' ——이라고요. 회장님의 말씀대로예요. 선발전도 도트리슈와 교우를 다지기 위한 일환이죠. 하마터면 저희는 목적을 잃어버릴 뻔했어요."

"역시 회장님은 다르다니까!"

표정이 확 훤해지는 소녀들의 모습에 쿠퍼도 절로 웃음이 나왔다.

"크리스타 회장님이 그런 말을……."

"하지만 역시 신경 쓰이는 건 어쩔 수 없이 신경이 쓰이네요."

한 사람이 불쑥 꺼낸 말에 전원이 테이블 위로 몸을 내밀었다. 식당에 북적거리는 수백 명의 여학생을 훔쳐보면서 밀담이라도 나누듯이 목소리 톤을 낮춘다.

"대체 누가? 무슨 목적으로 스테인드글라스를 바꾼 걸까요?"

"그 《범인》은 메리다 님과 엘리제 님을 후보생으로 추대해 뭘 하고 싶은 건지?"

"아무리 생각해도 해답이 안 나와요~."

"수수께끼라구요~."

어딘가 평화로워 보이기도 하는 분위기에서 소녀들은 끙끙대며 머리를 쥐어짰다.

"누가…… 했냐라."

남몰래 반추하고, 쿠퍼도 괜히 식당 안을 둘러본다. 전신이 새카만 그 가냘픈 누군가의 모습은 당연히 보이지 않는다.

그 대신 종종걸음으로 식당을 뜨는 2학년 이인조의 모습이 보였다.

로제티가 중재에 성공했는지, 아니면 가는 걸 막지 못했는지는 이 거리에서는 짐작할 수 없었다.

† † †

"《갤릭 해머》!!"

네르바의 우렁찬 기합 소리와 함께 머리 위로 들어 올린 메이스 헤드에 마나의 불길이 집중됐다. 가시가 달라붙는 것처럼 소용돌이치고, 무기의 공격력은 비약적으로 상승한다.

그 공격을 기다리는 메리다는 허리의 칼집에 넣은 도(刀)를 단단히 쥐었다.

"《시전발도(始傳拔刀)》!!"

동시에 칼집 그 자체가 격렬한 빛을 발한다. 무시무시한 저항을 나타내기라도 하듯 도신이 아주 조금 삐져나왔다. 노출된 도신에서 눈을 태울 정도로 강렬한 불길이 솟구친다.

쿠퍼가 직접 가르친 아류(我流) 어썰트 스킬 《발도술》의 예비 동작이다. 납도(納刀)된 상태의 도로 예측불능 · 변화무쌍 · 초고속 연속 베기를 내뿜는, 쿠퍼의 주기술이라 할 수 있다.

다만 이것은 초급 중의 초급기술. 하지만 네르바의 장기인 중량 타격계 《갤릭 해머》와 종합적인 공격력은 그렇게 큰 차이가 나진 않을 것이다. 두 사람은 두 기술로 지근거리의 정면에서 격돌할 생각이다.

네르바의 메이스가 먼저 움직인다. 정점까지 올라간 메이스의 끝이 공기를 튕겨 내면서 내려쳐 졌다. 무시무시한 압력이 거의 수직으로 메리다를 때린다.

"──윽!!"

회피하기 위해 메리다는 필사적으로 눈을 부릅떴다. 시간차로 발동된 스킬이 한순간 늦게 포효를 질렀다.

"──《우참(羽斬)》!!"

메리다의 도가 매섭게 번뜩였다. 이미 여기서부터는 영점 몇 초의 세계. 불똥을 흩뿌리는 쇳덩어리와 공간을 가르는 빛줄기가 지근거리를 뚫고 나가 극한의 순간에서 교차하고──.

파지지지지지직!! 귀청을 찢는 듯한 충격.

"꺄아윽!"

후방으로 나동그라진 메리다는 무기를 떨어뜨리고 엉덩방아를 찧었다.

지면에 뒹구는 도신이 격돌의 여운으로 인해 지이잉…… 떨리고 있다. 메리다는 오른손을 눌러 뼛속에 울려 퍼지는 통증을 막았지만, 워낙에 충격이 세서 그런지 눈살을 찌푸렸다.

"아직 타이밍이 맞지 않는군요."

지도를 맡은 쿠퍼가 두 사람 옆에서 못마땅한 표정으로 한 소리를 했다.

　성벽과 교사 탑 중간에 있는 우거진 수풀. 어느새 방과 후의 필수 코스가 된, 루나 뤼미에르 선발전 제3시련의 유닛 대결을 대비한 비밀 특훈이 한창 진행 중이다.

　이 지근거리에서의 스킬 겨루기도 쿠퍼의 지시에 따른 것이다. 그렇지만 서는 위치와 스킬의 성질 때문에 정면으로 맞부딪치면 네르바 쪽이 압도적으로 유리하다.

　대 엘리제 전을 상정한 훈련이라 그렇게 설정한 것이지만.

　"아야……야!"

　오른손을 누르고 있었던 메리다가 갑자기 괴로운 신음소리를 냈다.

　무리도 아니다. 공격 스킬을 발동시키는 순간에는 무기에 마나의 태반이 집중되고, 그 대신 전신의 스테이터스가 대폭 감쇄한다. 그 상태에서 겨루기 상대의 공격 스킬을 받으면, 양성학교 1학년의 기량일지라도 뼈가 부러질 가능성도 있다.

　벌써 여러 번 이 광경을 반복하고 있는 네르바는 이제는 못 참겠다는 듯이 쿠퍼를 돌아보았다.

　"선생님, 하다못해 제 무기를 좀 더 가볍게 할 수는 없을까요? 이러다간 메리다가 다칠지도 모릅니다."

　"안 됩니다, 그러면 긴장감이 줄어요. 실제시합에서 이 작전을 쓸 수 있는 건 딱 한 번. 그렇기 때문에 한없이 실전에 가까운 상황에서 성공률을 100퍼센트까지 끌어 올릴 수 있어야 의미가 있습니다."

"그렇다면 선생님이 직접 상대해 주는 게 어떠세요?"

"저는 아무리 힘을 조절해도 공격 스킬을 발동시켜버리면 스테이터스가 너무 높아집니다. 이건 메리다 아가씨와 비슷한 스테이터스를 가진 동시에 공격 스킬을 습득한 네르바 님밖에 할 수 없는 일입니다."

"하지만……."

"괘, 괜찮아. 이 정도는 아무렇지도 않아!"

메리다는 칼을 줍고서 엉덩이를 털며 일어났다. 칼자루를 꽉 쥐어 떨리는 손바닥을 얼버무리고, 다시금 허리를 낮춰 발도 자세를 취한다.

"한 번 더 부탁해, 네르바. 내가 할 수 있게 될 때까지."

"……진짜, 그 선생에 그 제자라더니."

한숨을 쉬면서 네르바도 자세를 잡고, 천천히 메이스를 들어 올린다. 공격 스킬을 발동하기 직전의 긴박감이 두 사람 사이의 공간을 찌릿찌릿, 삐걱거리게 만들었다.

그때, 쿠퍼의 후방에서 마지막 멤버가 이 수풀 속을 찾아왔다.

"……지금 대체 무슨 훈련을 하는 건가요, 선생님?"

이제야 수업을 마치고 온 셴파 쯔베토크였다. 메리다와 네르바 쪽을 보고 눈살을 찌푸리는 그녀의 모습에 쿠퍼는 몰래 안도하면서 돌아보았다.

"기다리고 있었습니다, 셴파 님. 당신에게 의견을 묻고 싶은 것이 있습니다."

"저 괴상한 특훈에 대해서?"

"아니요, 다른 건입니다. ——저쪽 테이블로 가시죠."

메리다와 네르바에게는 자율훈련을 계속하게 하고, 쿠퍼는 떨어진 위치에 설치된 테이블로 셴파를 안내했다. 테이블에는 축소모형 같은 게임판과 손바닥 사이즈의 미니어처 글래스 펫이 30개 정도 널려 있었다.

"두 번째 시련《꼭두각시 무도회》에 관한 대책을 이야기하고 싶습니다. 시련의 상세한 내용에 대해서는 들으셨습니까?"

"메리다가 친절하게도 양피지 사본을 줬어. ——이거야."

셴파는 주머니에서 접힌 양피지를 꺼내 테이블 위에 펼쳤다. 쿠퍼도 다시금 내용을 확인해본다.

=======================================

【제2시련《꼭두각시 무도회》개략】

＊이 시련에서는 후보생끼리《도플》이라는 글래스 펫을 사용해 스트레티지 게임을 행한다(스트레티지란 플레이어가 지도관이 되는 모의전쟁이라고 해석하길 바람).

＊도플은 단독으로는 아무런 기능도 가지지 않지만, 능력자가 마나를 켬으로써 뜻대로 움직일 수 있는 꼭두각시 인형이 된다.

＊도플에는 세 종류의 타입이 있고, 제각기 세 가지 공격 패턴이 있다(각 타입의 스테이터스에 대해서는 별지 참조).

＊이 세 종류에는 각각 상성이 있고, 서로가 서로를 견제하는 관계성이 설정되어 있다.

＊후보생은 이 세 종류를 자유롭게 편성, 15개까지 골라 자신

의 군대를 구성한다.

＊자신의 군대에서 《킹》의 역할을 행하는 것은 후보생 페어.
물론 킹도 공격대상이 되기 때문에, 시련에 참가할 것인지 한
번 더 확인해놓을 것.

＊필드에는 전황을 유리하게 만드는 아이템이 배치되어 있으
므로 유효하게 활용할 것.

＊승리조건은 대전상대인 후보생으로부터 《항복》을 끌어내
는 것.

＊그리고 시련 개시 시에 게임에는 몇 개의 조건이 추가된다.

이상.

==

"저는 부대를 지도한 경험이 그다지 없어서 전략지식이 부족
합니다. 메리다 아가씨나 네르바 님도 마찬가지고. 센파 님, 지
혜를 빌려주실 수 없겠습니까?"

센파에게 시선을 옮기면서 쿠퍼는 천연덕스럽게 거짓말을 했
다.

테이블에 나란히 놓여 있는 게임판과 미니어처는 《꼭두각시
무도회》를 연구하는 데 참고에 쓰려고 학원으로부터 대여한 것
이다. 이 장난감을 바라보기만 해도 쿠퍼의 전술용 두뇌는 큰
자극을 받아, 족히 수십 종류는 되는 유닛 구성과 진군 플랜을
술술 내놓는다.

하지만 이 선발전은 어디까지나 학생들의 것이다. 현역 기사

가 너무 끼어들면 그 의의가 퇴색된다. 자신은 어디까지나 재료를 주기만 해야지, 그것으로 무엇을 할지는 학생이 알아서 할 일이기 때문이다.

그러한 쿠퍼의 속마음을 어렴풋이 살핀 건지, 셴파가 꿰뚫어 보는 것 같은 시선으로 쳐다봤다. 희미하게 미소 짓고, 테이블로 몸을 내민다.

"맡겨줘. 군의 구성부터 다른 모든 것에 이르기까지, 내가 의견을 내도 괜찮은 거지?"

"저도 미력하지만 도와드리겠습니다. 관건은 그것을 메리다 아가씨가 실행할 수 있을지 어떨지 입니다만……."

"플랜을 몇 개 생각한 다음 메리다도 끼워서 의논하기로 하죠."

셴파는 그렇게 말하고서 힐끔 시선을 올려 후배들 쪽을 보았다.

"특훈 중 휴식시간에라도."

† † †

몇 번째인지 알 수 없을 충격음이 울려 퍼지고 메리다는 후방으로 날아갔다.

"꺄아아악!"

아까부터 계속 그러하듯, 목검이 날아가고 메리다는 지면에 나동그라진다.

굴하지 않고 손바닥을 짚어 일어나려고 했지만…… 상반신을 일으킨 단계에서 뻐끗하고 팔이 구부러진다. 잠시 그대로 지면을 향해 거칠게 호흡을 했다.

"하아…… 하아……."

그런 메리다의 모습을 쳐다보고 네르바도 어깨를 들썩이며 몸을 일으켰다. 공격자세를 풀고 메이스를 내리고서 등을 홱 돌린다.

"……잠깐 쉬자. 너, 스킬의 정확도가 점점 떨어지고 있어."

"어? 자, 잠깐! 더 할 수 있어!"

"내가 피곤해서 그래! 이미 마나가 텅텅 비었다구."

아이를 야단치듯이 그렇게 말하고 네르바는 마나를 가라앉혔다.

반은 진담이다. 벌써 공격 스킬을 몇십 번이나 연발한 상태라 소모가 극심하다. 그리고 방어 측인 메리다의 스태미나는 솔직히 경탄스러울 정도다.

무기를 드는 것도 귀찮아 네르바는 가까운 나무 그늘에 메이스를 기대어 세워 놓았다. 메리다에게도 쉬어두라고 타이르고서 쿠퍼와 셴파가 있는 테이블로 걸어간다.

훈련상대가 사라진 메리다는 한숨을 푹 쉬면서 나무 그늘에 쭈그리고 앉았다. 피로야 당연히 있지만 그보다는 특훈이 생각처럼 진행되지 않는 것에 대한 초조함이 크다.

쿠퍼가 전수해준 필승법에 오류가 있을 리는 없다. 그렇다고 네르바나 메리다 자신에게 커다란 문제가 있다고는 생각되지 않는다.

굳이 말하면 실제 대전상대인 엘리제와 훈련상대인 네르바는, 메리다의 마음속에서 도저히 이미지가 겹치지 않는다는 게 원인이지 않을까 싶다. 그렇지만 이것은 지극히 감각적인 영역이니, 네르바에게 설명한들 개선되리라 보긴 어렵다.

아니면 역시 무기가 달라서? 기왕 하는 거, 네르바에게 팔라딘용 장검을 들게 해야 하는 걸까?

그런 생각을 하면서 네르바가 놓고 간 메이스를 쳐다보고 있는데,

"안녕, 메리다."

투명한 목소리와 함께 메이스가 사뿐히 들어 올려졌다.

전혀 무게를 느낄 수 없는 동작으로, 손바닥으로 메이스를 빙그르르 돌려 보이는 흑수정 머리칼의 여자. 도대체 어느 틈에 다가와 있었던 걸까. 마치 그림자 속에서 얼굴을 내민 것만 같은, 자유분방한 요정과 같은 움직임이다.

메리다는 도를 놓는 것도 잊고서 무의식적으로 일어섰다.

"앗⋯⋯! 오, 오랜만이야."

"응. 한밤중의 탈의실에서 이야기한 뒤로 처음이네."

그로부터 몇 주일이 지났는데도 마치 그때 끊어졌던 시간이 쫓아온 것처럼 그녀는 자연스러운 미소를 지어주었다. 메리다는 이루 말할 수 없는 감회에 사로잡혔다.

흑발 소녀는 눈앞에 메이스를 세우고, 재미있다는 듯이 왼쪽 손가락으로 쓰다듬었다.

"독특한 훈련을 하고 있네. 저 멋진 선생님의 지시니?"

"으, 응, 맞아."

"내가 도와줄까?"

메리다가 "뭐?" 하고 입을 열었을 때였다. 흑발 소녀가 예고도 없이 날카롭게 지면을 걷어찼다. 그러고는 미끄러지듯 순식간에 품으로 들어온다.

"우와앗!"

메리다의 도가 튀어 오른 건 거의 반사적인 동작이었다. 칼집에 넣어져 있는 도신과 내리쳐진 메이스 헤드가 격돌하고 통렬한 금속음이 났다.

춤추는 듯한 스텝을 반복하며 흑발 소녀는 우아하게 웃었다.

"애 좀 봐, 멍하니 있으면 안 되잖니. 다음, 간다!"

파고드는 것과 동시에 번개가 내리치는 듯한 공격이 연거푸 들어온다. 메리다는 순간적으로 도를 뽑아 요격. 두 번, 세 번, 격렬하게 쏟아지는 공격에 후퇴했지만, 교묘한 발놀림으로 태세를 재정비한다.

오른손에 도를, 왼쪽에 거꾸로 쥔 칼집을 들고 자세를 취하면서 메리다는 당황한 표정을 지었다.

"자, 잠깐만, 갑자기 무슨 짓을……."

"생각하고 있을 때가 아닌데? 적은 그런 거 개의치 않고 덤벼들어!"

연극 같은 톤으로 소리치며, 흑발 소녀는 희색만면한 얼굴로 지면을 걷어찼다.

빙글빙글 몸을 회전시키면서 메이스를 일섬. 메리다는 간신히 막아냈지만, 충분히 상승된 원심력에 도와 함께 날아가 버렸다. 뒤로 크게 밀려난 메리다는 가까스로 구르지는 않고 착지했다. 하지만 그때는 이미 지면을 훑는 것 같은 그림자가 눈앞에 다가와 있었다.

"──윽!!"

눈을 확 뜨고, 메리다는 망설임을 베어 버리는 듯한 연속기술을 사용했다. 오른쪽 도와 왼쪽 칼집이 눈이 돌아갈 정도로 빠르게 번쩍였고, 리드미컬한 칼 소리가 났다. 흑발 소녀는 그 전부를 메이스 하나로 방어하고, 마지막 한 방은 받아치면서 예술적인 반격을 선보였다. 어깻죽지로 들이닥치는 공선을 메리다는 상반신을 뒤로 젖혀 종이 한 장 차이로 피했다.

등 쪽으로 쓰러지는 것과 거의 동시에 전신을 용수철처럼 튕기며 벌떡 일어나 공중제비.

흑발 소녀는 무리하게 추격하지도 않고, 또 가쁜 숨 한 번 쉬지 않고 여유 있는 미소를 짓는다.

한편 몇 미터 떨어진 거리에 착지한 메리다는 호흡이 크게 흐트러져 있었다.

──이 아이, 강하다!

단순한 기량도 그렇거니와 마나 압력이 장난이 아니다. 설마 이것이 성 도트리슈 여학원 1학년의 평균적인 스테이터스인가 싶어, 메리다는 초조와 전율을 품었다.

흑발 소녀는 유쾌한 듯이 입꼬리가 올라갔다.

"생각했었던 것보다 훨씬 뛰어난 애구나, 메리다. 정말 기뻐."

웃음소리를 흘리더니, 쉬지도 없이 지면을 박찬다. 메리다는 다시 방어 일변도로 접어들었고, 흑발 소녀는 마음껏 메이스를 휘두르며 홍조된 뺨을 하고 마구 지껄인다.

"자, 자, 자! 이래 가지곤 엘리제 양을 누를 수 없어! 본가의 엔젤이 분가의 엔젤한테 지면, 주위 사람들이 얼마나 웃겨 할까?!"

"……으!!"

굴욕적인 도발을 당하면서도 메리다는 이를 악물었다. 말대꾸할 여유는 없다. 잠깐이라도 긴장을 늦추면 상대의 공격에 도와 함께 나가떨어질 것 같다. 필사적인 이도류로 공격을 어찌어찌 견디고는 있으나, 둔중한 충격 한 방 한 방에 의식이 깎여 나간다.

이 무시무시한 공격력으로 만약 상대가 공격 스킬이라도 사용했다가는──

메리다가 그렇게 생각했을 때, 흡사 그 사고를 공유한 것처럼,

"《이블리스 네일》!!"

흑발 소녀가 드높이 선언했다. 메이스가 후방으로 당겨짐과 동시에 무시무시한 마나 압력이 그 끝에 집중된다. 흘러넘칠 정도로 어마어마한 불길이 솟구쳐 공간을 새카맣게 불태운다.

"──!"

그 순간, 메리다의 몸이 자동으로 반응했다. 몇백 번 반복한 특훈의 기억이 신경에 전류를 일으켜, 번쩍이는 속도로 도를 칼집에 집어넣음과 동시에 중심이 낮아진다.

"《시전발도》!!"

매섭고 눈부신 불길이 뿜어져 나와 칠흑의 마나를 물리친다. 흑발 소녀는 그 순간 웃고 있지는 않았다. 매끄럽게 뒤로 당겨져 있었던 메이스가 포탄과 같이 발사된다.

영점 몇 초 늦게 메리다의 도가 격렬한 빛과 함께 해방되고――

키이이이이이잉!! 하늘을 가르는 듯한 금속음이 울렸다.

"――윽?!"

힘에서 밀린 것은 흑발 소녀 쪽이었다. 고작 2, 3미터 밀려난 것에 불과하지만, 그녀는 몇 번 발을 헛디디며 몸을 세웠다.

반면 메리다는 반동으로 인해 자세가 약간 무너지긴 했지만 도를 뽑은 채 정지해 있다.

"하아, 하아, 하아……!"

어깨를 들썩이는 그녀를 바라보고 흑발 소녀는 아주 살짝 놀란 것처럼 침묵한다. 손 안의 메이스를 내려다보고 어딘가 납득한 것 같이 중얼거렸다.

"……아하, 그런 작전이었구나."

"응?"

"지금 건 비교적 타이밍이 잘 맞지 않았어?"

키득, 웃음을 되찾고서 흑발 소녀는 다시 메이스 끝을 들이밀었다.

"한 번 더 연습해둘래?"

"유감스럽지만――."

키잉, 하고 메이스 헤드를 때리는 시원한 소리. 그리고 눈앞을 가로지른 검은 옷이 메리다를 감싸듯이 그녀 앞에 서 있었다. 낯익은 믿음직한 뒷모습에 메리다의 눈이 휘둥그레진다.

"서, 선생님!"

"이 이상 폐를 끼치게 할 수는 없습니다. 선발전에는 훈련 또한 포함되기 때문에 타교생인 당신에게 계획을 노출할 수는 없습니다."

말투가 무척 딱딱하다. 표정 또한 메리다가 별로 본 적 없는 엄격한 표정이다. 정면에서 밀쳐져서 흑발 소녀는 능청스럽게 어깨를 움츠린 다음 메이스를 지면에 던졌다.

"에이, 그렇게 무서운 얼굴 하지 말아주세요. 장난 좀 친 거니까."

그렇게 말하고 바로 몸을 빙글 돌린다. 자유분방한 요정처럼 사라지는 그 뒷모습을 메리다는 "앗." 하고 소리를 지르면서도 그저 바라볼 수밖에 없었다.

잠시 미동도 없이 흑발 소녀를 노려보고 있었던 쿠퍼는 그 모습이 숲 건너편으로 사라지자 메리다의 얼굴을 걱정스럽게 들여다보았다.

"아가씨, 괜찮으십니까?"

"네, 네에. 갑자기 공격받아서 깜짝 놀랐지만, 그뿐이에요."

"다행입니다."

안도한 듯이 고개를 끄덕이고 쿠퍼는 메리다 앞에 무릎을 꿇었다.

"아가씨, 잠깐 제멋대로 행동하는 걸 용서해주십시오. 이제부터 잠시 아가씨 곁을 떠나겠습니다."

"네?"

"금방 돌아옵니다만──그동안은 계속 셴파 님과 네르바 님의 눈이 닿는 곳에 계시길. 절대 곁에서 떠나지 마세요. 아시겠죠?"

꿰뚫을 것 같은 강렬한 눈길에 메리다는 자기도 모르게 고개를 꾸벅이며 수긍하고 말았다.

메리다의 확인을 받은 쿠퍼는 무릎을 펴고 일어나 지면을 박찼다. 어두운색 군복이 빨려 들어가듯이 상공의 나뭇가지 끝으로 사라졌고, 그와 교대하듯이 나뭇잎 몇 장이 팔랑팔랑 내려앉는다.

연모하는 사람의 기척이 멀어지자 차가운 허전함이 온몸을 뒤덮었다. 짚이는 데도 없이 흑발 소녀가 사라진 방향을 쳐다보면서 메리다는 속으로 중얼거렸다.

──도대체 선생님은 어디에 무엇을 하러 간 걸까?

쿠퍼가 모습을 감춘 것은 당연히 그 흑발 소녀의 동향을 살피기 위해서다.

선발전이 시작되고서부터 그 소녀의 수수께끼 같은 태도가 영 마음에 걸렸다. 왜 그녀는 그토록 메리다에게 관심을 기울이는 걸까? 인기척 없는 장소에서만 접촉을 꾀하는 진의는? 기회를 봐 신원을 캐보았는데, 아무래도 그 소녀는 도트리슈의 다른 학생들과 집단행동을 취하는 것 자체를 피하고 있는 것 같은 점이 있었다.

만약 그녀가 그렇게 고고하게 있어도 도트리슈 여학생들에게 부자연스럽게 생각되지 않는 인물이라면, 그야말로 안성맞춤인 인재이지 않은가.

아무 연관도 없는 제삼자가, 그녀를 행세하는 데에——.

사무라이 클래스의 기능을 유감없이 발휘해 쿠퍼는 기척의 90%를 지우면서 나무 위를 달렸다. 소리도 없이 나뭇가지에서 나뭇가지로 날아가자, 다행히도 앞서 말한 소녀의 뒤를 금방 따라잡을 수 있었다.

흑수정 머리칼이 춤추듯이 등에서 나부낀다.

총총걸음으로 그녀는 교사 탑 방향을 향해 가는 중이었다.

여전히 도트리슈의 학생들과 어울리는 듯한 느낌이 전혀 없다. 그러기는커녕 교사 탑 앞뜰을 그냥 지나쳐 점점 인기척이 없는 장소로 파고드는 것이 아닌가. 쿠퍼는 다른 여학생들에게 들키지 않도록, 또 미행을 눈치채지 못하도록 세심한 주의를 기울이면서 흑수정 머리칼을 추적했다.

머지않아 그녀는 인적이 아예 없는, 높고 완강한 벽 앞에 다다랐다.

학원 여학생들에게 《폐교사》라고 불리는 구획이다.

말할 것도 없이 그 벽 건너편에는 선발전 개최장소인 유리 궁전 《글래스몬드 팰리스》가 우뚝 솟아 있다. 그렇지만 선발전의 시련이 행해지는 날 외에 그곳에서는 아무런 이벤트도 없어서 무척 조용하다. 그 휘황찬란한 외관을 보러 산책도 할 겸 방문하는 여학생이 적지 않다고 하는데, 설마 저 흑발도 그런 부류

일까?

쿠퍼가 폐교사 벽에 몸을 숨기고 있자, 흑발 소녀는 유유히 글래스몬드 팰리스 정문으로 다가갔다. 차폐물이 없어서 이 이상은 접근할 수 없다. 쿠퍼가 눈과 귀에 신경을 집중하고, 정문의 문지기가 링~ 하고 맑은 소리를 냈다.

글래스몬드 팰리스의 문을 지키는 한 쌍의 글래스 펫, 바로 《발퀴레》다. 유리로 만든 검을 교차시켜 통행을 막지만, 흑발 소녀가 마나를 해방하자 신속히 봉쇄를 풀고 직립자세로 돌아갔다.

보통 학생이라면 여기서 가볍게 수고한다는 말을 건네고 문을 빠져나가면 끝이다.

그러나 흑발 소녀는 묘한 행동으로 넘어갔다. 꼿꼿이 선 5미터가 넘는 유리 인형의 발밑에 쭈그리고 앉은 다음 가방에서 도구 몇 개를 꺼냈다. 무슨 용도의 물건인지, 거리가 멀기도 해서 쿠퍼는 판별이 가지 않았다.

다만 왠지 모르게 비슷하게 생긴 물건을 백야기병단 본부에서 직접 본 적이 있다.

학자나 연구자 녀석들이 사용할 법한 실험기구.

타이프라이터와 닮은 장치에서 코드를 끄집어낸 흑발 소녀는 그 끝을 발퀴레의 갑옷에 접속하는 것처럼 보였다. 이제 정말 조용히 해야겠다면서 쿠퍼는 최대한 몸을 내밀었다. 어쩌면 흑발 소녀가 작업에 열중하고 있는 지금이 거리를 좁힐 때가 아닐까 하는 생각이 들어, 폐교사 벽에서 한 발 내민 바로 그때였다.

전방에서 온 다른 인물과 맞닥뜨렸다. 최악의 타이밍이다.

백발을 쪽진 머리로 정돈한 그 여성은 갑작스러운 해후에 잠시 눈을 깜박거렸다. 하지만 눈앞에 있는 사람이 누구인가를 확인하자마자 여봐란듯이 입술을 일그러뜨렸다.

"이게 누군가요, 미스터! 쥐새끼같이 살금살금 뭘 하고 있었을까!"

짜증이 날 정도로 날카로운 목소리다. 당연히 흑발 소녀도 이쪽의 존재를 깨닫고 홱 뒤돌아보았다. 시선끼리 끌어당기는 것처럼 쿠퍼와 눈이 마주친다.

"……!"

그녀는 재빨리 가지고 있는 기구를 발퀴레에게서 떼고 가방에 집어넣었다. 그리고 그대로 종종걸음으로 궁전 안으로 사라졌다.

아무리 낙관적으로 본다고 해도 쿠퍼가 미행한 사실은 들키고 말았을 것이다. 끔찍한 불운에 넌더리 내면서 쿠퍼는 백발의 여성에게 돌아섰다.

"미세스 오셀로. 아무래도 우리는 치명적으로 상성이 나쁜 것 같습니다. 되도록 만나지 않는 편이 서로를 위하는 것 같은데, 어떠신지요?"

틀림없이 동의할 줄 알았으나 미세스 오셀로는 주름투성이인 얼굴을 추악하게 일그러뜨리고 따지고 들기 시작했다.

"……그럴 수는 없어요. 저는 당신 같은, 어디의 누구인지도 모르는 무명 귀족이 공작 가문의 하인을 맡는 것 자체가 받아들이기 힘들다고요!"

"제 클라이언트는 당신이 아닐뿐더러 당신의 주인도 아닙니다. 이쪽의 인사에 참견하실 이유는 없지 않나 싶습니다만."

미세스 오셀로는 신경질적으로 손톱을 깨물고 저주하듯이 내뱉었다.

"정말이지, 본가 사람들은 페르구스 님도 그렇고, 당신도 그렇고, 메리다 님도 그렇고! 엔젤 가문의 위신을 깎아내리는 어리석은 짓만! 자꾸 이러면 장래에 엔젤의 이름을 짊어질 엘리제 아가씨의 부담만 늘어난다고요!"

"무엇이 엘리제 님의 부담인지는 의견이 달라질 수 있는 부분입니다. 당신은 한 번이라도 엘리제 님의 마음에 귀를 기울여봤습니까? 그녀를 인형처럼 만들고 있는 건 대체 무엇이 원인인가를——."

"풋내기가 감히 나한테 설교를!!"

혈관이 파열할 듯한 기세로 고함을 치고서 미세스 오셀로는 몸을 돌렸다. 폐교사로 떠나는 그 뒷모습에 쿠퍼는 놓치지 않겠다는 듯이 말을 걸었다.

"미세스 오셀로, 약속을 잊지 마시길. 메리다 아가씨가 선발전에서 엘리제 님보다 좋은 성적을 거둘 경우, 두 분이 유닛을 짜는 것을 인정해 주세요."

늙은 까마귀는 날카로운 눈초리로 뒤돌아보고서 진득한 미소를 지으며 말했다.

" '어느 쪽이 좋은 성적을' 같은 애매한 표현으로 빠져나갈 구멍은 만들지 않을 겁니다. 더 간단하게 두 분의 우열을 확인할 수단이 있으니까요."

"무슨 말입니까?"

"오호호! 당신도 이미 알고 있겠죠? 2주일 후로 다가온 세 번째 시련은 모든 유닛이 패권을 겨루는 배틀 로얄이란 것을! 전투를 마쳤을 때, 이 학원 사람들은 모두 직접 확인하게 될 겁니다. 엘리제 아가씨와 메리다 님, 어느 쪽이 진짜 엔젤에 어울리는 인물인지를!!"

"두 분이 겨루고 있는 건 엔젤의 가명(家名)이 아닙니다."

청년의 냉정한 말투가 거슬렸는지 미세스 오셀로는 입술을 삐죽 구부렸다.

"……이긴다면, 두 분이 유닛을 짜는 것을 인정하라고 했죠? 그렇다면 메리다 님이 진다면, 다시는 엘리제 아가씨의 친구를 사칭하지 말아 주세요!"

흥, 콧김을 세게 뿜고 미세스 오셀로는 진짜로 가버렸다.

그 뒷모습을 지켜보고, 이어서 쿠퍼는 뒤에 있는 글래스몬드 팰리스를 돌아다보았다.

블랙 마디아의 습격에, 바꿔치기 당한 스테인드글라스. 수수께끼 같은 도트리슈 여학생과 선발전에 찬물을 끼얹는 누군가의 방해공작. 이런 상황에서 당사자인 메리다와 엘리제는 신경전을 벌이고 있고, 2주일 후에 있을 대결이 그녀들을 기다린다——.

도대체 이 성 프리데스위데 여학원에서 무슨 일이 일어나고 있는 걸까?

해답 없는 퍼즐을 안은 채 쿠퍼는 몸을 돌린다. 한시라도 빨리 메리다와 합류해 그녀의 경호와 교육에 힘써야 한다.

제2시련의 개최일이 다가오고 있다──.

† † †

글래스몬드 팰리스 안뜰에는 모든 것이 유리로 구성된 미로 정원이 있다.

축구장만큼이나 광대하고, 풀도, 꽃도, 벽도, 다리도, 온갖 것이 반투명하게 비치는, 이 세상의 광경이라고는 생각되지 않는 신비한 정원이다.

좌우가 긴 장방형 구조를 하고 있으며, 양 끝에는 망루 같은 높은 발판이 설치되어 있다. 정원의 전경을 정확히 둘러볼 수 있는 위치이다.

또 그보다 더 나아간 외측에는 여러 단으로 된 관객석이 정원을 빙그르르 에워싸고 있었다.

객석은 이미 가득 찼다. 300명이 넘는 여학생과 직원들이 정숙하게, 동시에 흥분을 안고 시련의 행방을 주제로 토론 중이다.

9월 넷째 주, 3일째 저녁.

루나 뤼미에르 선발전, 제2시련 《꼭두각시 무도회》 개최 시간이다.

메리다와 쿠퍼가 입장하자마자 열광적인 환호성이 정원을 뒤덮었다. 시련은 후반부로 접어들고 있고, 이미 프리데스위데 후보생 엘리제와 도트리슈 후보생 살라샤가 시합을 마친 상태다. 그 흥분이 채 가시지 않았는데, 이어서 유력한 당선후보인 《프린스》 기이라와 제1시련에서 화제를 독차지한 메리다의 격돌이 벌어진다.

이 터질 듯한 환호성도 당연하다 할 수 있으리라.

지휘할 메리다가 서게 될 돈대와 멀리 떨어진 맞은편에 있는 돈대의 기슭에는 커튼이 덮인 무언가가 죽 늘어서 있었다.

제2시련에 사용될 글래스 펫 《도플》들이다.

그들 세 가지 타입에는 제각기 잘하고 못하는 것이 존재해, 어떤 말을 조합해야 하는지도 매우 중요한 요소가 된다. 그 때문에 전투가 시작되는 바로 그 직전까지 서로의 패를 상대가 알 수 없게 되어 있다.

자군(自軍)의 구성과 공들여 세운 전략을 머릿속으로 되새기면서 쿠퍼와 메리다는 강사의 유도에 따라 정원중앙 입구로 갔다. 휘황찬란한 유리 아치가 걸려 있는 그곳에서는, 성 프리데스위데 학원장 샬롯 블랑망제와 학생회장인 크리스타 샹송이 준비를 마치고 기다리고 있었다.

그리고 동시에 맞은편에서 도트리슈 여학생 두 명이 걸어온다.

메리다의 대전상대인 《프린스》 기이라와, 그녀의 페어를 맡은 피냐라는 화려한 소녀. 자신들의 승리를 전혀 의심하지 않고 있는 듯한 자신감을, 대담하게 치켜 올라간 그녀들의 입술을 통해 확인할 수 있었다.

두 후보생이 대면하자 환호성이 한층 더 끓어오른다. 블랑망제 학원장은 두 손의 손가락을 슥 들고 학생들에게 정숙을 촉구했다.

객석이 아주 조용해진 것을 확인하고 학원장은 싱긋 웃으며 뒤돌아보았다.

"자, 드디어 후반전 개시입니다. 전반전에서는 프리데스위데의 엘리제 양과 도트리슈의 살라샤 양이 대결해 치열한 시합을 연출했어요. 메리다 양, 키이라 양, 두 분에게 묻습니다. 이 불타오르는 스테이지를 이어받을 기개가 있나요?"

지금까지 대기실에 있었던 쿠퍼와 선수들은 알 도리가 없지만, 시련을 처음부터 관전하고 있었던 학원장 이하 관객들의 흥분은 이미 정점에까지 도달해 있을 것이다. 메리다가 어색하게, 키이라가 자신만만하게 고개를 끄덕이자 터질 듯한 박수갈채가 객석으로부터 몰려왔다.

학원장도 만족스럽게 고개를 끄덕여 응답하고 손가락을 들어 신호를 보냈다.

그러자 후방에서 크리스타 회장이 넘치도록 액체를 가득 채운 쟁반을 날라 왔다. 탁한 보랏빛으로 보아 그냥 물은 아닌가 보다. 메리다와 키이라의 중간에 서서 쟁반을 받들어 올린 다음 크리스타 회장은 양측의 후보생을 진지한 눈길로 쳐다봤다.

"그럼 두 번째 시련을 시작하기에 앞서, 사전에 통지했던 대로 추가 룰을 발표하겠습니다. 이 두 번째 시련에서는 마나를 투영한 도플을 조종해 전장을 누비게 하고, 적군과 격돌시켜 대전상대로부터 《항복》이란 한마디를 끌어내는 쪽이 승리하게 됩니다. 단── 추가 룰 그 첫 번째, 도플을 조종하는 것은 후보생이 아니라 페어 쪽입니다."

뭐? 시련에 참가하는 네 사람으로부터 같은 소리가 새어 나왔다.

그 반응을 예상하였다는 듯이 학원장은 옆에 대기시켜둔 무색 투명한 글래스 펫에 손바닥을 얹었다. 숨결이 나올 만큼 매끄럽게 마나가 해방되었다.

화르르. 인형에 마나가 점화되고, 그 불길은 순식간에 전신으로 퍼져 고혹적인 녹색 빛을 발한다. 학원장이 손가락을 획 움직이자, 실로 당기기라도 한 것처럼 인형이 일어섰다.

이어서 인형은 유리검을 뽑아 단순한 동작으로 오른쪽으로, 왼쪽으로, 에잇, 에잇 하고 휘두르기를 반복한다. 학원장은 지휘자같이 손가락을 흔들고 있었다.

"이것이 글래스 펫 《도플》입니다. 사전에 설정된 단순한 동작을 명령할 수 있을 뿐이지만, 마나를 흘려 넣기만 하면 되므로 능력자라면 문제없이 제어할 수 있을 테지요."

"하지만, 그걸 페어가 조종하면 후보생이 할 역할은……?"

지당한 쿠퍼의 의문에 대답한 것은 쟁반을 가리킨 크리스타 회장이었다.

"거기서, 추가 룰 그 두 번째. 여러분 페어와 후보생은 시련이 시작되기 전에 각각 《독과 약》을 먹게 됩니다."

"""독?!"""

단어가 단어다 보니 전원이 흠칫 놀랐다. 학원장은 그게 즐거운지 얼굴에 화색이 돈다.

두 번째로 이 광경을 보는 객석의 여학생들도 후보자들의 반응을 예상하였던 것처럼 미소를 짓는다. 그것을 배경으로 크리스타 회장은 해설을 계속했다.

"이 독은 복용자의 신체능력을 마비시키는 효과가 있습니다. 이걸 마시면 페어는 아무것도 보이지 않게 되고, 아무것도 들리지 않게 되고, 피부에 닿는 감각은 몽롱해질 겁니다."

이어서 호주머니에 넣어 두었던 가죽 주머니에서 작은 병 두 개를 꺼냈다.

작은 병에는 액체가 들었는데, 희미한 분홍빛을 발하고 있고 양은 무척 적어 잘해야 한 모금쯤 되어 보인다.

"그리고 동시에 후보생은 이쪽의 약을 먹습니다. 이 약에는 페어와의 사념 동조율을 일시적으로 끌어올리는 효과가 있고, 기존에 가진 유대의 단단함에 호응해 간단한 의사소통마저 가능하게 해줄 겁니다. ——자, 슬슬 이 두 번째 시련의 의의가 이해되는지요?"

시험하듯이 크리스타 회장이 미소를 짓자, 도트리슈의 키이라가 지지 않고 대꾸했다.

"요컨대 이런 말입니까. 후보생이 페어에게 사념을 보내고, 페어는 그 지시만을 의지해 도플을 움직인다. 두 사람의 신뢰관계가 무엇보다 중요하다."

"정확합니다."

불똥마저 튈 것처럼 서로 노려보는 두 사람을 학원장은 유쾌하게 지켜본다.

크리스타 회장은 쟁반을 든 채 네 명의 출장자들을 불렀다.

"자, 이 시간부터 이미 시련은 시작됐습니다! 메리다 양, 키이라 양, 자신의 페어에게 이 독을 마시게 할 각오가 있다면 손바닥에 가득히 떠주세요. 그리고 쿠퍼 님, 피냐 양, 후보생을 위해서 이 독을 마셔도 좋다면 무릎을 꿇고 그녀들의 손바닥에 입술을 대겠습니다."

쿠퍼를 제외한 세 명의 출장자들이 침을 꿀꺽 삼켰다. 긴박한 분위기를 관객석의 여학생들이 흥미진진하게 지켜본다.

시선을 의식했는지, 맨 먼저 움직인 것은 키이라였다. 이어서 메리다가 쿠퍼의 얼굴을 힐끔 올려다보고서 어색한 발걸음으로 앞으로 나갔다.

두 후보생이 동시에 쟁반에 손바닥을 넣고 독을 한가득 뜬다.

이어서 움직인 건 쿠퍼. 아무런 망설임도 없이 무릎을 꿇는다. 반대로 키이라의 페어인 피냐는 어딘가 미심쩍어 보이는 눈치로 주위를 의식하더니, 조심조심 지면에 무릎을 꿇는다.

각자의 앞에 내민 손바닥과 독 한 모금.

입을 댄 것은 동시였다.

쿠퍼는 매끈한 손바닥을 밑에서 떠받치고 단숨에 독을 빨아들였다. 메리다가 너무나 괴로운 표정을 하고 있어서 마지막 한 방울을 혓바닥으로 다 핥아주었다. 간지러운 듯이 몸을 비튼 메리다와 쿠퍼의 시선을 마주쳤고, 둘은 서로를 향해 어렴풋이 웃어주었다.

그 직후.

머리 꼭대기부터 발톱 끝까지 불쾌한 노이즈가 지나갔다.

시야가 순식간에 어두워진다. 정원을 가득 채우고 있었던 다양한 소리가 어둠의 건너편으로 멀어져간다. 새카만 상자 속에 갇혔는데 그 위로 뚜껑이 닫히는 기분이다.

피부의 감각조차도 애매해져 자신이 지금 어떤 자세를 취하고 있는지 자신할 수 없어지기 시작했다. 보통 사람이라면 정신적인 충격이 닥쳐도 이상하지 않을 불안 속에서, 쿠퍼가 확실히 느낄 수 있는 것은 단 한 가지.

양손의 손끝에 켜진, 아주 희미한 온기뿐이었다.

"……선생님?"

연모하는 사람의 눈동자에서 돌연 빛이 사라져, 메리다는 급격한 불안에 짓눌렸다. 포개져 있었던 손바닥을 세게 쥐지만 여전히 그는 무릎을 꿇은 채 아무 반응도 보이지 않는다.

메리다의 작은 가슴을 초조함이 자극했다.

"어, 어떡하지, 내, 내가 독 같은 걸 마시게 하는 바람에——!"

"진정해, 메리다."

크리스타 회장이 뒤에서 살며시 어깨에 손을 대고 귓가에 속삭이기 시작했다.

"이것도 시련이야. 다른 학생들이 모두 너를 보고 있어, '저 애의 행동은 루나 뤼미에르에 걸맞은가?' 이런 생각을 하면서 말이지. 쿠퍼 님이 제정신을 되찾았을 때 '꼴사납게 허둥댔어요.' 라고 보고할 거야?"

"……!"

따끔하면서도 따뜻함이 담긴 그 목소리에, 막 무너지려 했었던 마음이 가까스로 유지된다.

보니까 도트리슈 측의 키이라와 피냐도 메리다 페어와 같은 고난을 겪는 중이었다. 그래도 역시 《프린스》는 달랐다. 얼굴을 늠름하게 다잡고, 속내를 내색도 하지 않는다.

지금부터 이 사람과 싸워야 한다. 메리다는 입술을 꽉 다물었다. 그것을 확인한 크리스타 회장은 누구도 알아채지 못하게끔 몰래 미소 지은 다음 손바닥을 놓았다.

학원 강사 두 명이 다가와서 쿠퍼와 피냐를 각각 세운 다음 그 눈에 검은 천을 감는다. 크리스타 회장은 메리다와 키이라에게 손수건을 건네주고서 아까 그 작은 병과 나이프 두 개를 꺼냈다.

"계속해서, 두 사람에겐 이쪽의 약을. 병에 페어의 피를 한 방울만 섞습니다."

설명을 듣고, 크리스타가 내민 작은 병과 나이프를 후보자들을 손에 하나씩 들었다. 메리다는 쿠퍼의 앞에 웅크리고 앉은 다음 왼손 손가락 끝에 나이프를 댔다.

"미안해요, 선생님."

아주 가볍게 날을 대고 눌렀다. 선명한 선홍색이 나이프를 타고 흐르자 메리다는 바로 힘을 뺐다. 병에 피를 한 방울 떨어뜨린 후, 손수건으로 쿠퍼의 손가락을 정성스럽게 지혈한다.

"부지런도 하셔라."

조롱하는 듯한 키이라의 말에 메리다의 얼굴이 새빨개졌다. 크리스타 회장이 "으흠." 헛기침했고, 가만히 보고 있던 블랑 망제 학원장이 일동 앞으로 나왔다.

"자~자, 두 사람 다, 약에는 효과 시간이 있어요. 그걸 복용한 순간부터 시합 개시입니다. 메리다 양은 저쪽 돈대에, 키이라 양은 저쪽에—— 각자 위치로!"

호령에 따라 출장자들이 이동을 개시했다. 메리다와 키이라는 지시받은 대로 양 끝의 돈대 위로 간다. 쿠퍼와 피냐는 강사들과 크리스타 회장의 손을 빌려 각 후보생 곁에 대기.

이 단계에 이르러 마침내 각 후보생이 선별한 도플들이 공개되었다.

커튼이 바스락 소리를 내며 젖혀지고, 예술적으로 조각된 유리에 가스등 빛이 반사된다.

메리다가 선택한 도플은 《사냥꾼 타입》이 8개, 《모험가 타입》이 4개, 《도적 타입》이 3개인 스피드 중시의 구성이다. 그에 비해 키이라는 사냥꾼이 셋, 모험가가 여덟, 도적이 넷인 방어 중시의 포진——.

틀림없이 공격 중시로 오리라 예상했던 메리다의 뺨에 식은 땀이 한 줄기 흐른다.

그렇지만 이제 작전은 바꿀 수 없다. 의지할 수 있는 쿠퍼와 의논하는 것도 지금은 불가능하다. 관객석으로부터도, 정원으로부터도 동떨어진 이 돈대 위에서, 메리다는 홀로 끝까지 싸워야 한다.

엘리제는 여기에 섰을 때 어떤 심경이었을까? 문득 그런 생각이 뇌리를 스쳤다. 한동안 말을 섞지 않고 있는 것이 생각나 기분이 어둠 밑바닥으로 가라앉는다.

학원장의 목소리와 여학생들의 환호성이 동시에 들려와, 메리다는 퍼뜩 얼굴을 들었다.

"자, 드디어 제2시련, 후반전이 개막할 시간입니다! 우선 메리다 양, 키이라 양, 페어의 일부를 받아들여도 좋다면 작은 병의 내용물을 쭉 들이키세요!"

"……으."

쿠퍼의 일부를 받아들인다—— 그렇게 생각하자 왠지 손에 쥔 작은 병의 내용물이 특별한 의미가 있는 것처럼 느껴졌다. 하지만 자신에게는 이미 지난 길이다.

처음 만났던 날 밤, 마나를 각성시키기 위해서 그의 입술로부터 녹아내릴 정도로 뜨거운 열이 흘러들어왔던 그때——.

대면한 키이라가 팔을 들어 올림과 동시에 메리다는 작은 병에 입술을 댄 다음 단숨에 내용물을 들이켰다.

뜨거운 홍차와도, 차가운 과일 주스와도 다른 묘한 감각이다. 목구멍을 미끄러져 내려간 액체는 닿은 곳에서부터 차례로 근질근질한 자극을 가져왔다. 그것이 몸의 중심부터 손가락과 발가락 끝까지 구석구석 스며들어 퍼지자 더는 견딜 재간이 없었다. 달콤한 저림이 온몸을 괴롭혀서, 메리다는 참지 못하고 "으윽!" 비음 섞인 목소리를 흘리고 말았다.

뺨이 붉어진 것을 자각하고 황급히 입가를 누른다. 다행히 거리와 높이가 있어서 아무도 메리다의 목소리와 몸짓은 알아채지 못한 것 같다. 가슴의 두근거림을 필사적으로 억누르는 동안, 발아래 멀리에서 블랑망제 학원장의 활기찬 목소리가 울려왔다.

"이상한 감각이 들지도 모릅니다만 금방 가라앉을 겁니다. 자, 이로써 두 분은 페어와의 사념교섭이 가능해졌습니다. 우선 각자의 페어에게 마나를 해방해 도플들을 기동하게끔 페어를 불러보세요."

메리다와 키이라가 눈을 감고 마음속으로 각자의 페어에게 사념을 보냈다.

──선생님? 제 목소리가 들린다면…….

화르르! 생각이 미처 끝나기도 전에 쿠퍼의 전신으로부터 푸른 불길이 솟구쳤다. 그 빛은 양끝에 죽 늘어선 유리 인형들에게도 전파되어, 16개의 불기둥이 일제히 하늘로 솟아올랐다.

객석에서 한층 성대한 환호성이 날아왔고, 메리다 자신도 깜짝 놀랐다. 아무래도 이 사념교섭이라는 건 사고(思考)가 아니라 의사 자체가 다이렉트로 전해지는 원리인 모양이다.

맞대면한 돈대에서 입을 떡하니 벌리고 있었던 키이라는 황급히 다시 한번 눈을 감고, 눈썹을 확 찌푸리며 이를 악물었다. 몇 초 후, 피냐 측에서도 마나의 불길이 연속해서 솟구쳤고, 약간 심심한 환호성이 객석에서 날아왔다.

블랑망제 학원장의 해설이 계속됐다.

"두 후보생은 정원의 구조를 잘 파악해두길. 다섯 군데에 한 개씩, 작은 병이 배치된 게 보일 거예요. ——해독제입니다. 약을 먹으면 막혀 있는 페어의 시각, 청각, 촉각을 3단계에 걸쳐 회복시킬 수 있어요."

메리다는 반사적으로 정원을 둘러보고, 휘황찬란한 유리 세계에 존재하는 받침대에 설치된 작은 핑크색 병을 확인했다. 전부 다섯 개. 미로의 어느 곳을 통과해야 최단거리로 약이 있는 곳까지 다다를 수 있을지, 벌써 머릿속에서 진군 루트가 짜이기 시작한다.

그런 후보생들의 생각을 앞질러 간 것처럼 학원장의 말이 거듭됐다.

"두 사람 모두, 이 시합의 목표를 다시 한번 확인해주세요. 승리조건은 상대가 《항복》하게 만드는 것. 일단 페어를 회복시키기 위해서 약의 획득을 우선할지 혹은 일찌감치 적진으로 쳐들어갈지. 그리고 자군이 몰렸을 때 페어를 생각해 금방 포기할지 아니면 아슬아슬할 때까지 페어를 믿고 끝까지 싸울지……. 상기하기 바랍니다, 이 싸움은 꼭 승패만을 겨루는 것이 아님을요. 객석에 있는 사람들이 두 사람의 지휘가 루나 뤼미에르에 걸맞은지 어떤지를 가리고 있을 겁니다."

학원장의 작은 눈동자가 힐끔 두 사람을 보았고, 키이라는 뭔가 못마땅한 듯이 입술을 비죽거렸다.

블랑망제 학원장은 후방의 객석을 한 차례 돌아보고 다시 정원을 향해 돌아섰다. 그리고 양쪽 군대의 준비가 갖춰진 것을 빠짐없이 확인하고 드높이 선언한다.

"좋습니다! 그럼 루나 뤼미에르 선발전, 제2시련《꼭두각시 무도회》. 후반전 메리다 엔젤 대 키이라 에스파다── 지금 개시!!"

용맹스러운 악단의 음색이 울려 퍼졌고, 메리다는 순간적으로 쿠퍼에게 사념을 보냈다.

시간차 없이, 또 이쪽의 의사를 완벽하게 반영해 자군의 도플들이 움직이기 시작한다.

푸른 불길을 켠 15개의 유리 인형들은 순조롭게 세 방향으로 갈라졌다. 우선《사냥꾼》타입이 4개씩 정원 좌우로, 남은《모험가》타입 4개와《도적》타입 3개가 한 덩어리가 되어 중앙으로 단숨에 돌격한다.

이러한 게임에서는 일단 주요 전장이 되는 중앙 부분에 유리한 포지션을 확보하는 것이 최우선이다──라는 가정교사와 언니가 생각해준 작전을 그대로 옮긴 것이지만, 아무튼 훈련하는 사이사이 필사적으로 암기한 전술 패턴을 생각해내서 메리다는 눈 아래를 내려다보고 쿠퍼에게 사념을 보냈다.

좌우로 흩어진《사냥꾼》도플들은 타고난 민첩성으로 정원을 누비며 잽싸게 진지를 확장해간다. 그중 하나가 재빨리 해독약 한 개를 주웠다. 이어서 다른 하나가 또 한 개. 메리다는 주저 없이 그 둘을 본진까지 되돌아오게 했다.

페어의 신체기능을 완전히 회복시키기 위해서는 해독약 세 개가 필요하다. 하지만 정원에 배치된 약은 전부 다섯 개……. 다시 말해 자신이나 상대, 어느 한쪽의 페어는 반드시 불리한 상태가 되도록 설계된 것이다.

그게 아니어도 쿠퍼가 조금이나마 시력을 되찾아준다면 전국
은 매우 유리하게 진행될 것이 틀림없다. 지금은 일단, 그가 있
는 곳으로 약을 보내는 것이 최우선——.

거기까지 생각했을 때였다.

와장창창창! 털끝까지 쭈뼛해질 만큼 요란한 파쇄음이 사고
를 정지시켰다.

푸른 불길로 물들어 있었던 유리 인형이 여러 겹의 파편이 되
어 박살났다. 그 바로 앞에서 두꺼운 유리 방패를 들고 전투태
세를 취하고 있었던 《모험가》 도플이 발밑을 구르는 작은 핑크
색 병을 주워들었다.

《모험가》는 잽싸게 피냐가 기다리는, 메리다의 반대방향으로
철수했다. 키이라가 조종하는 도플이다……. 해독약을 빼앗기
고 말았다!

메리다의 머리에 피가 확 쏠렸다. 하지만 《모험가》에게 유리
한 《도적》은 전장의 중앙으로부터 움직일 수 없다. 그렇게 생각
하면서 메리다는 고전하는 표정으로 시선을 돌린다.

그리고 자신의 눈을 의심했다.

"어엇?!"

전장의 중앙에 포진해 있어야 할 《모험가》와 《도적》 도플들
이 키이라 측이 지휘하는 《사냥꾼》과 《도적》에게 유린당하고
있었기 때문이다.

이해하기 어려운 배치다. 상대의 군대는 《모험가》를 축으로

한 방어 중시. 그렇다면 당연히 그것들을 중앙으로 향하게 해서 전선을 공고히 해야 할 텐데……. 그런데 키이라 팀은 그 이론을 무시하고, 공격과 스피드에 특화된 도플로 이쪽의 침공을 아주 보기 좋게 요격하고 있다.

그럼 핵심인《모험가》들은 어디에 있는 거지? 메리다는 눈이 핑 돌 정도로 빠르게 정원을 둘러보고, 더더욱 믿을 수 없는 광경을 보았다.

적의《모험가》도플 8개는 각자 단독행동에 나서서, 필드를 종횡무진 뛰어다니고 있었던 메리다 측《사냥꾼》을 매복하고 있다가 덮쳤다.

절대적인 상성 때문에《사냥꾼》도플은《모험가》도플을 이길 수 없다. 푸른 불길을 머금은 유리 인형이 잇달아 박살 나 순식간에 숫자가 줄어든다. 그중 한 개의 손에서 작은 핑크색 병이 굴러떨어졌다.

키이라는 자군의 도플에게 그것을 줍게 만들고 피냐가 있는 곳으로 되돌아오게 했다.

그녀는 대면한 메리다를 응시하고 씨익 웃었다.

"……?!"

너무나도 일방적인 전개에 메리다의 사고가 굳어진다. 이미 전술이나 수 싸움을 운운할 수준이 아니다. 키이라는 최초의 한 수부터 메리다의 군대가 어떻게 구성되어 있고, 또 그들을 어떻게 운용할지를 완전히 간파한 상태에서 도플을 움직이고 있었다.

마치 메리다가 어떻게 지휘를 할지 사전에 알고 있었던 것처럼……

키이라 측 본진에 우두커니 서 있는 피냐에게 도플 세 개가 급히 달려왔다. 저마다 손에 작은 핑크색 병을 들고 있다. 흡사 여왕을 받들어 모시듯 무릎을 꿇고 작은 병을 헌상한다.

피냐는 차례로 한 개씩 집어 들고, 한 모금가량 품위 있게 들이켰다. 병을 던져버리고서 두 개째. 사치스럽게 세 개째——.

세 병 모두 단숨에 들이켠 그녀는, 눈가를 가리고 있었던 검은 안대를 쥐고 당당하게 걷어냈다. 빛을 되찾은 눈동자로 머리 위를 올려다보고, 사랑스러운 키이라에게 윙크를 보낸다.

키이라는 만족스럽게 고개를 끄덕여 대답하고, 멀리 있는 메리다 측에 소리를 질렀다.

"아직 승산이 있다고 생각하니?!"

"크윽……!"

메리다는 굴하지 않고 쿠퍼에게 사념을 보냈다. 약은 아직 두 개 있다. 단 하나라도 쿠퍼에게 보낼 수 있다면 대국은 단숨에 이쪽으로 기울 것이다. 확실하다.

"가여워라."

키이라는 가볍게 코웃음을 치고 피냐에게 손가락으로 신호를 보냈다. 페어가 완전히 회복한 그들은 이제 불확실한 사념교섭에 의지할 필요가 없다. 조금 전보다 몇 단계는 신속하게, 도플들이 지휘를 반영해서 움직이기 시작한다.

고립됐었던 메리다 측 《사냥꾼》들을 정확히 뒤쫓아 파괴하고, 중앙에서 결사의 저항을 계속하고 있었던 《모험가》와 《도적》집단을 우세한 상성으로 짓뭉갠다.

눈 깜짝할 사이에 정원 어디에서도 푸른 불길의 빛은 보이지 않게 되고 말았다.

키이라는 빙그레 웃은 다음 방해자가 없어진 정원을 여유 있게 둘러보고서 도플 몇 개를 진군시켰다. 시합 내내 내방자를 꿋꿋하게 기다리고 있었던 작은 병 두 개로 다가가게 한 다음 하나씩 집어 들어 돈대의 메리다에게 여봐란듯이 내세우게 했다.

"갖고 싶니?"

"……으!"

목구멍까지 튀어나온 말을 겨우 참고 메리다는 키이라를 노려보았다.

그 태도가 마음에 들지 않았는지 《프린스》는 단정한 입가를 일그러뜨렸다. 그리고 약간 난폭한 동작으로 피냐를 향해 팔을 들었다.

직후, 작은 병을 들고 있었던 도플 두 개가 그것을 상공으로 집어 던지고——

낙하하는 타이밍에 맞춰 무기를 힘껏 휘둘렀다.

안타까운 파쇄음을 내면서 안에 들었던 약이 지면에 뿌려졌다.

"아————하하하하하!! 이걸로 네 페어는 영원히 병신이야!"

"……!!"

그 순간, 결국 메리다의 눈동자에 눈물이 글썽인다. 그러나 키이라는 공세를 늦추지 않았다.

"나도 약한 사람 괴롭히는 건 별로야. 빠른 포기를 권할게!!"

《프린스》의 포효와 함께 그의 도플 15개가 일제히 돌격을 개시했다. 이미 메리다 측의 전술을 경계할 필요는 전혀 없다. 이쪽 진지에 있는 건 신체기능을 봉쇄당하고 안대가 씐 쿠퍼 단 한 명이니까.

선두부터 들이닥친 적의 《도적》이 육중한 유리 도끼를 여봐란듯이 머리 위로 쳐들고—— 도움닫기를 더해 그대로 쿠퍼를 후려갈겼다.

퍼억! 뼛속까지 울리는 듯한 둔탁한 소리가 났고, 예상대로 그의 상반신이 가볍게 흔들렸다.

"——윽!!"

메리다는 반사적으로 입가를 손바닥으로 가렸다. 선두를 따라 남은 14개의 도플이 메리다가 연모하는 사람을 에워싸고 사방팔방에서 유리로 된 무기를 내려치기 시작했다.

가만히 서 있는 쿠퍼의 배에, 정강이에, 팔에, 머리에…… 이래도 더 버티겠냐는 듯이 집요하게 고통을 준다. 동시다발적으로 울리는 둔탁한 소리에 메리다의 가냘픈 다리가 후들거렸다.

객석에서도 산발적인 비명이 들린다. 쿠퍼가 안면을 얻어맞을 때마다 몇 명은 깜짝 놀라 눈가를 가렸다. 보고 있을 수 없다는 듯이 하늘에 기도하는 여학생이 있다.

그런 가운데 최전열에서 시합을 관전하고 있었던 백발의 여성—— 쿠퍼와 메리다를 눈엣가시로 여기는 미세스 오셀로가 굴러떨어지기라도 할 것처럼 몸을 앞으로 쑥 내밀고, 신나서 미친 듯이 춤을 추고 있었다.

"끝내버려! 끝내버려! 이~~히히히히히!!"

마녀의 의식 같은 춤을 선보이는 그녀를 보고 몸서리치자, 마주한 돈대로부터 객석의 반응에 충분히 만족한 것 같은 키이라의 목소리가 드높이 들려왔다.

"자, 자, 자아! 항복 안 해도 되겠니?! 네 페어가 지금 무슨 생각을 하고 있는지 알 수 있으려나?! 아무것도 보이지 않고, 들리지 않는 어둠 속에서 정체불명의 고통에 온몸이 시달리고 있어! 하하! 나였으면 돌아 버렸을 거야! 그 사람은 지금 나오지도 않는 목소리를 필사적으로 쥐어짜서 너한테 도움을 요청하고 있다고! 빨리 항복해, 빨리 이 고통을 끝내게 해줘, 라고 말이야! 아하하하하하!!"

"……만해……."

메리다의 목구멍에서 잔뜩 억누른 목소리가 새어 나온다.

그의 학생이 되기 전부터, 그와 만나고서부터는 한층 더, 결코 말하는 일이 없도록 애써온 나약한 소리다. 가슴을 펴고 그의 학생임을 자처하고 싶다면, 그에게 부끄러이 여길 만한 언동은 해서는 안 되는데.

하지만 그 프라이드 때문에 소중한 그가 다치게 된다면.

그가 만약 정말로 어둠 속에서 메리다의 도움을 바라고 있다고 한다면――…………

메리다는 난간에 이마를 대고 떨면서 입술을 열었다.

"하, 항――."

『얼굴을 드십시오.』

헉! 메리다의 눈이 휘둥그레졌다.

들릴 리가 없다. 그런데 지금까지 몇 번이고 들었다. 메리다의 마음이 꺾이려고 할 때마다, 그녀가 나아갈 길을 올바르게 비추어주는, 엄하고도 다정한 그의 목소리가——

다시 한번 들렸다.

——얼굴을 드십시오, 메리다 엔젤!!

† † †

대전상대가 도통 패배를 인정하려고 하지 않아 키이라 에스파다는 점점 짜증이 나기 시작했다. 사념 동조율이 높아진 페어 피냐 하슬란으로부터도 어쩔 줄 몰라 당황하는 감정이 전해져온다.

반대편 돈대에 우두커니 서 있는 프리데스위데 1학년, 키이라가 보기엔 아주 보잘것없는 메리다 엔젤은 잠깐 낙심한 듯이 얼굴을 숙였다 싶었지만, 얼마 지나지 않아 다시 얼굴을 들었다. 허리를 반듯이 펴고 눈 밑을 주시하기 시작한 것이다.

시야에 들어온 것은 페어의 처참한 모습이었다. 눈도, 귀도, 피부의 감각도 봉쇄된 군복 차림의 청년이 사방팔방에서 덤벼드는 유리 인형들에게 속수무책으로 뭇매를 맞고 있다. 그러라고 시킨 당사자 키이라와 피냐조차 자기도 모르게 시선을 돌리고 싶어지는 잔인한 광경——.

그것을 저 1학년은 눈을 깜빡이는 것조차 잊어버린 양 응시하고 있다.

도대체 저쪽의 2인조는 무슨 생각을 하는 것인가. 정체를 알 수 없는 것을 들여다본 것 같은 심경에, 키이라의 등골에 식은 땀이 주르륵 흘러내린다.

"이제 그쯤 하지?! 그러다 네 소중한 페어가 크게 다치고 말 거야!"

큰 소리 치지만 궁지에 몰린 것은 자신도 마찬가지임을 키이라는 자각하고 있었다.

왜냐하면——때려도, 때려도, 저 군복 차림의 청년을 쓰러뜨릴 수 있을 것 같은 느낌이 전혀 들지 않기 때문이다. 상대는 버티고 있다. 이쪽은 때리고 싶은 만큼 얼마든지 때릴 수 있는데. 급소도 공격하고 싶은 만큼 공격하고 있는데.

그럼에도 불구하고, 유리 무기로 몇 번을 가격해도 그의 장신은 움찔대지도 않는다. 강렬한 일격을 때려 박으면 아무래도 조금 동요하긴 하지만 몸통까지는 흔들리는 일이 결코 없다. ——무시무시한 이너 머슬이다.

——얼마나 스테이터스가 높길래 저러는 거야?! 저 남자는!!

보이지도 들리지도 않을 상대에게 키이라는 전율이 오싹 일었다. 이래선 상처를 입히기는커녕 대미지가 축적되고 있는지 어떤지조차 단정할 수 없다. 저 괴물을 쓰러뜨리기 위해 대체 몇 시간을 더 패야 할지 상상도 가지 않는다.

그리고 그런 상황은 루나 뤼미에르의 자리를 노리는 후보생 키이라에게 불리한 방향으로 작용하고 있었다.

눈앞에서 벌어지는 처참한 교착상태에, 투표권을 가진 객석의 여학생들의 얼굴이 새파래졌다. 못 참겠다는 듯이 주변의 친구들과 의견을 교환한다.

"너무 심한 거 아니야?"

"메리다 님은 왜 항복하지 않으시는 거지! 저러다 쿠퍼 님이 정말로 크게 다치겠어요……! 그렇게까지 루나의 지위가 탐이 나나?"

"키이라 님도…… 조금만 봐주시면 좋을 텐데……."

"이 시합은 그만 중재해야 하는 거 아니에요? 학원장님은 왜 잠자코 계시는 거죠?"

"조용히 보고 있어라, 너희."

무련(武練)교관 한 명이 여성이면서도 용맹한 말로 주위를 침묵시켰다.

"아직 어느 쪽도 《항복》이라고 하지 않았다. 지금은 그게 다야."

"하지만……."

여학생들의 안타까운 시선이 이쪽으로 집중된다. 키이라는 으드득 이를 악물었다. 이대로는 시합에 이겨봤자 득표수를 올리기는커녕 역효과다. 냉큼 항복하면 좋을 것을, 메리다 엔젤은 왜 저리 버티는 거람!

그렇다면 이제 눈곱만큼의 승산도 사라졌다는 사실을——

시각적으로! 절대적으로! 알게 해줄 수밖에 없다!!

"피냐아아아아아!!"

키이라의 포효가 울려 퍼지고 돈대 기슭에 있던 페어 소녀가 깜짝 놀라 얼굴을 들었다. 그녀의 조바심과 두려움이 전해져온다. 언제 끝날지 모르는 이 싸움에 불안을 품고 있다.

객석의 여학생들도 마찬가지다. 이미 신사적인 결판은 불가능——.

그렇다면 압도적 강자로서 이 전장에 군림해 힘으로 표를 빼앗을 뿐이다!!

"이 싸움을 끝내겠다! 내 뜻에 따라라!"

결연한 키이라의 선언에 피냐도 표정을 다잡았다. 사념 동조율이 이 이상 없을 정도로 높아져 키이라의 사념이 다이렉트로 도플들에게 전도된다.

쿠퍼를 에워싸고 있었던 유리 인형들은 미리 짠 것처럼 거리를 잡았다. 인형 넷이 주위를 빙그르르 돌고 일제히 지면을 박찬다.

계획은 이렇다. 우선 전후좌우에서 동시에 머리를 강타해, 무슨 일이 있어도 적을 지면에 끌어 쓰러뜨린다. 이어서 전신을 꼬챙이에 꿰어 허공에 매달아 올리고, 돈대에서 지켜보는 메리다가 《항복》이라고 말할 때까지 질질 끌며 정원을 한 바퀴 돈다. 도트리슈 학생인 키이라와 달리 메리다는 프리데스위데 학생이다. 앞으로 이 학원에서 생활을 계속해나갈 것을 생각하면, 주위 여학생들의 평판도 살펴서 어떤 결단을 내리는 것이 좋을지, 이내 깨달으리라.

마음의 나약한 부분을 잘라낸 듯 키이라가 울부짖었다.

"때려잡아아아아아!!"

글래스 펫들이 한층 속도를 붙였다. 각자 동시에 무기를 치켜 들었다. 사방에서 쿠퍼에게 육박했고, 그 거리가 한 발자국 남은 지점까지 좁혀진다. 곧이어 펼쳐질 처참한 광경에 객석의 여학생들은 비명을 지르고 눈을 가린다. 그리고 맞은편 돈대에 있는 메리다는━━

끝까지 페어의 모습을 응시하고 있었다.

와장창!!!!!! 지금까지 들었던 것 중에 가장 매섭고도 맑은 소리. 순간 온 정원을 침묵이 뒤덮었다. 음색의 여운은 하늘 높이, 그칠 줄을 모르고 메아리친다. 눈을 가리고 있었던 여학생이 손바닥을 떼고서 깜짝 놀라 숨을 죽였다. 똑같은 것을 본 키이라의 발이 무의식적으로 두 발자국, 세 발자국 뒷걸음질 친다.

"이, 이럴 수가……?!"

쿠퍼는━━━━쓰러지지 않았다.

꼿꼿이 선 자세에서 한 발자국 디디고, 반신(半身)을 취함과 동시에 오른쪽 주먹을 날렸다. 정면에서 다가오고 있었던 글래스 펫의 머리를 카운터로 분쇄한 것이다. 다른 세 방향에서 내리쳐진 무기는 교차점에서 서로 부딪쳤을 뿐 하나도 표적에 닿지 않았다.

머리가 부서진 글래스 펫이 무너져 내린다. 유리 덩어리에서

주먹을 뽑고──

쿠퍼는 말했다.

"익혔습니다."

직후, 그의 온몸이 벼락과 같이 번쩍였다.

객석에 있는 300명 넘는 여학생들은 예외 없이 말을 잊고 정원의 광경에 시선을 빼앗겼다. 안대를 한 군복 차림의 청년이 숨죽일 만큼 화려한 도수공권으로 유리 인형들을 분쇄해 나가는 모습에.

궁한 나머지 마지못해 글래스 펫들이 내려친 유리검을 손등으로 털어내고 상대가 내려친 힘을 역이용한 카운터로 턱을 박살, 그대로 머리통을 상공 높이 날려 버린다. 좌우에서 동시에 다가오는 두 유리 인형에게는 리드미컬한 발차기를 때려 박고, 마지막으로 돌려차기와, 그 다리를 거두면서 발뒤꿈치로 찍어 각각의 머리를 부순다. 군복 자락을 휘날리면서 아크로배틱하게 춤을 추니, 발차기에 휩쓸린 인형 셋이 동시에 박살 났다.

말문이 막혔던 여학생들이 간신히 말을 되찾았다.

"무, 무슨 일이에요?! 독의 효과가 다 된 거예요?!"

"아니, 달라. 그게 아니야."

약간 말이 빨라지면서 무련교관이 몸을 앞으로 내밀었다.

"약을 마실 때까지 독은 빠지지 않아. 녀석은 아직 아무것도 보이지 않고, 들리지도 않을 거야."

"그렇다면 어떻게 저와 같은 곡예가⋯⋯!"

"녀석의 《눈》을 대신하고 있는 자가 있어. ──엔젤이다."

무련교관은 정원의 돈대로 힐끔 시선을 보냈다. 그곳에 우두커니 서 있는 금발 미소녀는 조금 전까지와 똑같이 결의를 담은 눈빛으로 눈 아래를 계속 응시하고 있다.

제자의 한 명이지만, 그 의연한 모습에 교관은 아주 작은 경외감을 느꼈다.

"이게 녀석들의 노림수였어……! 도플의 공격 패턴은 세 종류로 아주 단순해. 저 검은 것은 구타당할 때의 감각으로, 엔젤은 시각으로 적의 움직임을 분석해서 한 가지씩 링크시켰던 거야. 아마 사념으로 암호라도 주고받았을 테지."

"그게 가능한가요……?!"

"물론 하루아침에 될 일은 아니지. 이건 적의 행동을 분석하는 것만으론 부족해. 동시에 페어의 《간격》을 완벽하게 파악하고 있지 않으면 반격으로 옮길 수 없어. 어지간한 신뢰관계로 할 수 있는 게 아니야……!"

말꼬리가 흔들린 무련교관은 희미한 목소리로 덧붙였다.

"마치 저 두 사람, 서로 목숨이라도 맡긴 것처럼……."

그 음성을 싹 지우듯이 유리가 깨지는 소리가 울려 퍼진다.

어둠 속에서 쿠퍼는 메리다의 사념만을 의지해 전신을 움직이고 있었다.

정면에서 《도적》· 공격 패턴 2.

우측 45도에서 《사냥꾼》· 공격 패턴 1.

0.4초 후에 좌측 94도에서 공격 패턴 3의 《모험가》──.

메리다의 사념이 뇌에 번뜩일 때마다 보이지 않는 적의 모습이 어둠에 선명하게 떠오른다. 그 이미지에 따라 주먹을 휘두르면 피부에 희미한 반응이 전해지고, 이것이 메리다와의 연결에 일말의 오차도 없음을 가르쳐준다.

갑자기 전신을 파도가 쓰다듬는 듯한 감각이 느껴졌다. 이건 뭘까 하고 의문을 느끼면서도 끊임없이 덤벼들어 오는 적의 이미지에 손은 쉴 수가 없다.

신체감각의 90%가 봉쇄된 지금, 감과 경험, 몸에 밴 초절적인 밸런스 감각만을 의지해 다리를 번쩍인다. 정강이와 발모서리, 발뒤꿈치가 종횡무진 적의 이미지를 걷어차고, 뒤돌려 차기를 한 직후에 다시 전신을 쓰다듬는 파도의 감각.

쿠퍼는, 아! 하고 깨달았다.

이건 환호성이다——.

지축을 뒤흔드는 열광이 객석을 뒤덮고 있었다. 안대로 눈을 가린 채 적 집단을 일방적으로 때려눕히는 청년의 모습에 프리데스위데 학생, 도트리슈 학생의 경계도 없이 300명 이상이 대성원을 보낸다.

그토록 압도적이었던 전력 차는 눈 깜짝할 사이에 제로로. 마지막으로 남은 도플 둘을 쿠퍼는 좌우 스피닝 백 너클로 동시에 부숴 버렸다. 한층 더 불어나는 환호성.

"아……아아……!"

괴물 같은 적의 맹공에 키이라 측의 주축인 피냐의 무릎이 바

들거렸다. 안대에 숨겨진 쿠퍼의 시선이 똑바로 그쪽을 겨누자, 그녀의 목구멍에서 "히익!" 하고 가냘픈 비명이 새어 나왔다.

쿠퍼는 적의 본진을 향해 발을 내디디고――세 발자국 만에 밸런스를 잃고 지면에 무릎을 꿇었다. 객석에서 "어어?!" 하고 비명이 나온다.

"똑바로 걷는 것도 마음대로 안 되나 봐요!"

"그런 상태에서 용케도 정말……."

객석의 대화가 귀에 닿고, 압도당하고 있었던 키이라도 정신을 되찾았다.

"지, 진정해, 피냐! 아직 네가 단연 유리――."

말을 마치기도 전에, 시원한 질주 소리가 돈대의 기슭을 빠져나갔다.

그리고 푸른 불길을 켠 《사냥꾼》 도플이 그늘진 곳에서 튀어나와 피냐의 등에 일격을 가했다. "꺄아악?!" 견디지 못하고 비명을 지르며 그녀는 지면에 쓰러졌다.

그 광경을 내려다본 키이라는 더더욱 아연실색하며 할 말을 잃었다.

"도플을 하나…… 남기고 있었던 건가……!!"

고꾸라진 피냐의 배후에서 《사냥꾼》이, 그리고 전방에서는 안대를 휘날리는 쿠퍼가 다가온다. 얼굴을 든 피냐는 도망칠 곳도 없어 엉덩방아를 찧은 채 벌벌 떨 뿐이었다.

키이라는 이가 부서질 정도로 악물었다.

마음속에서 쥐어 짜낸 것처럼, 입술로부터 괴로운 결단이 흘러내린다.

"……항복."

"거기까지!! 시합, 종료――――― ―――――!!"

블랑망제 학원장이 성악가 뺨치는 미성으로 선언하고, 학원 악단이 대음량의 팡파르를 분다. 그리고 객석은 폭발적인 환호성에 휩싸였다.

"――선생님!"

그 순간, 메리다는 표정을 일그러뜨리고 돈대를 뛰어 내려왔다. 정원을 곧장 가로질러 상대 측 돈대 기슭까지 열심히 뛰어간다.

사념이 전해진 것인지, 쿠퍼는 긴장을 풀고 지면에 주저앉아 있었다. 그런 그를 향해 메리다는 뛰어온 속도 그대로 품에 안겨든다.

"선생님! 선생님! 선생님……!"

쿠퍼의 머리를 보물인 양 부둥켜안지만 반응이 없다. 정원 바깥에서 황급히 뛰어와 준 크리스타 회장이 메리다의 눈앞에 액체가 가득 채워진 작은 병을 보여 주었다.

"해독약이야."

"……!"

메리다는 즉시 받아들고 마개를 뽑았다. 아무도 보고 있지 않다면 자기가 머금고 입으로 옮겨주었을지도 모른다. 그 정도로 얼굴이 가까운 거리에서 쿠퍼의 입술에 병 입구를 바짝 댔다.

조급한 기분을 누르고, 천천히 기울이자 금세 병의 내용물이 비었다.

메리다는 껴안듯이 팔을 돌려 쿠퍼의 눈가에서 안대를 걷어냈다. 아주 가까이에서 얼굴을 들여다보자, 조용히 뜨인 그의 눈에 고운 빛이 들어온다.

쿠퍼는 예리하고 매서운 눈가를 구부려서 빙그레 웃었다.

"——이런, 미인이 울면 못 써요."

"선생님……!!"

메리다는 학원의 모든 사람이 보고 있다는 사실도 잊고서 쿠퍼의 목에 힘껏 매달렸다. 그 광경에 객석의 여학생들은 넋을 잃고 한숨을 쉬었고, 쿠퍼는 이걸 어쩌나 하고 난처해 하면서도 부드럽게 껴안아주었다.

이 명화와 같은 광경을 전혀 인정하지 않는 인물이 객석에서 튀어나왔다.

"뭔가 잘못된 거예요!"

바로 미세스 오셀로다. 걷는 도중에 독약을 가득 든 쟁반을 집어 들고, 회의적인 시선으로 학원장과 크리스타 회장을 쳐다본다.

"눈과 귀가 봉쇄된 상태에서——그런 짓이 가능할 턱이 없습니다! 틀림없이 뭔가 잔꾀를 부린 게 확실해요!"

"아니요, 미세스. 약은 저희 학생회가 책임을 지고 관리한 것입니다."

학생인 크리스타 회장에게 가차 없이 말대꾸를 당하자 주름투성이의 얼굴에 피가 확 솟구친다.

"그렇다면, 독의 효과가 약했던 거겠죠!!"

고함을 치자마자 미세스 오셀로는 손으로 직접 쟁반의 내용물을 퍼 올려 후루룩 들이켰다. 깜짝 놀란 크리스타 회장이 말릴 틈도 없이 다 삼켰다.

손바닥을 내리고, 3초 후.

"……크으읍."

털썩————! 미세스 오셀로가 벌렁 나자빠졌다. 크리스타 회장과 객석의 여학생, 강사들이 비명을 지른다.

"미세스 오셀로!"

"큰일 났어, 오셀로 씨가……!"

학원장은 한심하다는 듯이 그녀의 추태를 내려다본 다음 한숨을 쉬며 말했다.

"아무나 바로 오셀로 씨를 의무실로. ……해독약이 한 사람분 더 필요해졌네요."

들것에 실려 나가는 미세스 오셀로를 지켜보는데, 이번에는 다른 인물이 트집을 잡으러 왔다. 첫 번째 시련이 끝났을 때와 똑같이 학원장에게 따지고 들기 시작한 사람은 또다시 기대에 어긋난 결과를 감수하게 된 키이라 에스파다다.

"이건 불공평합니다! 메리다 엔젤이 이긴 건 전술에 의한 결과가 아닌, 페어의 스테이터스 덕분이에요! 시합과정 면에서는 제 손을 들어줬어도 됐을 겁니다!"

"그만해, 키이라."

그렇게 타이른 것은 블랑망제 학원장도 크리스타 회장도 아니었다.

성 도트리슈 여학원 총실장 네쥬 토르멘타가 궁전 내로 연결되는 문 쪽에서 모습을 드러낸 것이다.

예상 밖의 인물이 한 권고에 당당했던 《프린스》도 주춤거린다.

"시, 실장님……?"

"학원장님이 하셨던 말씀을 벌써 잊어 버렸어? 선발전은 꼭 승패만을 겨루는 게 아니야. 넌 정말로 정정당당하게 싸웠다고 이 자리에 있는 모든 사람 앞에서 맹세할 수 있겠어?"

"──으."

"그리고 만약 너와 피냐한테 그들과 동등한 포텐셜이 있었다 해도 완전히 똑같은 일이 과연 가능했을까?"

결국 키이라는 입을 다물었다. 네쥬 실장은 머리를 흔들면서 덧붙였다.

"적어도 나한테는 무리야."

그리고 네쥬 실장은 아직 눈동자에 눈물이 그렁거리는 메리다 앞에 무릎을 꿇은 다음 그녀의 양 손바닥을 쥐었다.

"미안해요, 메리다 양. 학원장실에서의 무례를 용서해줘."

"네……?"

"당신은 어엿한 성 도트리슈 여학원의 라이벌이야. 전력으로 싸울 가치가 있는 성 프리데스위데 여학원의 루나 뤼미에르 후보생이지."

네쥬 실장은 일어나 한 발자국 물러난 다음 소리 높이 손뼉을 쳤다. 그녀를 추종하듯이 객석의 도트리슈 학생이, 그 파도가 퍼지듯이 모든 여학생이 성대한 손뼉을 치며 제2시련의 승자를 축복한다.

메리다는 부끄러운 듯이 고개를 숙였고, 그 눈동자에 다시 눈물이 글썽였다.

쿠퍼는 그녀를 북돋아 주고자 다리에 힘을 넣었지만 계속 주저앉아 있었기 때문에 일어나는 도중 균형을 잃고 다시 주저앉았다. 메리다의 목소리가 걱정스러운 듯이 뒤집혔다.

"선생님?"

"괘, 괜찮습니다. 대미지가 아니라 독이 아직 몸에 남아 있는 거라……."

대화를 듣고 있었던 학원장이 고개를 짧게 짧게 끄덕이고 크리스타 회장에게 지시를 보냈다.

"미스 샹송. 미스터 뱀파이어와 미스 하슬란을 의무실로. ——아, 미스 엔젤, 미스 에스파다, 두 사람은 아직 이곳에 남아주세요."

"네?"

"이다음, 제3시련의 개요를 전 학생에게 발표합니다. 두 사람도 들어둬서 손해는 없겠죠. 마음의 준비를 철저히—— 다음이 드디어 마지막 시련이 되는 거니까요."

메리다와 키이라가 자연스럽게 시선을 주고받고, 키이라가 "흥!" 하고 얼굴을 돌린다.

이어서 메리다는 못내 아쉬운 듯이 쿠퍼의 팔을 붙잡았다.

"선생님……."

"그런 얼굴은 하지 마십시오, 금방 돌아오겠습니다. 제 몫까지, 학원장님의 말씀을 똑똑히 들어두세요."

그렇게 타이르고 쿠퍼는 신중히 일어나 몸을 돌렸다. 크리스타 회장의 선도에 따라 걷기 시작해, 흥분이 채 가라앉지 않은 여학생들의 박수갈채를 등에 받으면서 글래스몬드 팰리스 안뜰을 뒤로했다.

† † †

"으으으~~, 그로기~……."

쿠퍼가 의무실에 도착하니 먼저 온 손님이 있었다. 바로 윤기가 나는 붉은 머리에 매력적인 옷을 입은, 모델처럼 슬렌더한 몸매의 아가씨 로제티 프리켓이다. 엘리제의 페어인 그녀도 한 발 먼저 제2시련을 경험하고 이곳에 신세를 지고 있었던 것이리라.

어느새 동료와 같은 심경이 된 그녀는 이쪽의 모습을 알아채자 "애썼어." 하고 손바닥을 들었다. 하지만 그 작은 동작도 귀찮아하는 것처럼 보일 만큼 안색이 나쁘다.

"수고했습니다. ……괜찮아요?"

"음~, 별로……. 난 이런 약 같은 걸 너무 잘 받는 체질이라서 말이야, 강한 독과 그걸 씻어 내는 약의 더블 펀치 때문에 이렇게, 그로기……가 돼버렸어."

흐물흐물한 목소리로 하소연하고, 갑자기 그녀는 수상쩍은 눈길로 이쪽을 올려다보았다.

"그런 당신은 왜 그렇게 멀쩡해 보이는 건데?"

"독에는 길들어서요."

"치사해!"

치사하다고 해도 어쩔 도리가 없다. 그렇지만 이 아가씨가 이런 말을 하는 것은 어리광에 지나지 않으므로 진지하게는 대응할 필요는 없다.

그 대신 이쪽에서 다른 화제를 던졌다.

"엘리제 님의 시합은 어땠습니까?"

"이기긴 했지만…… 전략적으로는 비슷했다고 봐. 거의 내 스테이터스로 밀어붙인 거나 마찬가지라서, 득표수에 어떻게 영향을 끼칠지는 모르겠네."

"그렇군요."

이때, 갑자기 의무실 입구 부근이 소란스러워졌다.

"미세스 오셀로, 좀 더 누워계셔야……."

"아뇨, 아뇨, 괜찮아요! 건강에는 자신이 있으니까!"

미세스 오셀로다. 약간 백발인 머리가 흐트러져 있다. 미묘하게 다리를 비틀거리면서도 시스터를 뿌리치고 의무실을 나간다.

바람에 나부끼는 나뭇가지와 같은 그 뒷모습을 보고 쿠퍼의 가슴에서 짓궂은 생각이 고개를 쳐들었다. 경쾌한 발걸음으로 몸을 돌리자, 로제티가 그 등에 미심쩍은 물음을 던진다.

"어, 잠깐, 무슨 짓을 하려고 그래?"

씨익, 말없이 미소로 대답한 다음 발소리를 죽이면서 복도로.

아니나 다를까, 미세스 오셀로는 영 상태가 좋지 않은 듯 벽에 손을 대고 서 있었다. 스스로 들이킨 독 때문에 쩔쩔매다니, 정말 구제불능인 사람이다. 쿠퍼는 웃음을 참고 다가갔다.

"도와드릴까요, 미세스?"

"……!!"

미세스 오셀로는 말없이 뒤돌아보고서 나오지 않는 목소리 대신 백만 가지 저주를 담은 눈빛으로 매섭게 노려보았다. 쿠퍼는 점점 더 웃음을 참기가 힘들어졌다.

"이거 참~ 보셨습니까? 아까 메리다 아가씨의 명지휘를! 객석에서 쏟아진 박수갈채를! 마치 그때의 일이 떠오르지 않습니까. 그 왜, 전 학기의 공개시합 말입니다. 그때도 아가씨는 아무도 예상하지 않은 활약으로 객석의 눈을 깜짝 못하게 했었죠. 누구는 그 위풍당당한 모습을 보고 침팬지같이 이성을 잃고 난리를 쳤다든가 하던데——."

"닥치세요!!"

쫘자작! 미세스 오셀로의 벼락이 떨어졌다. 쿠퍼가 목소리와 웃음을 동시에 참자, 그녀는 더욱 큰 소리로 지껄여댔다.

"정말이지, 당신도, 메리다 님도, 저쪽 학교의 살라샤나 키이라라는 애도! 짜증이 날 정도로 끈질기네요! 얌전히 루나 뤼미에르 왕관을 건네면 좋을 것을……! 이럴 줄 알았더라면 스테인드글라스에 명확히 '엘리제 엔젤'이라고만 새겨둘 걸 그랬어요!!"

순간, 쿠퍼의 사고가 멈췄다. 동시에 미세스 오셀로도 깜짝 놀라 입을 다물었다.

—— '엘리제'라고 새겨둘 걸 그랬나?

"그럼, 당신이?"

재차 확인하듯이 쿠퍼가 물었다. 그와 같은 대사를 내뱉을 수 있는 건 이 학원에서 딱 한 명뿐이다.

"글래스몬드 팰리스에 잠입해 스테인드글라스를 바꿔치기해서 아가씨들을 선발전에 출장시키지 않을 수 없도록……. 전부 당신이 꾸민 일이었단 말입니까?"

"……읏."

미세스 오셀로는 곧바로 대답하지는 않았다. 다만 태세를 확 바꿔 콧방귀를 꼈다.

"……엘리제 님을 제쳐놓고 《대표학생》을 선출하겠다니, 불경도 이만저만이 아니에요! 이 학원의 모든 학생은 알아야 해요. 엘리제 님이 짊어지고 있는 가명(家名)이 얼마나 고귀한 것인가를!!"

"잠깐만요, 지금 한 말, 정말이에요……?"

갑자기 들려온 제삼자의 목소리에 쿠퍼와 미세스 오셀로가 동시에 돌아보았다.

의무실 문에 손을 댄 채, 붉은 머리의 가정교사가 아연실색하며 눈을 크게 뜨고 있었다. 아마 걱정이 되어서 상황을 보러 온 것이리라. 믿기 어렵다는 표정으로 몇 연신 고개를 흔든다.

"오셀로 씨…… 오래전부터 생각했었는데, 오셀로 씨의 방식은 잘못됐어요! 억지로 후보생으로 세워서 엘리제 님이 얼마나 상처 입었는지, 학교의 아이들이 얼마나 힘들었는지 아세요?

우는 아이도 있었다고요?!"

"……."

미세스 오셀로는 예상대로 사죄 한 마디 없다. 쿠퍼도 그 발코니에서 메리다가 흘렸던 눈물을 떠올리고 참을 수 없는 한숨을 흘렸다.

"……그뿐만이 아니에요. 첫 번째 시련 때 의상에 농간을 부린 거랑, 두 번째 시련에서 이쪽의 작전을 키이라 님 팀에 흘린 것도 당신 소행이죠?"

끊임없이 메리다의 사념을 공유하고 있었기 때문에 알고 있다.

네쥬 실장도 언급했지만 아까 있었던 시합, 대전상대인 키이라는 분명 이쪽의 작전을 꿰고 있었다. 누군가가 메리다의 전략을 군대의 구성부터 진군 플랜까지 상세하게 상대방에게 전해준 것이 확실하다.

그러나 미세스 오셀로는 그 말에 매섭게 눈꼬리를 치켜들었다.

"트집은 그만 잡아요! 저는 그런 비열한 짓은 안 했습니다!"

"네……?"

"선생님들, 이때다 싶어서 우쭐대는 건 괜찮은데, 자신들의 입장을 잘 생각해두세요. 그렇게 나를 추궁하다 어떻게 될지, 다 깨닫게 될 겁니다! 그리고 두고 보세요! 다음 세 번째 시련에서는 그렇게 몇 번이고 행운이 잇따르진 않을 테니까요!"

흥! 기세등등하게 내뱉은 다음, 미세스 오셀로는 몸을 돌렸다. 멀어져가는 마른 나뭇가지와 같은 그 뒷모습을 바라보고,

아연실색한 젊은 가정교사들은 서로 얼굴을 마주 볼 뿐이다.

　——방해공작을 한 건 그녀가 아니다?

　그럼 누가? 정말 마디아인가? 아니면 다른 누군가? 아니, 애당초 미세스 오셀로가 사실만을 말했다고 단정할 수 없다…….

　쿠퍼의 사고는 더없이 혼미했다. 늙은 까마귀가 남기고 간 앙칼진 목소리가 귀에 붙어 떠날 줄을 모른다.

　——그렇게 몇 번이고 행운은 잇따르지 않는다.

　쿠퍼는 마치 이 학원의 어딘가에 숨어 있는 그《검은색》이 나이 든 여자의 형체를 빌려 속삭인 것 같다고 느끼지 않을 수 없었다.

메 리 다   엔 젤

클래스: 사무라이

HP	541		MP	59		
공격력	54(46)		방어력	46	민첩력	62
공격지원	0~20%			방어지원		-
사념압력	20%					

주 요   스 킬 / 어 빌 리 티

은밀Lv2 / 심안Lv1 / 항주(抗呪)Lv1 / 환도이감(幻刀二鑑) · 남아(嵐牙) /
시전발도 · 우참

엘 리 제   엔 젤

HP	1180				클래스: 팔라딘
공격력	104		MP	125	
공격지원	0~25%		방어력	118	민첩력 104
사념압력	10%			방어지원	0~50%

주 요   스 킬 / 어 빌 리 티

축복Lv2 / 위광Lv1 / 증폭로Lv1 / 저연비Lv1 / 항주Lv2 / 디바인 라이즈 /
티리아 브랜디스 / 리메인즈 페트로나

LESSON : VI ~이곳이 하늘이라면, 너는 달~

10월 첫째 주 7일째.

자매학교와의 교류회도 종반으로 접어들어 성 프리데스위데 여학원은 어딘지 모르게 서글픈 분위기에 휩싸여 있었다. 여학생들 모두가 일시일시를 소중히 하려고 해서 마음이 조급해졌는지, 서운해하는 표정을 띠고 있다.

휴일에도 기숙사 탑에서 학생이 거의 다 나가서 교사 탑에 활기를 불어넣고 있었다.

가장 많은 사람이 오가는 1층 로비에 쿠퍼와 메리다의 모습이 있었다. 선발전의 상징이라고도 할 수 있는 거대 유리 천칭 앞에서 각자 자기 바구니의 분량을 확인하고 있다.

'메리다' 의 이름이 붙은 바구니는 1개월 전과 비교하면 상당히 북적이게 됐다. 투표된 유리 돌의 구체적인 숫자는 저울의 수치로 확인할 수 있다.

최종시련을 앞둔 메리다의 득표수는 현재 '220' 이었다.

"역시 제가 가장 뒤처진 것 같네요."

"근소한 차이 아닙니까. 침울해질 정도의 차이는 아닙니다."

유리 돌이 가장 수북이 담겨 있는 건 예상대로 '키이라' 의 바구니. 선발전에서는 현재까지 볼만한 장면을 연출하지 못했지만, 그럼에도 고정표 때문에 인기가 탄탄하다. 전체의 절반가량 되는 표를 그녀가 차지하고, 1학년 조인 살라샤, 엘리제, 메리다는 사이좋게 줄줄이 늘어선 정도다.

그렇지만 첫날엔 고작 '6' 포인트밖에 없었던 메리다로서는 경이적인 신장률이다. 제3시련의 결과 여하에 따라선 단숨에 상위도 노릴 수 있을 것이다.

쿠퍼가 긍정적인 견해를 보이자 메리다의 얼굴에도 금세 꽃처럼 미소가 활짝 피었다.

"네, 선생님. 비록 꼴찌라도 마지막까지 힘껏 싸울게요!"

"바로 그 마음가짐입니다, 아가씨. ……그런데, 그."

쿠퍼는 말하고서 약간 쑥스러운 듯이 얼굴을 반대 측으로 기울였다.

"남의 눈이 많은 장소에서 이 자세는 아무래도 좀 쑥스럽습니다만……."

"아……."

메리다의 뺨이 확 붉어져 이제야 반성한다.

옆에서 보면 《헤픈 연인》처럼 여길지도 모르겠다. 지금 메리다는 쿠퍼의 왼팔에 찰싹 매달려 가슴팍에 뺨을 바싹대고 있다.

미안해하면서도 그 손가락을 쿠퍼의 손가락을 향해 뜨겁게 휘감아온다.

"죄, 죄송해요, 선생님. 저도 방정치 못하다는 생각은 들지만, 그……."

말하면서 이쪽의 얼굴을 올려다보자마자 왈칵, 눈동자에 눈물이 글썽이기 시작한다.

"도저히 그냥 있을 수가 없어서…… 하으으……."

"아, 아닙니다, 의지해주시는 것 자체는 저도 영광인 데다, 거기에——."

그 충동은 아가씨 잘못이 아닙니다.

그렇게 아무리 말하고 싶어도 입에 담을 수 없었다.

2주일쯤 전, 구체적으로는 제2시련 《꼭두각시 무도회》가 끝난 직후부터 메리다는 계속 이렇게 쿠퍼에게 착 달라붙어 있다. 이유는 명확한데, 시련 때 그녀가 복용한 쿠퍼와의 사념 동조율을 올리는 그 약이 원인이다.

쿠퍼가 소속된 백야기병단은 물론, 엔젤의 본가에도, 클라이언트인 몰드류 경에게도, 메리다 본인에게조차 밝히지 않은 사실이지만——메리다 몸에 깃든 마나는 타고난 것이 아니라 쿠퍼가 자신의 마나를 떼어 나누어준 것이다. 요컨대 쿠퍼와 메리다는 전 세계에서 단둘뿐인, 누구보다도 강한 마나의 유대를 지닌 관계이다.

거기에다 두 사람의 사념 동조율을 더욱 높이는 그 약을 마셨다. 아마도 현재 메리다는 쿠퍼를 자신의 일부같이 착각하고 있고, 그 때문에 몸이 떨어져 있는 것이 지독히 안정되지 않는 것과 같은 상태에 빠진 것이리라.

이처럼 원인은 명확하나, 쿠퍼는 그 사실을 누구에게도 밝힐 수 없다.

왜냐하면, 자신이 메리다에게 마나를 나누어줬다는 사실은 전 세계에서 누구 하나 알아서는 안 되는 절대적인 비밀이기 때문이다. 메리다의 마나는 어디까지나 기사 공작 가문인 그녀 본인의 것. 그 클래스가 쿠퍼와 똑같은 《사무라이》인 것 역시, 의심을 피하기 위해서라도 지금은 아직 일반에 공개해서는 안 된다.

메리다의 진짜 혈통이—— 그녀가 기사 공작 가문의 피를 잇지 않고, 모친 메리노아 엔젤의 사생아일지도 모른다는 진실이 밝혀진다면, 그 스캔들을 어둠에 묻어버리기 위해서 파견된 암살교사(쿠퍼) 또한 그녀와 나란히 목숨이 위태로워지기 때문이다.

그렇지만 그와 같은 쿠퍼의 목숨이 달린 갈등을 양성학교 여학생들은 당연히 알 도리가 없는 까닭에 기숙사에서도, 식당에서도, 교실에서도, 휴일에도, 그 밖의 모든 곳에서 아무도 아랑곳하지 않고 서로 부둥켜안고 있는 주종의 모습을 보고, 로맨틱한 공상을 케이크보다 훨씬 좋아하는 소녀들이 어떤 반응을 할지 말하자면——.

지금, 주종의 배후를 한 여학생 집단이 지나갔다. 학생회장인 크리스타 샹송이 많은 숫자의 도트리슈 학생을 안내하는 교내 투어가 한창인 듯한데.

"여러분, 다음으로 이쪽의 선반에 비치된 장서를 보세요. 이건 저희 학교 졸업생이기도 한 문호, 크리스 러트위지 여사가 당시 학원장님의 손녀를 모델로—— 어라?"

플래티넘 블론드의 소녀는 마침 팔짱을 낀 쿠퍼와 메리다의 모습을 발견하고, 무슨 그림이라도 되는 듯이 도트리슈 학생들에게 소개해주었다.

"보세요. 저분이 소문의 쿠퍼 방피르 선생님이에요. 프리데스위데에 출입하는 유일한 남성이며 소녀들의 마음을 농락하는 귀축교사로 유명하죠."

""" "잘 부탁드립니다, 쿠퍼 님!" """

"자, 잠시만요, 학생회장님! 전 딱히 학생들의 마음을 농락하진——."

쿠퍼가 황급히 부정해보지만, 당장 지금 한쪽 팔에 애처롭게 매달린 1학년을 옆에 끼고 있는지라 설득력이 전무하다. 도트리슈 학생들은 넋을 잃고 뺨을 붉혔다.

"부끄러워하지 않아도 괜찮아요, 선생님."

"두 번째 시련을 거치고 연인 사이의 정이 더 깊어진 거군요!"

"그때 두 분의 모습, 마치 연극무대를 볼 때처럼 가슴이 설지 뭐예요!"

크리스타 회장은 득의양양하게 웃고 플래티넘 블론드를 쓸어올렸다.

"과연 세 번째 시련을 마쳤을 때, 저 두 사람은 얼마나 더 망측한 모습을 보일까요? 여러분, 선발전의 재미가 또 하나 늘었네요."

꺄아아악! 학생들이 환호성을 질러 메리다의 얼굴이 부끄러움에 새빨개진다. 가정교사의 명예를 지키기 위해서일까? 그녀는 힘껏 몸을 앞으로 내밀었다.

"아, 아니에요! 이건 제가 이러고 싶어서, 그…… 평소엔 참고 있어요!!"

이젠 도트리슈 학생뿐 아니라 로비 안의 소녀들이 폭발적인 비명을 터뜨렸다. 더 있다가는 본격적으로 사회적 지위가 위태로워지겠다고 판단한 쿠퍼는 얼른 몸을 돌리기로 했다.

"아가씨, 바깥에 산책이라도 하러 갈까요. 되도록 조용한 곳으로……."

"조용한── 인기척 없는 곳이래요!"

"사랑의 도피예요!"

이미 무슨 말을 하더라도 소란이 더 커질 뿐이었기 때문에 쿠퍼와 메리다는 허둥지둥 교사 탑에서 탈출했다. 앙칼진 환호성이 질리지도 않고 두 사람의 뒤를 뒤쫓았다.

사계절의 꽃들이 동거하는 클레르드 온실까지 도망쳐 오고서야 쿠퍼와 메리다는 한숨을 돌렸다. 얼굴을 마주 보고 누가 먼저랄 것도 없이 킥킥 웃는다.

"아가씨. 요즘, 학원 분위기가 좋아진 것 같지 않습니까?"

"네. ……곧 선발전이 끝나는 게 서운할 정도로요."

숨을 가다듬은 두 사람은 다시 한번 자연스럽게 팔짱을 꼈다.

유한한 시간을 부둥켜안듯이 천천히 한 발 한 발 힘주어 돌바닥을 밟으며 걷는다. 곱게 물든 꽃들을 바라보면서 갑자기 메리다가 중얼거렸다.

"남은 건, 어떻게 제가 선발전에 나오게 된 것인가……. 그 스테인드글라스를 바꾼 《범인》의 목적을 알 수 있다면 불안함을 가질 일도 없어질 텐데요."

"아가씨, 그 일에 관해서는——."

뒷말을 잠시 고민하다 쿠퍼는 말을 계속했다.

"……학원장님과 학생회 분들에게 맡기기로 하죠. 저희가 잠깐 머리를 짜내는 정도로 해결될 문제는 아니라고 생각됩니다. 무엇보다 아가씨는 일단 선발전 마지막 시련을 이겨내는 데 전력을 기울이십시오."

"하긴. 그렇겠네요."

"……아가씨에게 있어 가장 큰 걱정거리는 따로 있지 않습니까?"

메리다의 팔에 힘이 꽉 들어갔다.

먼 어딘가를 쳐다보듯이 그녀의 붉은 눈동자가 가늘어진다.

"……제가 세 번째 시련에서 엘리한테 이길 수 있을까요."

"스테이터스가 불리한 것은 이미 알고 있습니다. 그것을 보충하기 위해서 이 1개월간 훈련을 거듭하지 않았습니까. 자신을 가지십시오."

그렇게 격려하면서도 쿠퍼는 자신의 말이 메리다의 마음의 표면을 미끄러져 나갈 뿐이라는 것을 헤아리고 있었다. 그녀가 정말로 불안하게 여기는 건 시합의 승패 따위가 아니니까.

그 점을 스스로도 이해하고 있으리라. 메리다는 고개를 붕붕 흔들었다.

"제가 정말로 무서운 건, 시합이 끝난 뒤 저와 엘리의 관계는 어떻게 될 것인가 하는 거 같아요."

"아가씨……."

"저희가 몇 년 전부터 극히 최근까지 쭉 절교했다는 이야기는 제가 드린 적 있죠?"

쿠퍼는 살짝 고개를 끄덕였다. 메리다는 그의 듬직한 팔에 매달린 채 계속 말했다.

"예전의 엘리는 무척 응석꾸러기였어요. 항상 제 등에 매달려서 떨어지지 않았죠. 동갑인데도 제게는 작고 귀여운 여동생……. 그 뒤로 계속 떨어져 있었으니까, 틀림없이 전 지금도 그 아이를 옛날처럼 저보다 약한 아이라고 생각했던 거예요. 그아이도 떨어져 있었던 만큼 성장했을 텐데 말이죠."

그래서 그런가, 하고 메리다의 목소리가 기어들어갈 정도로 미약해진다.

"그게 마음에 들지 않았던 걸까요. 낙오자인 제가 언니인 체하는 게. 엘리는 더는 제 동생이 아니에요. 저뿐만 아니라, 1학년 중에서 가장 강한 우등생인걸요. 그렇다면 정말 오셀로 씨 말대로 처지를 분간하고 어울려야 할지도 몰라요……."

"아가씨."

쿠퍼는 멈추어 서서 그녀의 곁에 무릎을 꿇었다. 이야기하면서 점점 고개를 숙였던 메리다의 시선을 자신의 눈길로 받아들인다.

"제가 생각하기에, 아가씨한테 필요한 것은 분수를 아는 일이 아닙니다."

"네……?"

"그리고 엘리제 님에게 필요한 것은 말을 좀 더 똑바로 하는 것입니다. 저나 로제티 씨의 시선에서 보면, 엘리제 님은 아직도 상당한 응석꾸러기입니다. 하지도 않은 말을 알아주길 바라며, 아가씨한테 어리광을 부리는 겁니다."

주위에 아무도 없어서 괜찮긴 했지만 만약 기사 공작 가문의 인간이 들었다면 목이 날아갈지도 모르는 발언이다. 메리다가 눈을 깜빡이는 사이에 쿠퍼는 계속해서 말했다.

"마침 좋은 기회입니다. 아가씨, 세 번째 시련에서 엘리제 님과 부딪쳤을 때는 서로가 납득할 때까지, 끝까지 이야기를 나누세요. 거기에 잔소리꾼 오셀로 씨는 없습니다. 저나 로제티 씨도 멀리서 지켜볼 뿐입니다. 그리고 무엇보다 중요한 건——두 분의 관계가 틀어지는 일 따윈, 눈곱만큼도 걱정할 필요는 없다는 겁니다."

"어, 어떻게, 그리 단언할 수 있는 거예요……?"

"아가씨는 엘리제 님을 좋아하나요?"

그는 거꾸로 질문했다. 메리다는 허를 찔린 후 표정을 매섭게 다잡았다.

그것만큼은 도저히 흔들리지 않는 확고한 마음이 있었다.

"……아주 좋아해요!"

"좋아하는 사람끼리는 잘 풀리는 법입니다. 저와 아가씨처럼 말이죠."

어렴풋한 미소를 짓고, 쿠퍼는 일어났다.

낮게 깔린 바람이 불어 메리다의 치마를 흔들었다. 추위를 물리치듯이 금발의 미소녀는 청년의 군복에 살며시 뺨을 가져다 댔다.

"……고마워요. 선생님은 정말로 선생님이네요."

무슨 소린가 하고 쓴웃음을 지으면서 쿠퍼는 우아한 눈길로 물었다.

"걱정거리는 괜찮을 것 같습니까?"

"네, 선생님 덕분에요!"

메리다의 빛나는 미소를 보고 쿠퍼의 가슴에도 환한 빛이 켜진다.

스테인드글라스에 대한 건은 보류다. 엘리제와의 불화 또한 나머지는 당사자들이 어떻게든 할 문제이다. 다음 제3시련을 이겨내면 길었던 루나 뤼미에르 선발전도 끝나고, 1개월에 이른 성 프리데스위데 여학원의 《쇄성》도 해제된다.

메리다를 불안하게 만들 만한 요소는, 더 이상 아무것도 없다.

──그러니 남은 건 이쪽의 문제다.

메리다조차, 이 학원에 체류하는 거의 모두가 몰랐던 문제의 근원. 저 백야기병단에서 파견된 새카만 에이전트, 블랙 마디아와의 결판을 내야 한다.

모든 명운이 결판날 때가 시시각각 다가오고 있다.

"드디어 내일이군요……."

10월 첫째 주, 7일째──.

다가올 운명의 분기점을 확인하고 쿠퍼는 혼잣말했다.

† † †

그날, 글래스몬드 팰리스는 어떤 의미로 이상한 분위기에 휩싸여 있었다.

휘황찬란한 유리 궁전에는 일체의 인적이 없다. 그럼에도 불구하고 궁전을 둘러싸는 《폐교사》의 높은 벽 위에는 관객석이 둥글게 설치되어, 오늘 밤 선발전 최대의 이벤트가 시작될 순간을 이제나저제나 하고 고대하는 여학생들로 북적이고 있다.

그 일각에. 계단형으로 되어 있는 관객석의 아랫부분에서 쿠퍼는 군복 허리에 애용하는 검은 칼을 차고 서 있었다. 강적과의 사투를 앞에 두고 긴장된 신경이 주변 공간을 짜릿짜릿하게 압박한다. 그러나 다행히도 어두컴컴한 그 장소에 여학생들의 모습은 없다.

유일하게 그를 따라다니는 파트너가 불만스럽게 붉은 머리를 흔들었다.

"역시 납득이 가지 않는데."

"그 점을 어떻게 좀 지금은 수용해주세요, 로제티 씨."

전투로 향하는 쿠퍼를 앞에 두고 로제티는 입술을 쭉 내밀고 볼을 부풀렸다.

"왜 당신이란 사람은 그렇게 매번 항상 혼자 가려고 하는 거야. 그 블랙 마디아라는 녀석과 결판을 지을 셈이지? 그 녀석이 어디 있는지 짐작이 간 거지? 그럼 나도 좀 데려가 줘. 이번엔 거치적거리지 않을 테니까!"

"당신의 실력은 신뢰합니다만, 그런 게 아니라, 그……."

그렇게 운을 뗀 쿠퍼는 애매하게 입을 다물었다.

블랙 마디아의 정체는 짐작이 간다, 그건 확실하다. 지난 1개월 동안 부자연스럽게 메리다에게 접촉해온 인물은 《그녀》를 제쳐놓고는 아무도 없다. 만약 아니라고 한다면, 더 의문이다. 그 소녀가 대체 누구이고, 목적이 무엇인지——.

그렇게 몇 번이고 자신을 타이르긴 했지만, 도저히 사라지지 않는 가시 같은 위화감이 쿠퍼의 결단을 무디게 만든다.

"……오히려 로제티 씨를 신뢰하기 때문입니다. 아무리 생각해도 좋지 않은 예감을 씻을 수가 없어요."

애매한 말투에 로제티가 고개를 갸웃거렸을 때, 머리 위 관객석 쪽에서 블랑망제 학원장의 바이올린 보이스가 울리기 시작했다.

"여러분, 정숙하세요! 정숙! 장장 1개월에 이른 제50회 루나 뤼미에르 선발전도 드디어 마지막 시련을 맞이했습니다. 제3시련 《기적의 성》 개막입니다!"

여학생들의 환호성이 허공을 가른다. 객석 아래가 삐걱삐걱 흔들린다.

학원장이 손가락을 들었기 때문이다. 평소와 같이 잠깐의 틈을 두고 객석이 조용해졌다.

"사전에 발표한 대로 제3시련은 모든 유닛이 참여하는 포인트 쟁탈 배틀 로얄입니다. 여기서 다시 한번 시련의 개요를 확인하고 가죠."

학원장이 손가락을 딱 울리자 글래스몬드 팰리스의 외관이 일변했다. 파란색을 띤 색채가 사라지고 투명도가 단숨에 증가한 것이다. 궁전 내부가 뚜렷이 내다보이게 되어, 여기저기를 배회하는 글래스 펫들의 거동도 손바닥 보듯 훤히 파악할 수 있다.

여학생들의 경탄과 함께 학원장의 설명이 계속됐다.

"이처럼, 제3시련이 진행되는 동안 글래스몬스 팰리스는 특별한 사양이 됩니다. 바깥에서는 내부의 모습이 아주 잘 비치게 됩니다만, 안에서는 평소처럼 벽 건너편의 광경은 알 수 없습니다. 이로써 시합이 공평하게 진행되는 한편 우리는 바깥쪽에서 후보생들의 대전(對戰)을── 상세하게 파악할 수 있습니다."

그때, 학원장이 모습이 보이지 않는 쿠퍼와 로제티를 시선으로 찾고 있음을 낌새로 알 수 있었다. 아마 이 사양은 객석의 여학생들을 위한 것인 동시에 쿠퍼와 로제티가 메리다와 엘리제의 안전을 감독하는 데 필요한 배려이기도 할 것이다.

객석을 빙글 둘러보고서 학원장은 다시 목소리를 높였다.

"시합은 네 개의 유닛이 뒤섞이는 배틀 로얄입니다. 각각의 멤버가 가슴에 붙인 훈장을 서로 빼앗고, 제한시간 후에 가장 많은 포인트를 보유한 유닛이 승리하게 됩니다. 직접적인 공격, 간접적인 방해── 이 제3시련에서는 훈장을 손에 넣기 위한 모든 수단이 사용될 겁니다. 심장이 약한 학생은 단단히 각오하도록!"

목소리에 열기가 담기고, 과장된 태도로 학원장은 팔을 벌렸다.

"게다가 궁전 내에서는 글래스 펫들의 방해가 후보생들의 앞길을 막을 겁니다. 이 시련이 이번 선발전의 가장 가혹한 순간이 될 거예요. 메리다 양 유닛의 출발지점은 정문, 엘리제 양은 뒷문, 키이라 양은 지하 보관고, 살라샤 양은 최상층 의상실에서 출발합니다. 모든 유닛의 멤버가 위치에 도착하면 시련을 개시하겠습니다!"

시합 직전의 긴박감으로 객석이 재차 들끓는다. 쿠퍼는 그 웅성거리는 소리를 머리 위로 느끼면서 파트너를 향해 등을 돌렸다.

"그럼 로제티 씨, 자매 싸움이 어떻게 전개되는지를 똑똑히 지켜보십시오. 만약 예측 못한 사태가 일어나면 아가씨들을 부탁하겠습니다."

"다 좋은데…… 그쪽이야말로 조심해, 진짜로."

빠른 말로 덧붙인 로제티의 당부에 손바닥을 들어 주고, 쿠퍼는 어둠 깊숙이 모습을 감췄다.

가정교사들이 은밀히 상의하고 있을 무렵, 글래스몬드 팰리스 정문 앞에는 배틀 드레스를 입은 메리다의 모습이 있었다. 거의 꼼짝달싹도 하지 않고, 시합용 도를 들고 물끄러미 정면의 대문을 쳐다보고 있다.

어쩌면 그 더욱 앞──궁전 반대 측에 대기하고 있을 은발 사촌 자매의 모습을 환시(幻視)하고 있는 걸지도 모른다.

옆에는 3학년인 전 루나 뤼미에르 셴파 쯔베토크의 모습도 있었다. 선발전 내내 지금까지는 서포트에 충실했던 그녀의 늠름한 모습을 이제야 겨우 직접 볼 수 있게 된 까닭도 있어서, 그녀의 많은 팬은 관객석에서 매우 고조되어 있었다. 손수 만든 깃발까지 들고 온 집단을 향해 셴파가 손바닥을 흔들자, 떠들썩한 환호성이 되돌아온다.

굳은 표정의 1학년과 우아한 3학년. 대조적인 두 소녀가 있는 곳에 1학년이 한 명 더 도착했다. 바로 밤색 곱슬머리를 양갈래로 묶은 네르바 마르티요다.

"미안해, 기다리게 했지."

"늦었잖아, 네르바."

문에서 시선을 돌리지 않고 메리다가 말했다. 네르바는 그러는 메리다의 얼굴을 들여다보았다.

"……너, 긴장했어?"

메리다의 어깨가 흠칫했고, 네르바를 돌아보았다.

"서, 설마."

"아니면 됐고."

셴파가 으흠, 헛기침해서 하급생들의 주목을 모았다.

"다 모였네. 마지막으로 한 번 더 작전을 확인해두자."

네르바가 힘주어, 메리다가 맥없이 고개를 끄덕인다. 셴파도 고개를 끄덕여 대답하고 말을 계속했다.

"우리의 방침은 이래—— 포인트는 버리고, 메리다와 엘리제의 일기토를 연출하는 것. 시합에서의 승리가 아니라 루나로서의 품격을 학생들에게 보여 준다는 작전이지. 그걸 위해서 다른 후보생이나 글래스 펫들을 멀리하고, 두 사람이 결투하는 무대를 세팅하는 게 우리의 역할이야, 네르바."

네르바에게 눈짓하고 셴파는 이어서 굳은 표정의 메리다를 응시했다.

"……스테이터스표를 봤는데, 엘리제는 강적이야. 솔직히 난 어떻게 승부가 굴러갈지 모르겠어. 그래도 너—— 쿠퍼 선생님한테는 이길 가망이 있다는 거지?"

메리다는 이 물음에는 명확히 고개를 끄덕였다.

셴파도 눈을 감고 천천히 고개를 끄덕여 대답한다.

"그렇다면 난 너희 뜻에 따를게."

이때, 관객석 쪽에서 블랑망제 학원장의 목소리가 울려왔다. 아무래도 모든 유닛 멤버가 위치에 도착해, 시련이 개시될 준비가 갖추어진 모양이다.

"좋습니다! 후보생들은 각오하세요, 구경하는 여러분은 눈을 크게 뜨고 보시고요. 제3시련《기적의 성》, 지금 이 시각을 기해 개시하겠습니다! 메리다 양, 엘리제 양, 키이라 양, 살라샤 양, 준비됐죠?——그럼 시합, 시작!!"

무시무시한 환호성이 지면을 핥아 메리다의 발밑과 글래스몬드 팰리스를 크게 흔들었다.

셴파가 허리에 손을 돌려 펜서 클래스의 롱 소드를 소리 높이 뽑았다.

"가자, 엘리제가 기다리고 있어!"

""네엣!""

네르바는 글래디에이터 클래스의 메이스를, 메리다는 사무라이 클래스의 도를 일제히 뽑아 들었다. 세 사람은 무기를 손에 들고 휘황찬란한 궁전으로 뛰어들었다.

홀을 몇 보 신중하게 나아가자, 뒤쪽에서 장엄한 소리가 울려 퍼진다.

무심코 뒤돌아보니 거대한 정문이 닫히고 있었다. 발퀴레 둘이 문 앞에 진을 치고 유리검을 높이 교차시킨다. 문의 이음매를 기듯이 몇 줄기의 빛이 나타나고 사라졌다.

『오늘 밤만은 후보생들 열두 명을 제외하고 어느 누구의 입궐도 허가할 수 없다!!』

『그리고 퇴궐도 허용되지 않는다! 이미 퇴로는 닫혔다. 나아가라, 소녀들이여!!』

처음 이 궁전을 찾았을 때 들었던, 그녀들이 정문의 《자물쇠》라는 이야기를 메리다는 떠올렸다. 자기도 모르게 굳어진 어깨에 매끈한 손바닥이 얹힌다.

"애초에 되돌아갈 생각도 없었어."

발퀴레들을 겁 없이 한 번 노려보고서 센파는 몸을 돌렸다. 그녀의 든든한 손을 따라 메리다 역시 궁전 안을 향해서 걸음을 재개했다.

"어, 언니, 엘리네 유닛은 어떤 루트로 진군해올 것 같아요?"

"나한테 맡겨줘. 쿠퍼 선생님과 몇 가지 플랜의 검토를 끝냈거든. 넌 조금이라도 체력(HP)과 마나(MP)를 온존해둬. 네르바는 메리다의 호위를 부탁할게."

센파는 정확하게 지시를 하면서 2층으로 이어지는 계단에 발을 올렸다. 망설임 없는 발걸음에 메리다와 네르바는 얼굴을 마주 보며 고개를 끄덕이고서 뒤를 따른다.

이상하게도 궁전 내에 들어서자마자 관객석에서 보내는 응원이 전혀 들리지 않게 되었다. 벽 건너편의 모습도, 모든 것이 유리로 만들어진 곳인데 완전히는 꿰뚫어 볼 수 없게 된 상태. 학원장이 말했던 대로다.

그러나 궁전 바깥에서는 후보생들의 일거수일투족을 똑똑히 파악하고 있을 것이다. 300명 이상의 시선이 모든 유닛의 시합 진행을 지켜보고 있다.

그중에는——메리다가 연모하는 그 가정교사 청년의 시선도 섞여 있다. 그 앞에서 부끄러운 싸움을 할 수 없다.

『제 명예를 위해서. 제 지도가 틀리지 않았음을 이 대회장에 있는 사람들이 두루 알게 해주셨으면 합니다.』

그 공개시합 날, 콜로세움 대기실에서 들은 말을 메리다는 떠올렸다. 그때의 자신은 체력과 마나를 한계까지 쥐어 짜내서 쿠퍼가 가르쳐준 지혜와 기술을 최대한 활용해 같은 수준인 네르바에게서 간신히 1승을 따내는 것만으로도 벅찼다.

같은 날, 엘리제는 메리다의 통과점을 아득한 높이에서 뛰어넘어 같은 학교 학생뿐만 아니라 콜로세움 내방자 전원으로부터 엄청난 갈채를 모았었다. 제3시합에서 그녀의 유닛과 겨뤘을 때 메리다는 엘리제와 직접 싸우는 것조차 하지 못했다.

그때 통감한 사촌 자매와의 압도적인 실력 차——.

그 차이를 설마 이렇게 빨리 메워야 하는 날이 올 줄이야. 상황은 그때와 다르다. 하지만 질 수 없는 싸움이라는 점에서 무게는 똑같다. 메리다는 경애하는 가정교사의 명예를 위해서 그리고 자기 자신의 프라이드를 위해서 승리해야 한다.

저 절대적인 강자로 군림하는 엘리제 엔젤을 상대로——.

"멈춰!"

갑자기 날카로운 목소리가 메리다의 의식을 되돌렸다. 셴파의 팔이 날카롭게 눈 앞을 가리는 것과 동시에 전방의 공간을 무수한 탄환이 꿰뚫는다.

메리다 일행은 복도 모퉁이에 몸을 숨겼다. 단속적으로 발사된 탄환이 유리벽을 깎아내고 있다. 상대 유닛에게 원거리 공격 클래스인 거너가 있는 모양이다.

"빙고…… 프리스야! 엘리제나 데이지도 저쪽에 있는 것 같아."

셴파가 벽 쪽에서 신중하게 얼굴을 내밀어 맞닥뜨린 적 유닛을 확인했다.

바로 이때, 메리다 옆에 있던 네르바가 갑자기 뒤를 돌아보았다.

"——윽."

집단의 배후에 있었던 《네 번째 사람》의 몸이 흠칫 놀라 경직된다. 어느 틈에 여기까지 접근한 걸까. 메리다 일행이 지나온 통로에서, 다른 모퉁이를 통해 적이 모습을 드러낸 것이다. 스태프를 든 프리데스위데 2학년, 이름은 데이지 준.

"크윽!"

기습이 실패한 것을 알면서도 그녀는 힘차게 스태프를 내려쳤다. 공격당하기 직전 네르바가 메이스를 냅다 올려서 요격. 확산하는 금속음과 불똥.

셴파가 여배우처럼 놀란 표정을 지었다.

"협공?! 그럼 엘리제는……!"

그녀가 놀라서 숨을 멈췄을 때, 메리다는 깨달았다.

전방 십자로(十字路)의 좌에서 우로 횡단하는 총탄의 폭풍, 그것을 가로지른 끝의 정면에 있는 대계단 위에서 눈처럼 차가운 시선을 쏘고 있는 존재를.

백은의 마나를 흩뜨리는 엘리제 엔젤이 얼음 여왕같이 메리다를 내려다보고 있었다.

"……엘리!"

메리다는 자기도 모르게 칼자루를 꽉 쥐었다. 셴파는 후방에서 격렬한 싸움을 펼치고 있는 네르바와 데이지, 끊임없이 섬광이 번쩍이는 모퉁이 건너편 그리고 정면의 대계단에 진을 친 엘리제의 모습을 쳐다보고 입술을 꽉 깨물었다.

"메리다, 여기서 싸움을 계속하면 압도적으로 불리해. 넌 먼저 가!"

"네? 하지만……."

"괜찮아! 두 명은 나랑 네르바한테 맡겨. 살라샤나 키이라 일행도 여기서 붙잡아둘게. 넌 엘리제랑 결판을 내고 오는 거야!"

강렬한 눈빛으로 그렇게 이르고, 셴파는 모퉁이 밖으로 뛰쳐나갔다. 총탄 몇 발이 통로를 가로지르다 갑자기 멈췄다. 몇 번인가, 무기가 맞부딪치는 격렬한 소리가 들린다.

메리다는 망설이는 것처럼 뒤를 돌아보았다. 2학년 데이지와 네르바가 격돌을 거듭하고 있다. 네르바의 표정은 이쪽에서는 보이지 않는다.

그 대신 스태프를 밀어 넣는 데이지가 빈정거리듯이 입꼬리를 올렸다.

"방해는 안 해요. 1대1은 이쪽도 바라는 바니까."

"……으."

메리다는 입술을 깨물었다. 네르바는 예상대로 등을 돌린 채 아무 말도 하지 않는다. 그럴 여유도 없는 것이리라. 지금 당장 가세하고 싶지만 셴파의 말대로 엘리제와 맞붙기 전에 메리다가 HP와 MP를 소모해서는 안 된다.

몇 초의 고민 끝에 메리다는 날카롭게 발길을 되돌려 대계단으로 향했다. 이렇게 된 이상 한시라도 빨리 엘리제를 누르고 자기 유닛의 목적을 완수하는 수밖에 없다. 2학년 데이지를 상대로 네르바가 어디까지 버틸 수 있을지, 그것이 메리다에게 내려진 타임 리미트다.

"엘리! 승부야!"

"…………."

메리다는 도를 단단히 잡아당기면서 계단을 뛰어 올라갔다. 그러나 어찌 된 영문인지, 엘리제는 몸을 휙 돌린 다음 통로 반대 측으로 뛰어가 버리는 것이 아닌가.

더 넓은 장소로 필드를 옮기자는 것일까. 메리다는 초조함에
사로잡히면서도 그녀의 은발을 추적한다. 긴 통로를 횡단해 막
다른 곳의 문을 빠져나가 계단을 몇 번인가 경유하면서, 넓은
궁전의 상층에서 하층 그리고 다시 상층으로——.

　"잠깐만, 엘리, 적당히 해! 어디까지 도망칠 생각이야?!"

　"…………."

　결국 사촌 자매의 술래잡기는 궁전 최심부에까지 이르렀다.
유달리 거대한 유리문을 열어젖히니, 그곳은 글래스몬드 팰리
스의 왕좌가 있는 방이었다.

　안으로 쭉 뻗은 유리로 된 방에, 높은 천장을 떠받치는 두꺼운
기둥들. 붉은색을 띤 유리 바닥이 일직선으로 뻗었고, 그 길 위
에 은발의 소녀가 등을 돌리고 우두커니 서 있다.

　여기까지 온 이상 도망칠 길은 없다.

　메리다는 도를 하단으로 내리고, 발바닥을 스치듯 걸으며 신
중하게 거리를 좁혔다.

　"자, 더는 도망칠 수 없어. 나랑 승부해!"

　"…………."

　엘리제가 천천히 뒤돌아보고서 얼음 같은 눈길로 메리다를 꿰
뚫어 본다.

　몇 초의 정적——.

　메리다의 전신에서 눈부신 불길이 휘몰아쳤고, 직후 그 발밑
에서 유리가 터졌다.

　"이야앗!!"

늠름한 기세를 발하면서 메리다는 화살같이 돌격했다. 하단에 놓였던 도끝을 냅다 올려 목덜미를 쑥 노렸지만, 닿기 직전 엘리제의 왼팔이 희미해지듯이 번쩍였다.

숨이 멎을 만큼 매끄러운 움직임으로 장검을 뽑아 메리다의 도를 맞받아친다. 두 사람의 눈앞에서 맞부딪친 도신에서 눈부신 불똥이 튀었다. 두 사람의 마나 압력이 삐걱대며 공간을 일그러뜨린다.

첫 일격이 막힌 메리다는 후방으로 당겼던 왼팔을 후속타로 날렸다. 그 손바닥에 쥐어져 있었던 칼집이 공기를 울렸다. 엘리제는 순간적으로 전신을 회전시켜 도신과 칼집을 메리다의 몸과 함께 날려 버렸다.

"아직…… 아직이야!"

메리다는 과감하게 앞으로 나가 일기가성의 연속공격을 가했다. 오른손의 도, 왼손의 칼집, 각각을 끝도 없이 휘둘러 엘리제를 몰아붙인다. 잠시도 끊어지지 않는 검격의 난무에 그 대단한 《팔라딘》도 방어 일변도로 몰린 것처럼 보였다.

춤추듯이 메리다의 전신이 회전하고 그것을 도의 궤적이 뒤따른다. 순간적으로 번쩍이고, 적에게 쇄도하는 유성처럼. 뒤늦게 떨어지는 황금색 불길은 거칠게 그리고 고상하게 공간을 채색했다.

엘리제는 양팔이 희미하게 보일 정도로 정신없이 움직였다. 종횡무진 달려드는 모든 검섬을 튕기고, 또 튕기고, 계속 튕겨 낸다. 눈을 태울 정도로 세찬 불똥이 두 사람의 주위에 흩날렸다. 메리다가 도를 휘두르면 엘리제가 떨쳐 내고, 메리다가 칼집 공격을 가하면 엘리제가 되받아친다. 두 사람은 동시에 오른팔을 뒤로 당겼다가, 거울을 보는 것처럼 서로를 향해 뻗었다.

도와 장검이 격돌, 무시무시한 풍압이 퍼지고 발밑의 유리가 방사형으로 깨졌다. 파지지지지직!! 공간 그 자체를 가르는 듯한 파쇄음이 울려 퍼진다.

"…………."

무기를 맞댄 채 엘리제는 여전히 무표정으로 침묵을 일관하고 있다. 대조적으로 거친 감정을 도에 실은 메리다는 지근거리에서 으르렁거렸다.

"엘리! 너, 뭔가 하고 싶은 말이 있으면 분명히 말해!"

꾸욱, 더욱 세게 도를 밀어 넣는다. 그에 맞서지 않고 한 발자국 후퇴한 엘리제는 이어서.

후우……. 실망한 것 같은 한숨을 흘렸다.

"리타는 약하구나."

"어……?"

직후, 엘리제의 전신에서 그때까지와 비할 바가 아닌 맑은 불길이 솟아올랐다.

손바닥에서 힘차게 도신을 기어올라, 메리다의 도와 접촉한 면에서 파지직! 하고 격렬한 섬광을 일으킨다. 그것뿐이었지만, 바로 그 압력에 메리다는 크게 후방으로 나가떨어졌다.

"뭐야……?!"

가까스로 태세를 추스르고 착지한 메리다는, 전방에서부터 휘몰아치는 사촌 자매의 마나 압력에 전율했다. 전 학기 공개 시합 때에 비할 바가 아니다. 설마 엘리제는, 이전의 시합에서 그리고 바로 아까까지는 본 실력을 하나도 발휘하지 않았던 걸까?

"왜 내가 1학기 공개시합에서 리타와 싸우는 걸 피했던 것 같아?"

갑자기 엘리제가 물었다. 메리다는 바로 대답하지 못한다.

"어, 뭐……?"

"왜 지금 리타와 싸우지 않고 이런 곳까지 도망쳐 온 것 같아?"

엘리제는 천천히 검을 올렸다.

파고드는 동시에 휘두른다.

장절한 참격음이 울리고 발밑의 유리 바닥이 일직선으로 갈라졌다. 균열의 끝이 몇 미터 떨어진 메리다의 발밑에까지 닿았고, 그 여파가 금발을 난폭하게 흔들었다.

말문이 막힌 메리다를 앞에 두고 엘리제는 말했다.

"그건 메리다가—— 나보다 약하다는 사실을 알고 싶지 않았기 때문이야!!"

유리 바닥이 터졌다. 크고 작은 파편이 무수히도 날아올랐고, 거기에 시선을 빼앗길 틈도 없이 눈앞에 은발이 들이닥친다. 메리다는 반사적으로 우측으로 피했다. 직후에 내리쳐진 장검이 메리다의 배틀 드레스 자락을 베어내고 바닥에 꽂힌다.

아니, 꽂힌 것이 아니다.

부수고, 관통해서 검에 담은 마나의 압력만으로 바닥을 폭발시켰다. 또다시 균열이 몇 미터 사방으로 확산하였고, 간신히 정타를 피한 메리다는 아연실색하며 그 광경을 쳐다봤다.

——스테이터스가 너무 달라……!!

엘리제는 바닥을 관통한 검에 더욱 힘을 넣었다. 뽑아내면서 가로 베기. 메리다는 바로 칼과 칼집을 교차시켜 제어할 수 있는 모든 마나를 무기에 가압했다.

백은의 검섬과 황금의 십자가가 격돌하자, 귀청을 찢는 우렛소리가 방을 가로질렀다.

"크으으윽……!!"

대등한 겨루기를 유지하곤 있지만 당장에라도 나가떨어질 것 같은 쪽은 당연히 메리다다. 반면 엘리제는 대충 팔을 밀고 있는 것처럼밖에 보이지 않는다. 그녀는 필사적으로 버티는 사촌 자매의 모습을 바라보고 눈물을 참는 것같이 표정을 일그러뜨렸다.

"……난 리타와 대등하고 싶지 않아. 난 리타의 《아래》가 좋아."

"뭐어……?! 그게, 무슨……!"

말끝과 함께 장검에 힘이 실리고, 메리다는 후방으로 튕겨 나갔다. 발을 헛디디는 메리다에게 엘리제는 아무 대비도 없이 걸어서 다가간다. 이미 전투를 하는 동작이 아니다. 장난감 검을 든 아이처럼, 그러나 절대적인 위력의 참격을 내찌르기 시작한다.

"난 눈에 띄는 게 싫어. 주목받는 것도 싫어. 그런 짓을 하지 않으면 안 되는 자신이 너무 싫어서 견딜 수가 없어! 난 《2등》이 좋아!! 반짝반짝 빛나는 누군가의── 리타의 뒤에 딱 붙어서, 리타의 빛을 받는 나로 있고 싶어! 옛날처럼!!"

맞부딪친 도신에서 맑은 불길이 무지막지하게 솟구쳐 메리다의 자세를 크게 무너뜨렸다. 이미 메리다는 일격에 쓰러지지 않도록 버티는 것만으로도 벅찬 상태다. 그런 왜소한 전사의 모습을 엘리제는, 기어이 울음을 터뜨릴 것 같은 얼굴로 내려다본다.

메리다는 매섭게 사촌 자매를 노려보면서 대꾸했다.

"……원하는 바야! 그럼 그렇게 하면 되잖아!"

"리타가 나보다 약하니까 이러잖아!"

엘리제는 좌우로 검을 휘둘렀다. 메리다는 엉겁결에 후방으로 물러섰다. 그것을 계산하고 상단으로 번쩍 올라가는 장검의 칼끝.

"《디바인 라이즈》!!"

한층 더 높이 맑은 불길이 솟아올랐고, 그것을 올려다보는 메리다의 눈동자가 깜짝 놀라 휘둥그레진다. 순간적으로 중심을 낮추고, 칼집으로 되돌린 도가 댕그랑 소리를 내며 수납된다.

"《시전──.》"

그러나 간발의 차로 늦었다. 엘리제의 공격 스킬이 먼저 포효를 지르고 유리 바닥을 강렬하게 때렸다. 정타는 면했지만 깨지고 부서진 유리 파편과 함께 금발 미소녀의 모습은 공중으로 날아가 버렸다.

"——꺄아아악!"

낙법도 치지 못하고 바닥으로 격돌한 메리다는 옥좌 깊숙한 곳까지 굴렀다.

전혀 승부가 되지 않는 상대를 내려다보고서 엘리제는 한탄하듯이 미간을 찌푸린다.

"……왜 리타는 그렇게 약해진 거야? 왜 계속 《능력자》가 되어주지 않았던 거야? 왜 최근까지, 계속 나한테서 도망치고 있었던 거야?"

"그건……!"

"왜 리타가 낙오자야? 왜 《무능영애》라고 불리는 거야? 왜 짓궂은 애들이 괴롭혀도 웃으며 얼버무리기만 하고 반박 하나 안 하는 거야? 리타는 내가 동경하는 언니였는데…… 그런 꼴사나운 모습 좀 보여 주지 마!!"

화륵! 맑은 불길이 무시무시하게 솟아오른다. 격정에 몸을 맡긴 채 장검을 번쩍 든 엘리제는 힘차게 찔렀다. 찔리기 직전에 후방으로 굴러 공격을 피하는 메리다.

낙법을 취하여 어렵사리 벌떡 일어난 메리다는 어깨를 들썩이며 숨을 쉬었다.

"그랬구나…… 창피한 건 내 쪽이라고 생각했었는데, 엘리도 똑같이 비참한 기분이었구나……."

"그래……! 누구도 아닌 리타의 일인걸……. 내 일처럼 창피했다고……!"

그러니까, 하고 그녀는 쥐어짜듯이 목구멍에서 소리를 냈다.

"이 선발전, 나는 리타가 이겨주길 바랐어. 나보다 위로 가주 길 바랐어. 그런데 리타는 약하니까…… 내가 스스로 밑으로 떨어질 수밖에 없다고 생각했어!"

"그럼, 너……!"

메리다는 얼굴을 쳐들고 눈을 부릅떴다.

"그 수영복에 했던 장난은, 스스로……?! 일부러 득표수를 내리기 위해서……?!"

"…………."

엘리제는 대답하지 않는다. 예상이 맞았는지, 가슴이 조이는 듯한 표정을 하고 있다.

──그것이 곧 대답이었다. 메리다는 다시 한번 눈을 내리깔 았다.

"내가 바보였구나…… 그렇게까지 엘리를 몰아넣고 있었을 줄은 몰랐어……!"

자신이 낙오하는 바람에──.

팔라딘이 아닌 《무능영애》라서, 자신들의 관계는 이상해져 버렸다.

그렇다면 그것을 바로잡을 방법은 단 하나.

메리다는 입가를 닦으면서 천천히 몸을 일으켰다.

오른손의 도를 세게 쥐고, 엘리제를 정면으로 매섭게 노려 본 다.

"──엘리, 네가 하나 착각하는 게 있어. 확실히 난 최근까지 도 마나를 각성시키지 못한 《무능영애》라고 불리는 낙오자야.

그렇지만 말이야…… 내가 너보다 약하다고? 기고만장하는 것도 적당히 해!"

"……!"

엘리제는 아랫입술을 깨물고 장검을 당기는 동시에 허리를 낮췄다.

"나보다 약한 주제에……!!"

폭발적인 기세로 바닥을 박찬다. 두려울 정도로 재빠른 가로베기를 메리다는 밑으로 파고들어서 회피했다. 연이어 이섬, 삼섬. 엘리제가 높은 스테이터스를 바탕으로, 숨 쉴 틈도 없이 빗발과 같은 참격을 날린다.

도망치기밖에 못하는 사촌 자매의 모습에, 장검을 휘두르면서 격정을 퍼붓기 시작했다.

"나도 이제 어린애가 아니야…… 알고 있다고! 나랑 다른 애들하고 처지가 다른 것을! 리타와 나의 스테이터스 차이를!! 내가 아무리 눈에 띄는 걸 싫어해도, 이제 내 앞에는 아무도 없어……. 내가 가장 앞이니까!! 리타가 내 앞에서 없어져 버렸으니까! 난 이제 리타의 동생으론 돌아갈 수 없어!!"

도신끼리 부딪치고, 메리다는 뒤로 핵 튕겨 나간다.

너무나도 상대가 안 되어서, 엘리제는 공허한 눈물을 흘렸다.

"우리는 《능력자》니까, 사이가 좋기만 해서는 함께 있을 수 없어……."

직후, 엘리제가 머리 위로 들어 올린 장검에서 격렬한 빛이 솟구쳤다.

칼날같이 시퍼렇게 날이 선 맑은 불길이, 모조리 다 잘라내 버릴 듯이 하늘로 치솟는다.

"《디바인 라이즈》!!"

메리다는 즉각 반응했다. 이번만은 공격 스킬이 날아오는 것을 예기하고, 엘리제가 기술명을 외친 순간에 허리를 낮추고 있었다. 납도된 도에 한껏 힘주어 잡는다.

"《시전발도》!!"

"소용없어!!"

엘리제는 사촌 자매의 저항을 뭉개 버릴 듯이, 검을 든 채 거리를 좁혔다. 내디딘 발밑에서 유리 바닥이 파지직! 하고 깨진다.

"리타는 나한테 이길 수 없어!!"

장검이 날아왔다. 엘리제의 머리 저 위쪽에서 메리다의 어깻죽지로, 은색의 광채가 일직선으로 달려온다. 도신에 담긴 마나의 압력이 무시무시한 충격파가 되어 공간을 가른다.

그리고 자신을 분단하려고 다가오는 은색의 광채를 앞에 두고, 아슬아슬한 한계까지 발도의 순간을 가늠하던 메리다가——번쩍! 눈을 부릅뜬 순간.

저편에서 똑같은 것을 응시하던 쿠퍼와 동시에 소리쳤다.

""지금이다!!""

황금색 불길이 유성이 되어 달렸다. 칼집에서 해방된 도는 그 순간, 엘리제의 장검도 상회하는 속도를 발휘해 머리 위에서 다

가오는 은색 검섬과 교차하는 듯한 궤적을 그리고━━━━ 칼자루를 쥐고 있었던 엘리제의 오른쪽 손등을 측면에서 타격했다.

"어엇……?!"

엘리제의 전신이 눈 깜짝할 사이지만 경직된 바로 그 순간, 메리다는 포효했다.

"━━《우참》!!"

한층 더 가열한 광염이 휘몰아치고, 메리다는 우격다짐으로 도를 끝까지 휘둘렀다. 압력을 견디다 못한 도신은 박살 나 흩날리고, 동시에 엘리제의 오른손에서 장검이 홱 날아갔다.

"으……으윽!"

이 싸움에서 처음으로 엘리제가 괴로워하는 소리를 냈다. 무리도 아니다. 공격 스킬을 발동하는 중엔 무기에 마나 대부분이 집중되어서 오히려 몸의 방어는 위기일 정도로 엷어진다. 그 상태에서 상대의 공격 스킬을 정통으로 맞는다면━━아무리 스테이터스에 차이가 있을지언정 뼛속까지 오는 고통을 참을 순 없다.

상대가 주춤한 그 틈을 타 메리다는 도를 버리고 엘리제 품으로 뛰어들었다.

"잘도 네 멋대로 말했겠다."

기세를 실은 오른쪽 주먹을 휘두른다. 주먹은 묵직한 소리를 내면서 엘리제의 명치에 콱 박혔고, 엘리제는 참지 못하고 몸을 기역자로 구부리면서 "커헉……!" 하고 신음했다.

사촌 자매의 머릿속에 번뜩이고 있을 경탄을 메리다는 뚜렷이

상상할 수 있었다.

"""격투?!"""

그 순간, 관객석에 있던 300명 넘는 여학생들이 술렁거렸다. 그녀들의 관심은 아까부터 쭉 옥좌의 방에서 격렬한 싸움을 벌이는 엔젤 자매에게 못 박혀 있었다. 압도적인 스테이터스로 우위를 지키고 있었던 엘리제가 무기를 놓침과 동시에 통렬한 카운터를 얻어맞은 것은 실로 경악스러웠다.

반면 메리다는 이것만을 기다리고 기다렸다는 듯이 과감하게 거리를 좁히고 추가타를 때려 박는다. 멋진 오른쪽 스트레이트가 엘리제의 뺨을 찌르고, 이어서 니킥, 앞차기, 2연발 옆차기가 리드미컬하게 상대를 두들겨 팬다. 전신을 흐르는 극심한 타격에 그 대단한 엘리제도 두 발, 세 발 비틀거렸다.

자신의 무기가 손에 없는 상태에서 어떻게 상대와의 거리를 좁히면 좋을지, 어떻게 상대의 공격을 풀어가면 좋을지, 맨주먹 상태에서 어떻게 간격을 잡아야 할지를 감도 잡지 못하고 있기 때문이다.

"상대가 팔라딘으로서 압도적인 힘을 가지고 있다면―― '팔라딘이다' 라는 것을 부숴주면 되지."

쿠퍼는 지금, 객석을 내려다볼 수 있는 높은 장소를 걷는 중이다. 빛 하나 없는 계단을 위로, 또 위로 올라가면서 멀리 떨어진 글래스몬드 팰리스의 전황을 지켜보고 있다.

조금 전까지와는 180도 바뀌어 사납게 공세로 나오는 제자의 모습에 유쾌한 듯이 입술을 구부린다.

　"클래스에 고집하는 것은 2류……. 우리 아가씨는 전신이 무기입니다."

　돌려차기가 깨끗이 옆머리를 강타하고, 엘리제는 자세도 잡지 못한 채 다리가 꼬였다. 엘리제가 궁여지책으로 날린 오른쪽 주먹을 메리다는 팔을 통째로 껴안듯이 붙들었다.

　"간격 잡는 요령이 하나도 안 되어 있구나!"

　그대로 메쳐서 바닥에 내동댕이친다. "커헉!" 하고 신음하는 엘리제의 명치를 메리다는 바로 위에서 짓밟았다. 아주 가차 없다. 마나를 담은 두 방째 발차기로 인해 엘리제의 등 쪽에서 유리가 부서진다. 그녀의 몸을 뛰어넘으면서 메리다는 오른쪽 주먹을 부르쥐었다.

　"……미안해, 엘리."

　희미한 참회가 솟아오른 광염에 사라진다. 철퇴와 같이 내리쳐진 주먹이 엘리제의 가슴을 때리고, 황금색 불길이 등까지 꿰뚫는다. 내장에 격렬한 충격을 받는 엘리제는 몇 번째인지 모를 괴로운 비명을 질렀다.

　"크으……으으윽!!"

　엘리제는 양다리를 뻗어 악착같이 메리다를 밀어냈다. 짐승에게서 도망치는 어린애처럼 기어서 일어나. 저쪽 바닥에 널브러진 장검이 발하는 빛을 향해 뛰기 시작했다.

　그 뒷모습을 내려다보고 쿠퍼는 문득 입꼬리를 치켜들었다.

"그리고, 잊어서는 안 됩니다……. 《그 간격》은 사무라이의 독무대입니다!!"

"《환도이간———.》"

쿠퍼가 승리를 확신하는 것과 동시에 메리다는 제2의 어썰트 스킬을 발동시키고 있었다. 천천히 들어 올린 도를 들지 않은 양손에, 황금색 불길이 날카롭게 휘감긴다.

엘리제가 아차 하며 뒤돌아보는 것과 메리다가 강렬하게 파고드는 것은 동시였다.

"《남아》!!"

교차하면서 펼쳐진 양 손바닥에서 마나의 칼날이 비상했다. 몇 미터의 거리를 순식간에 주파해 엘리제의 등을 좌우 동시에 때린다. 열십자 모양의 충격이 후방으로부터 단숨에 엘리제를 꿰뚫었고, 남은 불길이 공중에 튀어 흩어졌다.

"으윽…… 꺄아아악!!"

엘리제는 위력을 이기지 못하고 앞으로 고꾸라졌다.

힘껏 뻗은 그녀의 손은 장검까지 딱 1미터 모자랐다.

"하아…… 하아…….."

메리다는 어깨를 들썩이면서 몇 초에 걸쳐 호흡을 가다듬고, 쓰러진 엘리제에게 다가갔다. 발소리를 느낀 엘리제는 꿈틀하고 겁먹은 것같이 얼굴을 들었다.

서로 만신창이인 것을 자각하면서도 메리다는 가슴을 쫙 폈다.

"잘 봐, 엘리. 내 쪽이 너보다 강해!"

"……으."

"네가 팔라딘이든, 학년에서 제일이든, 설령 앞으로 얼마나 강해지든—— 나는 언제나 너보다 한 발자국 앞에 있어."

엘리제는 과거에 놔두고 온 보물을 찾은 것 같은 표정으로 금발의 사촌 자매를 올려다보고 있었다. 메리다는 그녀 앞에 무릎을 꿇고 더러워진 그 뺨에 살포시 손바닥을 뻗었다.

그리고 한없이 자애로운 성기사(팔라딘)와 같이 말했다.

"그러니 나한테만은 안심하고 어리광부려."

"리타……."

"네가 아무리 해도 좋아지지 않는 건 내가 전부 떠맡아줄 테니까."

엘리제의 입술이 떨리고, 일그러졌다.

무기를 향해 뻗어 있었던 손바닥이 희망의 끈에 당겨지는 것처럼 앞으로 향한다. 그것을 본 메리다는 모든 것을 감싸는 미소와 함께 양팔을 벌렸다.

"리타……!!"

은발이 나부끼고, 눈물의 보석이 떨어진다. 엘리제는 메리다의 가슴팍으로 뛰어들었다.

"리타……! 나, 계속, 계속 기다리…… 으, 으으……!!"

"……응. 이제 아무것도 걱정할 필요 없어. 내가 여기에 있으니까."

말로 할 수 없는 목소리를 흘리는 은발의 사촌 동생을 메리다는 계속 달래주었다.

마치 옛날에 숲에서 미아가 됐던 자그마한 소녀를 찾았을 때처럼——.

자매 싸움의 종막을 지켜보고, 멀리 떨어진 쿠퍼의 입술에도 미소가 훅 새겨진다.

"훌륭했습니다, 아가씨. 이번에도 어떻게 《살아남았군요》."

내려다보니, 관객석의 여학생들 또한 자매끼리의 대화에 감동한 바가 있었는지 손수건을 꺼내 눈물을 닦는다. 감수성 깊은 소녀들의 최전열에 앉아, 다른 벡터로 감정이 도를 넘은 나이 든 여자의 모습도 보였다.

반면 반쯤 미쳐 손발을 마구 휘두르는 자도 있었으니, 다름 아닌 미세스 오셀로다. 엘리제의 루나 뤼미에르 당선을 당연하게 여겼었던 그녀에게, 그 발판에 지나지 않을 메리다에게 패배한 것은 세계가 뒤집히는 것과 동등한 충격이리라.

"말도 안 돼! 이건 말도 안 돼요! 엘리제 아가씨가 저 《무능영애》한테 지다니! 절대! 있어선 안 될 일이라고요오오오오오!!"

만약 이리로 기사 공작 가문의 인간을 끌고 오면 즉시 그녀의 목이 날아갈 테지만, 그 즐거움은 다음 기회로 간직해두고 쿠퍼는 검은 칼을 손에 들고 다시 계단을 올라갔다.

《폐교사》 벽에 세워진 경비 탑의 중턱.

긴 나선 계단을 걸어온 쿠퍼는 최상층으로 이어지는 마지막 계단 하나를 다 올랐다.

동시에 그곳에 먼저 와 있었던 손님의 등을 향해서 단호히 고했다.

"——체크 메이트입니다."

관객석이 아닌 이런 인기척 없는 장소에서 관전하고 있을 만한 인물은 달리 없다.

탑의 전망대를 통해 글래스몬드 팰리스를 내려다보고 있었던 그 소녀는 쿠퍼의 목소리를 듣고 우아하게 돌아보았다.

투명감 있는 흑수정 머리칼이 바람에 나부낀다.

"어머…… 들켰나 보네요?"

장난스럽게 혓바닥을 내밀며 성 도트리슈 교복을 입은 그녀가 말했다.

LESSON: Ⅶ ~비웃는 흑(黑)과, 인내하는 어둠~

　뒤늦게 옥좌의 방에 도착한 셴파 쯔베토크는 거기서 기다리고 있었던 광경을 보고 씁쓸하게 얼굴을 찡그렸다. 유리 바닥과 기둥이 찢어 발겨진 처절한 결전의 흔적. 그 한복판에서 고운 금발과 은발의 요정들이 서로 부둥켜안고 있었다.

　——아니, 정확히는 흐느껴 우는 은발 쪽을 다른 금발이 다정하게 꼭 껴안아주고 있다.

　승패의 행방이 어떻게 된 것인지…… 두 사람의 모습으로 미루어 불을 보는 것보다 명백했다.

　"셴파 언니!"

　뒤에서 쫓아온 목소리에 셴파는 검을 뽑으면서 돌아보았다. 스태프를 치켜든 데이지 준과 머스킷 총을 내밀고 있는 프리스 오귀스트다. 셴파가 든 검을 향해 각자의 무기로 일제히 공격한다.

　그렇지만 싸우고 있는 것은 아니다. 싸우는 척을 하면서, 힘겨루기하는 척 밀담을 주고받고 있다. 옥좌의 방 쪽을 확인한 데이지가 식은땀을 흘리면서 호소했다.

　"어, 어떡하죠, 언니! 엘리제 님이 지고 말았어요!"

　"이런 어이없는 일이……. 저 엘리제 님이 1대1에서 질 줄이야⋯⋯."

프리스도 입술을 깨문다. 이 2학년 조는 선발전에 협력하는 보상으로 엘리제의 교육담당인 미세스 오셀로에게 모종의 대가를 요구했었다. 포상 이외엔 눈에 들어오지 않았던 그녀들은 거꾸로 책임을 추궁당하게 될 리스크 따윈 전혀 고려하지 않았을 게 틀림없다.

하지만 셴파는 다르다.

그녀의 목적은 엘리제를 편드는 게 아니라 메리다를 눈에 띄지 않게 만드는 것이다. 만에 하나라도 메리다가 루나 뤼미에르에 당선되는 사태가 일어나면, 그녀는 학원뿐만 아니라 인근 양성학교의 학생들로부터도 주목받는 처지가 되고 만다.

그것만은 피해야 한다. 왜냐하면──.

왜냐하면 셴파의 예상이 옳다면, 메리다가 지닌 클래스는《일반에 공개해도 되는 것》이 아니기 때문이다. 전 학기 공개시합을 관전했을 때부터 셴파는 어렴풋이 눈치를 채고 있었다. 그리고 요 한 달 그녀의 특훈을 함께하고 그 위화감은 분명한 확신이 섰다.

기사 공작 가문 엔젤 본가의 핏줄이지만, 메리다가 지닌 클래스는 아마도 팔라딘이 아니라⋯⋯.

그녀의 가정교사인 쿠퍼 방피르도 그 사실을 주변에 숨기려고 하는 면을 볼 수 있었다. 셴파의 생각도 같다. 이와 같은 스캔들은, 메리다의 입장을 걱정한다면 지금은 아직 공개할 때가 아니다.

따라서 셴파는 메리다의 유닛 멤버에 입후보해서 발목을 잡았다. 제2시련에서는 그녀의 전략을 대전상대인 키이라에게 흘렸고, 이 세 번째 시련에서는 데이지, 프리스 두 명과 협력해서 엔젤 자매의 일기토 무대를 세팅했다.

　그리하면 반드시 메리다는 패배할 거라고 셴파는 예상했다. 득표수는 내려가고 루나 뤼미에르의 자리는 결정적일 정도로 멀어져서 저 씩씩한 하급생의 슬픔과 분함을 대가로 메리다 본인의 안전은 당분간 지킬 수 있다── 그래야 했는데.

　그런데…….

　"메리다……. 넌 정말로 내 예상을 아득히 뛰어넘는 노력가구나."

　복잡한 마음을 안은 채 셴파는 금발 미소녀를 응시했다. 메리다와 그녀의 가정교사인 쿠퍼는 역경을 모조리 물리쳤다. 셴파가 꾸민 궁지는 오히려 메리다에 대한 지지율을 올리는 결과로 이어질지도 모른다.

　이렇게 된 이상은…… 셴파는 자신의 가슴을 장식하는 훈장을 내려다보았다. 1포인트의 가치가 있는 그것을 확인하고서, 여전히 어쩔 줄을 모르는 2학년 2인조를 향해 빠르게 속삭였다.

　"거친 수단이 되겠지만, 이대로 난전으로 끌고 가자. 난 엘리제한테 달려들 테니까 너희는 메리다를 노려. 때를 봐서 그녀의 훈장을 빼앗…… 아니다, 파괴하는 거야. 그렇게 하면 실질적으로 메리다는 이 싸움에서 탈락하게──."

　"언니들."

바로 그때였다.

천진난만한 목소리가 울려서 셴파와 데이지, 프리스는 힘겨루기를 하다 말고 멍하니 얼굴을 마주 보았다. 발언한 것은 그녀들 중 누구도 아니다.

세 사람은 일제히 뒤돌아서 그 목소리의 주인을 보았다.

† † †

조금 전——.

글래스몬드 팰리스를 둘러싼 《폐교사》의 벽. 그 한 모퉁이에 세워진 경비 탑.

최상층으로 가는 계단을 다 오른 군복 차림의 청년이 단호히 고했다.

"——체크 메이트입니다."

그렇게 청년이 추궁한 사람은, 전망대에서 눈 아래를 바라보고 있었던 흑발의 소녀였다. 성 도트리슈 여학원의 교복을 입고, 치맛자락을 바람에 나부끼고 있다.

어딘가 재미있어하는 듯한 표정으로 뒤돌아보고 말했다.

"어머…… 들켰나 보네요?"

"흉계는 거기까지입니다, 레이디."

"난처하네요. 제 딴에는 꽤 잘하고 있었다고 생각했는데."

조금씩 간격을 좁히면서 쿠퍼는 자신의 위화감이 기우에 지나지 않았다는 것을 깨달았다. 거의 자백한 거나 마찬가지다. 장난스럽게 혓바닥을 내밀고, 전혀 기죽은 모습이 없는 그녀지만 슬며시 전신을 긴장시키고 있다. ——임전태세다.

쿠퍼는 왼손을 검은 칼의 칼집에, 오른손을 칼자루에 대고 양 다리의 간격을 천천히 벌렸다.

"챙긴 것을 얌전히 내놓고 물러가면 됩니다. 그렇지 않으면……."

"어떻게 될까요?"

대답은 바람이 신음하는 소리였다.

눈 깜짝할 사이에 흑발의 소녀는 벌렁 쓰러져 있었다. 거의 동시에 날카로운 금속음이, 눈에 보이지도 않을 속도로 육박한 쿠퍼가 검은 칼을 돌바닥에다 꽂았다.

그 칼끝은 소녀가 어깨에 메고 있었던 가죽 가방을 바닥에 꿰뚫어 고정하고 있었다.

"……남자분이란 참 막무가내인 생물이군요?"

아직 여유로운 표정을 잃지 않은 그녀를 개의치 않고, 쿠퍼는 찢어진 가방 속으로 보이는 금속 덩어리에 눈살을 찌푸렸다. 용도는 여전히 불명. 그러나 어딘지 모르게——고급품의 향기가 난다.

실용 일변도인 백야기병단에서 이 같은 물건을 목격한 적이 있었던가?

"저기, 저, 왠지…… 두근거리기 시작했어요. 남성분이랑 이렇게 밀착한 건 처음이라. 아, 지금부터 당신한테 어떤 벌을 받는 거죠?"

넘어져 있는 흑발 소녀가, 위에서 덮고 있는 자세의 쿠퍼를 향해 팔을 뻗는다. 목덜미를 쓰다듬는 오싹한 손바닥의 감촉에 식은땀이 쿠퍼의 등을 타고 흘러내린다.

"……언제까지 그 연기를 계속할 생각입니까."

"우후훗……. 난 이런 거에 조금 흥미가 있었거든요. 자, 어쩌실 거예요? 만약 눈감아주신다면, 열심히 봉사하겠습니다만?"

"장난 마세요."

쿠퍼는 칼을 뽑음과 동시에 일섬을 날려, 사각에서 다가오던 무기를 막아냈다. 어둠에 핀 불꽃이 오른손으로 무기를 휘두른 소녀의 미소를 순간적으로 비추었다.

"어머, 아까워라."

그렇게 시치미 떼는 소녀의 기량에 대해서가 아니라, 소녀가 쥐고 있는 무기에 쿠퍼의 눈이 크게 휘둥그레졌다.

"대검……?!"

소녀의 가는 팔에는 어울리지 않는 두꺼운 대검. 하급 클래스의 모든 능력을 구사하는 마디아라 할지라도 이 같은 무기를 사용하는 장면을 쿠퍼는 한 번도 본 적이 없다.

좋지 않은 예감이 급증한 직후에 사건은 터졌다.

누워 있는 소녀의 전신으로부터 새카만 마나가 분출한 것이다.

그리고 쿠퍼는 이번에야말로 자신의 눈을 의심했다. 그녀의 마나 압력에 놀란 것은 아니다. 문제는 도신의 접촉면에서부터 칼에 휘감긴 쿠퍼의 마나가 조금씩 깎여 나가는 것이었다.

상대의 마나를 깎고, 먹는 《흡수공격》. 이 초절적인 이능은,

하급 클래스인 펜서, 글래디에이터, 사무라이, 메이든, 클라운, 거너, 위저드, 클레릭—— 어떤 것에도 해당하지 않는다.

쿠퍼는 즉각 뒤로 물러서서 칼을 바닥에 놓고 한쪽 무릎을 꿇었다.

"시, 실례했습니다! 당신의 이름은……?!"

"어머? 알고서 손을 댄 거 아니에요?"

소녀는 뜻밖이라는 듯이 몸을 일으킨 다음, 단정치 못하게 다리도 추스르지 않고 인사했다.

"제 이름은 뮬 라 모르. 《마기사(디아볼로스)》 클래스를 계승하는 3대 기사 공작, 라 모르 가의 딸이에요."

"역시, 디아볼로스……!!"

쿠퍼가 표적으로 삼은 백야기병단의 에이전트 블랙 마디아의 클래스는 《클라운》. 그 능력은 상위 클래스를 제외한 일곱 하급 클래스의 이능을 열화모방하는 것.

그렇다면 의심의 여지 없이 디아볼로스의 마나를 구사하는 이 흑발 소녀만은, 프리데스위데 학생, 도트리슈 학생을 합친 300명 이상의 용의자 중에서, 명백히——

블랙 마디아의 변장이 아니다!!

그 직후였다. 전망대 바로 아래로부터 여학생들의 날카로운 비명이 울려 퍼졌다.

쿠퍼와 흑발 소녀 뮬도 얼굴을 들고 동시에 알아차렸다. 거의 완전한 무색투명을 유지하고 있었던 글래스몬드 팰리스가 갑자기 흉흉한 핏빛에 휩싸인 것을.

당연하지만 내부의 모습은 이제 엿볼 수 없다. 이것도 시련의 일환인가 하는 생각이 순간 뇌리를 스쳤지만, 객석에서 나오는 블랑망제 학원장의 고함이 쿠퍼의 낙관적인 의식을 단박에 현실로 되돌렸다.

"침착하세요! 다들 침착하세요! 자리를 뜨면 안 됩니다!"

경비를 서고 있었던 강사들도, 당황하여 허둥대는 여학생들을 진정시키는 데에 동분서주하고 있다. 무엇인가 이레귤러가 일어난 것은 의심할 여지도 없었다.

"당했다……! 역시 난 터무니없는 오해를………… 실례하겠습니다!"

뮬에게 재빨리 인사를 하고, 칼을 집어넣는 것도 잊은 채 쿠퍼는 몸을 돌렸다.

나선 계단을 바람같이 뛰어 내려가는 그의 모습을 뮬은 만류하지도 않고 지켜보았다. 쿠퍼가 난폭하게 넘어뜨리는 바람에 조금 흐트러진 교복과 머리카락을 어딘가 유쾌한 듯이 정돈한다.

"아, 다행이다. 죽는 줄 알았네."

요염한 입술을 빙그레 치켜들고 다시 한번 뒤돌아본다.

유리 궁전으로부터 치솟은 불길은 빛 한 점 없는 하늘을 불길하게 비추기 시작했다.

† † †

"언니들."

옥좌의 방 입구에서 그렇게 부르며 나타난 후배 소녀를 센파는 허를 찔린 듯한 표정으로 쳐다봤다. 유닛 멤버의 한 명, 네르바 마르티요다.

　메리다의 급우인 그녀는 당연히 센파가 안고 있는 복잡한 갈등을 모른다. 어떻게 둘러대야 하나 궁리하면서 일단 입을 열고 본다.

　"네르바, 여기는 내게 맡겨. 넌, 그래, 가까이 오는 글래스 펫들의 경계를──."

　"방해됩니다."

　직후였다.

　네르바의 오른팔이 안개처럼 움직였다 싶더니 센파의 모습이 감쪽같이 사라졌다.

　한 박자 늦게 먼 곳에서 굉음이 울렸다. 눈앞에서 무슨 일이 일어난 것인지 이해하지 못한 2학년 2인조 데이지와 프리스의 고개가 동시에 소리가 난 쪽으로 돌아간다.

　"커……헉……?!"

　프리데스위데 전 학생의 우상인 언니는, 유리벽에 반신이 묻혀 생생한 피를 토하고 있었다. 장신이 기우뚱하더니 힘없이 바닥에 무너져 내린다.

　"어, 언니……?!"

　"너, 무슨 짓을──."

　그러나 말을 잇지 못하고 데이지와 프리스도 한 번에 후방으로 날아갔다.

허공을 회전하는 소녀들의 몸에서 박살 난 훈장이 튀어나가 바닥에 떨어졌다. 두 사람이 동시에 벽에 내동댕이쳐지고 충격음이 거듭되었다. 메리다와 엘리제 역시 상황이 이상해졌음을 깨달았고, 얼굴을 든 자매들의 시선이 옥좌의 방 입구로 쏠렸다.

"네르바……?"

배틀 드레스를 입고 메이스를 휘두른 동급생의 모습이 보였다. 손바닥 끝의 철 덩어리가 산산이 깨진다. 손잡이만 남은 무기를 보고 시시하다는 듯이 콧방귀를 뀌었다.

"약해……. 이런 장난감 가지고 사이좋게 공부는 무슨, 웃긴다 정말."

쓸모없어진 무기를 내던지고 그녀는 이쪽을 향해 발을 내디디기 시작했다. 옆구리에 끼고 있었던 어두운색의 군복을 요란하게 휘날리면서 걸친다. 그리고 후드를 깊이 내려서 표정이 가려지자, 손바닥을 집어넣어 그것을 힘차게 잡아 뜯었다.

바닥에 던져진 살색 《가면》을 보고 메리다는 깜짝 놀라 전신을 긴장시켰다.

"네르바가 아니야?!"

직후, 가냘픈 군복으로부터 흉흉한 마나가 솟아올랐다. 메리다의 스승, 쿠퍼에 필적할 만한 무시무시한 압력. 휘몰아치는 강풍에 자매의 금발과 은발이 나부낀다.

가짜 네르바는 머리 위 높이 손바닥을 들고, 이어서 단숨에 바닥을 내리쳤다.

그 손바닥에서 검붉은 빛이 순식간에 확산했다. 바닥에 퍼지고, 벽을 핥고, 천장마저도 핏빛으로 덮는다. 신비한 유리의 세계는 눈 깜짝할 사이에 악몽과 같은 광경으로 변모되어 버렸다.

높은 천장 어디선가, 검은 메모가 팔랑팔랑 떨어진다.

『이걸로』『방해꾼은』『없어』

그렇게 적혀 있었던 세 장의 메모는 메리다의 눈앞을 스치고 불에 타 떨어졌다.

바닥에서 비추어오는 붉은 빛을 뒤집어쓰고 수수께끼의 검은색 실루엣은 천천히 일어섰다.

『이때를』『애타게 기다렸어』『엔젤 자매』

『네가 안은』『그의 비밀을』『전부』『내가 폭로해 주겠어』

미끄러지듯이 검은색이 뛰기 시작했다. 허리 왼쪽의 롱 소드 손잡이를 쥐고 단숨에 뽑아 든다.

"리타!!"

메리다와 맞붙기 직전에 엘리제가 몸으로 메리다를 밀어, 두 사람은 뒤엉켜 바닥을 굴렀다. 메리다가 있었던 공간을 날카로운 검섬이 갈랐다. 동시에 털끝이 곤두설 정도로 날카로운 참격음이 울렸다.

적이 쥐고 있는 것은 진짜 살상용 무기였다. 베는 맛도, 마나 전도율도 메리다 같은 학생이 사용하는 모조품과는 비교가 안 된다. 닿으면 잘리고, 급소를 찔리면 죽을 것이다.

후드 안의 시선이 이쪽을 향하고, 동시에 검은 메모가 훨훨 시야에 내려왔다.

『위험하니까』『어설프게』『움직이지 마』

『힘 조절』『실수하면』『죽이고 말 거야』

"뭐, 뭐야, 대체 뭐야, 너?!"

대답하지 않고 광기의 검은 실루엣은 왼손으로 글래디에이터 클래스의 메이스를 뽑은 다음, 아무렇게나 파고들면서 내려쳤다. 메리다가 엘리제와 함께 후방으로 구른 직후, 메이스는 유리 바닥을 깨뜨렸다. 손잡이 끝에 담겨 있었던 핏빛 마나가 눈부시게 바닥을 폭발시켰다.

『무서워하지 마』『나는 너의』『피가 필요할 뿐』

"뭐, 뭐어?!"

『적령기가 되고도』『마나에 눈뜨지 못한』『무능영애』

『이제 와서』『갑자기』『눈을 뜬 그 비밀을』

──폭로할 것이다.

"……!!"

소리도 말도 없는 선고에 메리다의 등골이 얼어붙는다.

기억의 뚜껑이 열리고 가정교사와의 약속이 되살아났다. 자신의 클래스에 관한 떳떳지 못한 비밀은, 그것을 상쇄할 수 있을 만큼의 실적을 쌓을 때까지 밝힐 수 없다는 그 말이.

엉덩방아를 찧은 채 메리다가 무의식적으로 뒷걸음질 친다.

이때, 옥좌의 방에 두 발의 총성이 울렸다.

날아온 복수의 총알을 검은색은 능숙하게 튕겨 냈다. 메리다가 깜짝 놀라 얼굴을 드니, 문 앞에 권총 두 자루를 들고 사격자세를 취한 키이라 에스파다의 모습이 보였다. 그 옆에는 그녀의 유닛 멤버로 보이는 도트리슈 학생 두 명의 모습도 있다.

"이런, 또 서프라이즈 연출이니? 이번에야말로 불평해도 상관없겠군!"

용감하게 도화선에 불을 지핀 키이라는 옥좌의 방의 참상을 둘러보았다. 피를 흘리고 쓰러진 프리데스위데 학생이 세 명, 그중에는 전년도 루나 뤼미에르의 모습까지……. 예쁜 눈썹을 찌푸리고 도트리슈의 《프린스》는 늠름하게 입가를 다잡았다.

"농담할 때는 아닌 것 같군. ──메리다 엔젤!"

흠칫한 메리다를 보며 키이라는 대담하게 입꼬리를 치켜들었다.

"넌 물러나 있어. 두 번째 시련의 빚을 여기서 갚겠다!"

"조심하세요, 키이라 님! 그 녀석은──."

"두 번째 사냥감은 이 까만 녀석이다! 다들, 간다!!"

메리다가 경고를 할 틈도 없이 키이라는 날랜 짐승처럼 달려들었다. 그녀의 유닛 멤버들이 함성을 지르며 양측에서 리더의 뒤를 뒤쫓아 간다.

양손에 살인무기를 든 검은 실루엣은 천천히 몸을 일으켰다.

『내가』『용건이 있는 건』『엔젤뿐이야』

『엑스트라는』『무대에서 내려가시지』『프린스』

직후, 조금 전의 몇 배에 상당하는 총성이 방을 뒤흔들었다. 벌벌 떨 틈도 없이 음속을 넘어 날아온 마나 총탄이 키이라의 양손으로부터 총을 날려 버렸다.

"어엇……?"

떠억, 입이 벌어진 키이라의 옆구리를 지체 없이 원형 칼날이

지나간다. 그리고 유닛 멤버인 메이든 클래스를 정통으로 타격, 무기를 방패로 삼은 그녀는 후방으로 날아갔다.

검은색은 눈에 보이지도 않을 속도로 왼손에서 차크람을 투척한 것이다. 이어서 치켜 올려진 오른손에는 위저드 클래스의 롱 완드가 쥐어져 있다.

눈 깜짝할 사이에 마탄이 발사됐고, 거의 동시에 이번엔 좌측 후방에서 급우의 비명이 터졌다.

온몸에 총격을 받은 위저드 유닛 멤버는 무릎을 꿇고 고꾸라졌다. 다행히도 유혈에 이르는 부상은 아닌 모양이지만, 그런 레벨의 문제가 아니다.

《프린스》의 무릎이 새끼 사슴같이 떨리고, 눈에 보이지 않는 압력에 그녀는 엉덩방아를 찧었다.

"뭐…… 뭐야, 대체 뭐야, 이 자식은……?!"

경악스러운 것은 압도적인 스테이터스만이 아니다. 키이라와 똑같은 거너 클래스의 리볼버, 유닛 멤버들이 사용하는 차크람과 롱 완드, 적은 그 전부를 능숙하게 바꾸어 가며 그들의 프라이드를 정면으로 짓밟아 부수었다.

수수께끼의 검은색은 여유 있게 발을 내디뎠고, 그 발끝이 딸랑, 무언가를 걷어찼다.

루나 뤼미에르 선발전, 제3시련의 쟁탈의 대상인 훈장이었다. 키이라의 유닛 멤버 두 사람의 가슴에서 떨어져 나간 훈장이 그녀의 발밑에 널려 있었다.

검은색은 키이라의 눈앞에서 약 올리듯이 발을 들어 훈장을 짓밟아 뭉갰다.

『내가』『너에게』『절망의 낙인을』『주겠다』

"히익……!!"

키이라의 목구멍이 바싹 쪼그라들던 바로 그때, 고귀한 바람이 눈앞에 불어 닥쳤다.

"이야앗!!"

전년도 루나, 셴파 쯔베토크다. 날카로운 기합과 함께 롱 소드를 세게 휘둘러 검은색이 든 메이스를 맞받아쳐, 힘으로 밀어내는 데 성공했다. 춤추듯이 휘날리는 웨이브 머리와 함께 사방에 튄 선혈이 키이라의 뺨을 때렸다.

그녀는 이미 중상이다. 검으로 몸을 지탱하면서 후방을 향해 고함을 지른다.

"메리다! 적의 표적은 너인 거지?!"

"──윽."

떨어져서 보고 있었던 메리다가 덜컥 숨을 멈췄다. 옆에 있는 사촌 자매가 그녀에게 시선을 보냈다.

전년도 루나 뤼미에르의 강한 눈빛이 하급생들을 꿰뚫었다.

"돌아가!!"

그리고 셴파는 검은색을 가로막았다. 키이라가 그들의 의도를 헤아리지 못하고 있는 사이에 메리다와 엘리제는 서로 고개를 끄덕이고 옥좌의 방에서 달아나기 시작했다.

『이렇게까지』『막무가내인』『수단을』『선택했는데』

『어디로 가도』『놓치진』『않는다』

불타 떨어지는 메모를 몸에 걸치면서 검은색은 발을 내디뎠다. 센파는 즉시 칼끝을 올리지만 이미 서 있는 것도 한계다. 팔에서 피가 뚝뚝 떨어지고, 몸이 찔끔찔끔 떨고 있다.

검은색은 가볍게 적의 검을 치운 다음 한 바퀴 회전하여 날카로운 돌려차기를 날렸다. 옆머리를 차이고 센파 쯔베토크는 유리 바닥으로 날아갔다.

그녀를 힐끔 본 검은색은 이미 키이라는 안중에도 없이 시선을 돌린다.

『그가』『나오기 전에』『결판을』『지어야 한다』

뜻을 이해할 수 없는 메모가 키이라의 눈앞에서 확 불타 떨어졌을 때는, 검은색이 엔젤 자매 추적으로 이행한 상태였다. 검은 그림자가 순식간에 대문 너머로 질주한다.

홀로 남겨진 키이라는 옥좌의 방에 쓰러진 소녀들을 망연하게 둘러보았다.

"진짜로, 올해 선발전은…… 대체 뭐가 이 모양이야!"

무심코 한탄한 그녀의 가슴팍에서, 후보생의 훈장이 공허하게 빛났다.

"쫓아오고 있어?!"

유리 복도를 전력으로 달려나가면서 메리다가 외쳤다. 장검을 든 엘리제는 같은 속도로 따라가면서 슬쩍 후방을 돌아본다.

"아니. 뿌리쳤을지도 몰라."

"언니들이 막아주고 있어! 이 틈에 단숨에──."

직후였다. 말이 끝나기가 무섭게 모퉁이에서 무언가가 튀어나와 메리다의 심장이 껑충 뛰었다.

""우왓?!""

똑같은 비명을 지르고, 정면충돌 직전 서로 다리에 힘을 줘 몸을 세웠다.

나타난 사람은 아주 아주 낯익은 드릴 트윈 테일을 한 밤색 머리 동급생이었다.

"네르바! ……진짜 네르바야?!"

"당연히 진짜지!! 대기실에서 느닷없이 이상한 녀석한테 습격당했어!"

보니까 그녀는 배틀 드레스도 아닌 그냥 교복 차림이었다. 애용하는 메이스를 의지하듯이 쥐고서, 완전히 변해버린 글래스몬드 팰리스의 광경을 기분 나쁘게 둘러보고 있다.

"일어났더니 이 사달이 나 있고, 사정을 묻고자 해도 글래스펫들은 덤벼들고, 아주 난리도 아니야……. 도대체 뭐가 어떻게 된 거야? 그보다 시련은?"

"미안해, 지금은 설명하고 있을 시간이 없다고 해야 하나, 이미 그럴 형편이 아니라고 해야 하나."

"리타!!"

소리치자마자 엘리제는 갑자기 메리다와 네르바를 넘어뜨렸다.

직후, 복도의 벽이 폭발했다.

귀청을 찢는 유리 깨지는 소리가 울려 퍼진다. 거추장스러운 파편을 차내고, 벽에 생긴 큰 구멍을 통해 흉악한 검은색이 시치미를 뚝 뗀 채 메리다 일행 앞에 모습을 드러냈다.

『어라』『친구가』『늘었네』

『한꺼번에』『해치워』『줄게』

그렇게 쓰인 메모가 시야에 들어오자마자 메리다는 동급생의 손을 잡고 일으켜 세웠다.

"달려!!"

세 명의 여학생은 습격자와는 반대방향으로 뛰기 시작했다. 울먹이는 얼굴로 팔다리를 허우적대며 네르바는 절규했다.

"내가 왜 입후보하겠다고 했을까!"

검은 옷을 걸친 마디아는 기를 쓰고 뒤쫓으려고는 하지 않았다. 그렇게 할 필요가 어디 있다는 양, 사냥감과의 거리가 충분히 벌어진 즈음에서 이제야 바닥을 찬다.

『절대적인』『스테이터스의 차이를』『깨닫게 해 주지』

누가 읽지도 않을 메모가 불타 떨어짐과 동시에 토옹, 하고 가벼운 스타트를 끊는다.

새카만 실루엣이 바람이 되어 바닥을 스칠 듯이 비상했다. 눈 깜짝할 사이에 배후로부터 들이닥치자, 간신히 뒤돌아본 네르바가 마침내 결심했다.

"에이, 난 몰라! 끝까지 함께 가줄게!!"

엔젤 자매의 등을 떼밀고 자신은 검은색을 가로막는다. 메이스를 높이 치켜든 그녀의 옆을——직후, 희미하게 보일 정도로 빠른 속도로 검은 바람이 빠져나갔다.

『느려』

이별 선물과 같이 메모가 흩날리고, 동시에 메이스 끝이 퍼어엉! 박살 났다. 뒤늦게 자각한 충격이 네르바를 벽에 내동댕이쳤고, 그녀는 힘없이 고꾸라졌다.

"네르바아!"

비명을 지른 금발의 사촌 자매를 계단으로 떠밀고 이번엔 엘리제가 가로막는다. 순식간에 눈앞으로 접근한 마디아는 굳이 무기를 쓰지 않고 발차기를 날렸다.

발뒤꿈치 찍기가 장검을 쳐서 떨어뜨리고, 흐르는 듯한 손바닥치기가 연달아 어깨를 흠씬 두들긴다. 작은 체구의 급소 찌르기 때문에 은발의 《팔라딘》은 복도 막다른 곳까지 날아갔다.

『너의』『약점은』

『아까』『전에』『봤다』

격투술 자세를 풀고 마디아는 즉각 계단 난간을 박찼다. 아래층 어귀에 착지한 다음, 롱 소드가 흐려 보일 정도의 속도로 종횡무진 휘두른다. 계단이 토막처럼 잘려 날아가고, 허공을 춤추는 피바람과 같은 휘황찬란함에 메리다는 말문이 막혔다.

"저게 말이 돼……!"

출구를 봉쇄당한 그녀는 어쩔 수 없이 계단을 되돌아간다. 그머리 위를 마디아의 그림자가 까마귀와 같이 뛰어넘었다. 계단의 출구에 착지함과 동시에 무능영애의 가느다란 목을 움켜쥔다.

"아윽……."

『어디에도』『도망갈 길은』『없어』

타깃의 생살여탈(生殺與奪)을 쥐고, 모든 장해물을 제거한 마디아는 후드 안에서 씩 웃었다. 괴로움에 일그러지는 사냥감의 표정을 바라보고 잔혹함이 입술을 치켜든다.

『자』『심판의』『시간이다』『메리다 엔젤』

『결백의』『증거를』『증명해』『보아라』

마디아는 자신의 자그마한 가슴이 흥분으로 뛰고 있는 것을 느끼고 있었다.

이 1개월간, 쌓이고 쌓인 욕구불만의 반동일지도 모른다. 당초 그녀는 이 임무가 그렇게 높은 난이도는 아니라고 생각했었다. 엔젤의 지킴이인 《그》의 존재는 확실히 성가시지만, 이 폐쇄된 학원이라는 필드에서는 유례없는 변장술을 구사하는 자신 쪽에 압도적인 어드밴티지가 있다고 믿었다.

그런데 어떤 자의 음모에 의해 메리다 엔젤이 루나 뤼미에르 후보생으로 추대되는 바람에 마디아는 그녀에게 섣불리 접근할 수 없게 되었다. 《그》의 철벽같은 경계망 때문이다. 딱 한 번 급우 행세를 해 식당에서 접촉을 꾀해 봤지만, 그 가정교사는 붙임성이 좋은 척을 하며 한순간도 주인의 교우관계에 주의를 늦추지 않았다. 아주 조금이라도 사악한 마음을 드러내면 금세 등이 관통될 거라는 확신이 있었다. 마디아는 원만한 임무수행이 날이 갈수록 어려워지는 것을 절감했다.

선발전의 종료가 다가옴에 따라 한 개씩 박혀갔던 짜증의 가시.

그 발로가 이 핏빛으로 전부 물들여진 궁전의 모습인 걸지도 모른다.

하지만 어떠랴. 일단 행동을 시작하면 자신을 막을 수 있는 것은 아무것도 없다. 《그》도, 《1대 후작(캐리어 마키스)》도, 프리데스위데 학원장도, 기사 공작 가문조차도 이 블랙 마디아의 만행을 멈추는 것은 불가능하다.

괴로운 듯이 헐떡이는 메리다의 목을 들어 올리고, 마디아는 춤추는 듯한 메모를 퍼부었다.

『아무렴』『어떤 상대도』『이 최강 클라운의』『적은 아니다』

『내가』『파헤칠 수 없는 비밀은』『단 하나도』『없다!!』

소리 없는 목소리에 격정을 담아, 마디아는 마침내 오른손의 롱 소드를 높이 들었다.

순간, 어렴풋이 귀가 인식하는 바람 소리.

메리다를 타격하기 직전 검의 궤도를 바꾸더니, 어딘가에서 날아온 마탄을 도신으로 물리쳤다.

"불한당! 그 손을 놓아라!"

좌우의 복도로부터 마디아를 협공하고자 두 명의 도트리슈 학생이 나타났다. 거기에, 배후에서도 접근해오는 기척이 하나 더── 그러고 보니, 이 세 번째 시련은 후보생 네 명이 벌이는 배틀 로얄이었음을 마디아는 떠올렸다.

『아직』『분수를 모르는 놈이』『남았었나 보군』

마디아는 사냥감의 목을 놓아주고, 무기로 바꿔 잡았다. 롱 완드를 뽑아 좌측의 위저드 클래스를 공격하고, 되돌아오는 손바닥으로 스태프를 뽑아 우측의 클레릭 클래스를 정면에서 때려

눕혔다. 적이 뒤로 쓰러지는 것과 동시에 그 손에 쥔 무기가 산산이 박살 났다.

이 단계에서 세 번째 적이 배후에 다가오고 있었다.

『자』『네가 쓰는 무기로』『패배를』『새겨주마!』

마디아는 미칠 듯이 기뻐하며 뒤로 돌아 적의 모습을 시야에 담았다. 이 글래스몬드 팰리스에서 여태 조우하지 않았던 마지막 한 명. 네 번째 후보생 살라샤.

후드 안쪽의 시선이 희희낙락하며 그녀의 주변을 훑었다. 양손에 부여잡고 있는 금속제 원통. 그 끝에 활처럼 구부러진 도신. 바람에 나부끼는 장식용 띠. 마디아는 곧장 같은 종류의 무기를 뽑아 들려다—— 삐걱, 사고회로가 정지했다.

——창?!

마디아의 움직임이 단 몇 초 둔해진 그 찰나. 살라샤가 내지른 창끝이 새카만 몸통 중앙으로 빨려 들어갔다. 창끝에서 휘몰아치는 벚꽃과 닮은 불길이 터져 나온다.

"《드라이 크레센도》!!"

공격 스킬이 포효를 지르고, 고속의 3연격이 마디아의 전신을 흠씬 두들겼다. 우렛소리와 같은 마나의 격돌음이 울려 퍼지고 가냘픈 검은색 실루엣이 아래층으로 날아간다.

"……윽!!"

후드 안에서 실낱같은 육성을 흘리고, 마디아는 미끄러지듯이 아래층에 착지했다.

위층에서는 창 공격을 마친 살라샤가 숨을 헐떡이고 있다. 그런 그녀를 불쾌하게 올려다보면서 마디아의 심정이 검은 메모가 되어 천장에서 쏟아졌다.

『방심했다』『설마 《쉬크잘》이』『섞여 있을 줄이야』

"……."

『하지만』『기습은 이제』『통하지 않아』

마디아는 그렇게 선고고 천천히 몸을 일으켰다. 혼신의 마나를 실은 공격으로도 적에게 치명타를 주지 못한 살라샤는──무슨 생각인지, 아무 경계 없이 창을 내리고 자세를 풀었다.

위층에서 적을 내려다보고서 의연한 태도로 묻는다.

"그 장소가 어디인지 아나요?"

마디아가 후드 안에서 눈살을 찌푸린 직후였다.

오싹한 살기가 배후를 내달렸다.

본능적으로 홱 든 롱 소드에, 머리 위에서 차원이 다른 압력이 내리쳐졌다. 머리 꼭대기부터 발바닥까지를 벼락과 같은 충격이 가로지르고, 유리 바닥이 방사형으로 부서진다.

"……크윽?!"

참지 못하고 괴로움에 찬 육성을 토하면서 뒤로 돈 마디아는, 보았다.

거대한 검을 내려치는, 신장이 5미터는 될 법한 발퀴레들을.

『불찰이다! 허가를 받지 않은 괘씸한 자를 궁전 내로 통과시켰다!』

『우리 문지기가 이 궁전에 불순한 존재를 허용할 수는 없다!!』

여기서부터는 정말로 숨 쉴 틈도 없었다. 후방 좌우에서 거대한 발퀴레들이 연달아 관처럼 거대한 검을 끝도 없이 휘두르기 시작한 것이다. 마디아가 머리 위로 든 롱소드를 향해 단속적이고도 신속한 참격을 들이붓는다.

그들의 배후에는 닫힌 정문의 대문이 우뚝 솟아 있었다. 아무래도 메리다를 추적하는 동안에 엔트런스까지 되돌아와 버린 모양이다.

——아니, 우연이 아니다. 유도당한 것이다.

이것이 메리다 일행의 노림수였음이 틀림없다. 자신들로는 아무리 발버둥 쳐도 대적할 수 없는 적을, 이 글래스몬드 팰리스 최강의 글래스 펫들이 격퇴하도록 만들기 위해서……!

"깜찍한 짓을……!!"

자기도 모르게 메모가 아니라, 저주를 내리는 듯한 목소리가 후드에서 뚝뚝 떨어진다. 직후, 발퀴레들이 각자의 검을 좌우에서 동시에 내려쳤다. 무릎이 삐걱거리고, 발밑이 함몰된다.

으드득, 이를 악물고 마디아는 혼신의 힘으로 롱 소드를 치켜들었다.

바로 위로 유리 검 두 개가 튕겨 나간다. 텅 빈 발퀴레의 몸통을 향해 마디아는 소름끼치는 밀도의 검격을 때려 박았다. 좌측의 하나를 순식간에 전투불능에 빠지게 하고서 지체 없이 그 몸 위로 올라갔다.

어깻죽지에서 도약해 우측의 또 하나에게 메이스 끝을 처넣는다. 머리가 산산조각이 나면서 기우뚱하고 기운 발퀴레의 몸은——홀 바닥에 격돌하고 요란한 음색을 연주했다.

『『부, 분하다……!!』』

유리로 된 구세주는 연극조의 말을 남기고 무너져 내렸다. 그 잔해를 걷어차면서 마디아는 후드 속으로 거친 숨을 토해냈다. 확실히 무시할 수 없는 대미지가 축적되긴 했지만── 그래서 뭐 어쨌다는 말이냐. 이게 놈들의 얼마 안 되는 전과인데.

여유를 되찾은 증거로, 위층에 쓰러진 메리다 곁으로 검은 메모가 훨훨 내려앉는다.

『안됐군』『결국』『모든 계책이 떨어졌다는』『건가?』

"응, 역시 대단해. ──고마워."

메리다에게서 온 대답은 전혀 예상하지 않은 것이었다. 마디아는 미심쩍게 그녀를 올려다봤고, 이번만큼은 의도를 헤아리기 어려웠던 그때──

배후의 대문에 빠지지지직!! 균열이 일었다.

흡사 신의 주먹이 노크를 하는 것과 같이 단속적인 충격과 함께 균열이 깊이 새겨진다. 득의양양한 메리다의 목소리가 후드 위로 쏟아진다.

"조금 전의 발퀴레가 《자물쇠》였거든. 글래스몬드 팰리스를 봉쇄하고 있었던 발퀴레들이 쓰러져서 문이 열렸어. 너를 쓰러뜨릴 수 있는 전사가 이리로 달려올 거야!"

"……윽!!"

무의식중에 메리다를 두려워하듯이 두 발자국, 세 발자국 뒷걸음질 치고 만 직후였다.

수차례 썰린 정문이 뜯어져 나가고, 동시에 날아든 원형 칼날이 마디아를 급습했다. 등을 얕게 베어내고 간 그것을, 공중을 되돌아가는 과정에서 주인이 가볍게 받는다.

빛과 함께 뛰어들어온 붉은 머리 소녀는 양손에 차크람을 든 채로 포효했다.

"《플레어 크래프트》……!"

붉은 불길이 높이 솟아오르고, 이내 급속히 날카로워졌다. 고레벨 어썰트 스킬의 발동이다. 우측에서 날아온 원형 칼날을 뿌리치자, 연동된 세 개의 마나 칼이 마디아를 마구 공격한다. 좌측에서 날아온 원형 칼날을 되받아치니, 뒤따라온 세 개의 마나 칼이 자비도 없이 적의 전신을 썰었다.

힘찬 돌진과 동시에 그녀는 양손의 차크람을 단숨에 내민다.

"《원》!"

6개의 마나 칼이 한 덩어리로 묶여 무시무시한 연속공격을 일직선으로 선보인다.

마지막으로 로제티는 혼신의 의지를 담아 양팔을 좌우로 힘껏 휘둘렀다.

"《피스》!!"

춤을 추는 마나 칼이 그물망처럼 검은색의 몸을 덮어 종횡무진 난도질했다. 군복 끝이 천 쪼가리가 되어 허공을 날았고, 그것을 내버려 두고 마디아는 후방으로 날아간다.

"크으…… 으윽!!"

후드 안쪽에서 뚜렷한 괴로움의 육성이 새어 나왔다. 유리벽에 격돌해 적수정(赤水晶) 파편을 흩뿌린다. 간신히 바닥에 착지했으나, 바로 한쪽 무릎이 푹 꺾였다.

"캐리어…… 마키스……!"

어느새 검은 메모지는 내려오지 않고 있다. 마디아는 피를 흘리는 팔을 들고, 유리 바닥에 롱 소드의 칼끝을 박았다. 손잡이를 쥐는 손에 힘을 꽉 넣는다.

직후, 그녀는 전신을 고속으로 한 바퀴 돌렸다. 발밑에 원 모양의 금이 가고, 마디아를 실은 유리가 아래층으로 낙하한다. 불똥과 유리의 비말만이 성대하게 흩날린다.

유리 바닥에 떡 하고 구멍이 남겨지는 것과 동시에 로제티의 배후에서 잇따라 사람들이 뛰어들어 왔다. 무장한 강사들의 선두에 선 것은 블랑망제 학원장이었다.

"종료! 제3시련은 종료입니다! 승자는——."

우렁찬 목소리를 내다 학원장은 엔트런스의 참상을 보고 자기도 모르게 발걸음을 멈췄다.

위층에서 메리다는 자신의 가슴팍을 내려다보았다. 당연하다 해야 할까, 격투의 여파로 이미 훈장은 너덜너덜하다. 다시 생각해보니 셴파도 마찬가지였고, 세 번째 유닛 멤버인 네르바는 아예 훈장이 붙어 있지도 않았다.

메리다는 가볍게 어깨를 으쓱하고, 자신을 쳐다보는 강사들을 향해 말했다.

"제로 포인트입니다."

"……똑같이, 제로입니다."

비틀거리며 계단 위로 되돌아온 엘리제가 이어서 말했다. 전원의 시선이 살라샤에게로 이동했지만, 그녀는 민망한 표정으로 고개를 붕붕 흔들었다.

"시, 실은 저, 진작에 키이라 언니한테 훈장을 빼앗겨서……."

"가세하러 왔다! 적은 어떻게 됐어?!"

그때, 타다닥 하고 분주한 구두 소리가 뛰어들어 왔다.

네 번째 후보생 키이라 에스파다다. 용감하게 권총 두 자루를 들고 급히 달려온 그녀의 가슴에는, 3포인트의 훈장이 반짝이며 완벽한 모양을 유지하고 있었다.

블랑망제 학원장은, 배후의 강사진과 사태를 파악하지 못하고 있는 키이라, 자신을 쳐다보는 세 명의 1학년의 시선을 모으고, 이론은 받지 않겠다는 듯이 선언했다.

"그럼 제3시련은 키이라 양의 승리입니다!"

† † †

권위자의 한마디로 제3시련이 폐막 중인 그 무렵, 블랙 마디아는 프리데스위데의 성벽 부근에 펼쳐진 숲속으로 도망친 상태였다. 글래스몬드 팰리스에 이목이 쏠린 지금, 잠입 시에 만들었던 아지트로 퇴각하는 것이다.

군복 끝자락에서 피를 흘리며, 그녀는 후드 안쪽에서 끝없는 저주를 내리고 있었다.

"임무 실패……. 저 온실 속 화초, 놈들……. 감히, 이 마디아를…… 속였겠다……."

그렇게까지 리스크가 큰 작전을 써서 메리다 엔젤과 코앞에서 접촉했음에도 불구하고, 결국 목적을 완수할 수는 없었다. 이 1개월간의 잠입 임무로 간신히 손에 넣을 수 있었던 것은 '그는 역시 무언가를 숨기고 있는 것 같다' 라는 억측뿐.

　이런 꼴로 백야기병단 본부에 돌아갈 수는——.

　부상에 의한 대미지로 의식의 태반이 깎인 마디아는 이때, 초조함에 사로잡힌 나머지 주위에 대한 경계가 결정적으로 소홀해져 있었다. 그녀가 눈앞에 다가온 살의를 알아챈 것은, 적의 모습이 나무 그늘로부터 분리되어 사신과 같이 단정한 미모가 시야에 들어온 순간이었다.

　그의 손에서 무수한 목숨을 거두어 온 검은 칼이 번쩍이며 빛을 반사했다.

　"자, 잠까——!"

　무슨 말을 하고자 했지만, 쿠퍼가 이미 마디아의 품에 파고든 뒤였다. 가공할 스피드로 치켜 올려진 칼끝이 빈틈없이 닫혀 있었던 군복의 전면을 가른다.

　되받아 쳐진 칼날이 흐릿하게 보일 만큼 빠른 속도로, 쿠퍼는 새카만 온몸을 잘게 썰었다. 그러나 허공에 휘날리는 것은 피가 아니라 검은 천이다. 온몸을 덮어 가리고 있었던 검은 옷이 연이어 잘려 날아가, 소녀의 늘씬한 팔다리의 살색이 순식간에 드러난다.

　중요한 부위만 가린 반라의 모습으로까지 몰아넣은 다음 예리하게 칼끝을 튕긴다. 검은 칼의 끝이 후드를 뒤집었다. 그 안에서 휘둥그레진 눈동자가 쿠퍼의 모습을 비추었다.

약간 흐트러진 새카만 머리카락, 나이프 같은 날카로운 눈매, 외견으로는 십대 전반……. 후드가 등에 부딪혀 부스럭 소리가 난 동시에 그녀는 땅에 엉덩방아를 찧었다.

"아윽……!"

신음하는 그녀를 개의치 않고, 쿠퍼는 검은 칼에 피 한 방울도 묻어 있지 않은 것을 확인했다. 이어서 반라의 소녀 앞에 웅크리고 앉은 다음, 간신히 걸쳐져 있는 천을 훌쩍 걷어냈다.

"좋아, 가리고 있는 건 전부 걷어냈군."

"귀축, 이 귀축 같은 놈!"

화끈거리는 얼굴로 그나마 붙은 천 조각을 꽉 누른 그녀에게, 쿠퍼는 태연하게 대꾸한다.

"당연한 조치다. ——역시, 그게 너의 《정체》였군."

"크윽……!"

"너의 민얼굴, 체형, 마나, 모든 것을 들춰냈다. 이제 네 변장술은 나한테 안 통해."

입술을 세게 깨무는 흑발 소녀에게 쿠퍼는 득의양양하게 내뱉었다.

"고육지책도 실패로 끝났군. 어때, 내 제자들, 만만치 않았지?"

"…………나, 난."

마디아는 찢어진 군복을 끌어당기고, 치켜뜬 눈으로 쿠퍼를 노려보았다.

"나, 난, 지, 지지, 않았어……."

"뭐어?"

"사, 사사, 상대는 여럿. 이쪽은 혼자. 고, 공평하지 않아……
비겁해."

더듬거리며 그렇게 호소하고, 쿠퍼의 소매를 잡아당긴다. 검
은 메모로 대화했었을 때의 자신만만한 태도는 어디 가고, 빛에
완전히 겁먹은 박쥐 같은 양상이다.

"혀, 협력, 해 줘. 난 아직, 여기에 있을래. 전학생인 양, 서류
를 위조해서……."

"그걸 나한테 의뢰해서 어떡하냐……."

"하, 하지만 난, 이대로는, 본부로 돌아갈 수 없어…………."

흑발 소녀는 갈라져 사라져 버릴 듯한 목소리로 중얼거리고
힘없이 고개를 숙인다.

참으로 불쌍한 반라의 소녀를 눈앞에 두고 쿠퍼는 한숨을 푹
쉬었다. 그리고 천천히 품에 손을 넣어 편지를 꺼내, 그녀의 코
앞에 슬쩍 들이민다.

"자, 이걸 아버지한테."

"어? 이건……?"

"《두 번째 보고서》다. 거기에 네가 찾고 싶었던 게 쓰여 있어.
이걸 읽고 어떻게 판단할지는 아버지한테 맡기련다."

여기서 말하는 쿠퍼의 《아버지》, 마디아가 말하는 《파파》란,
친척을 잃은 유소년기의 그들을 주워 어둠 세계의 에이전트로
길러낸 백야기병단의 단장을 가리킨다. 당연히 이번에 마디아

를 보내온 장본인도 그 남자일 것이다.

쿠퍼의 배신…… 그런 의심을 산 이상은 어쩔 수 없다. 어떠한 형태로 대처를 해두지 않으면, 잇따라 투입될 제2, 제3의 자객에 의해 언젠가는 쿠퍼와 메리다의 목숨도 제거될 것이 분명하다.

두 사람의 운명을 건 편지가 지금 마디아의 손바닥으로 건네졌다.

가슴팍에 꼬옥 껴안는 모습을 확인하고, 쿠퍼는 거래하듯이 말했다.

"그 대신이라고 하기엔 뭐하지만, 성왕구에 돌아가기 전에 심부름을 하나 부탁하고 싶어."

"심부름?"

"패자가 받는 페널티라고 생각해."

쿠퍼가 심술궂게 입술을 구부리자, 마디아는 뺨을 불끈 부풀린다.

"……뭘 하면, 되는데?"

검은 칼을 든 청년은 장난스럽게 혹은 악마보다도 냉혹하게 비웃었다.

"못된 아이한테는 벌이 필요하겠지? 우리, 어둠을 담당하는 《백야》의 방식으로 말이야."

HOMEROOM LATER

"정말이지, 기가 막히는 한 달이었어!"

백발을 쪽머리로 정돈한 여성이 끓어오른 얼굴로 말했다.

에이프런 드레스를 거칠게 나부끼고, 손에 든 트렁크 케이스를 휘두를 것처럼 걷는 그녀는 엘리제 저택의 메이드장 미세스 오셀로다. 분노의 형상을 띠고 구두를 쾅쾅 밟는 그녀의 모습에 길가는 높은 신분의 사람들은 어안이 벙벙해서 길도 양보해 주었다.

카디널스 학교구의 고급 주택가. 성 프리데스위데 여학원의 《쇄성》이 한 달 만에 해제되어, 그녀는 교류회의 폐막을 기다리지 않고 일찌감치 성벽에서 퇴거한 것이다.

이유는 단순. 루나 뤼미에르 선발전의 결말을──그 같은 받아들이기 힘든 광경을 계속 눈앞에서 보고 있을 수 없어서였다.

"기껏 온갖 연줄을 동원해서 체류자 리스트에 이름을 쑤셔 넣고, 관계자가 전혀 눈치채지 못하도록 스테인드글라스를 준비했는데……! 그 《무능영애》와 《귀축교사》 때문에, 내 눈부신 프로듀스 플랜이 망했어!!"

빼액! 하고 지른 앙칼진 소리가 가로수 나뭇가지에 앉은 작은 새들을 쫓아냈다.

머리카락이 하얗게 물들었어도 미세스 오셀로의 안력(眼力)은 쇠하지 않았다. 그《무능영애》메리다 엔젤이 딱 한 번이긴 하지만《팔라딘》엘리제 엔젤을 상회했다……. 그 있을 수 없는 결과에 더해, 그녀의 가정교사가 보인 득의양양한 눈빛이란!

도저히는 아니지만, 계속 그 학원에 있을 생각은 들지 않았다. 즉시 다음 플랜을 세워야 한다며 자신의 성의 호사스러운 대문을 빠져나간다. 구석구석 손질이 잘된 앞뜰을 횡단해 산뜻한 순백색 벽의 엘리제 저택으로 걸어갔다.

현관에 손을 댔을 때, 갑자기 그 건너편 쪽에서 웃음소리가 났다.

젊은 메이드들의 목소리다. 미세스 오셀로의 머리에 피가 거꾸로 솟았다.

"너희!! 내가 부재중이라고 해서 누가 긴장 풀고 있어도 된다고——."

기세 좋게 현관을 열어젖힌 미세스 오셀로의 턱이 떡 하고 빠졌다.

"아, 오셀로 씨! 어디 나가 있으셨어요?"

쾌활하게 말을 걸어온 소녀는 저택에서 일하는 메이드의 한 명으로 미세스 오셀로의 부하다. 그건 틀림없다.

하지만 복장이 색달랐다. 메이드복 스커트는 무릎 위까지밖에 안 오고, 전체적으로 프릴과 레이스가 50% 증가. 머리띠에는 뭘 잘못 먹기라도 했는지, 고양이 귀로 보이는 장식이 붙어 있다.

시선을 깨닫고 소녀는 약간 부끄러워하면서 양손을 꼭 쥐어 보였다.

"아, 죄송합니다……. 어, 어서 오세요, 냥!"

"뭐, 뭐뭐뭐뭐뭐, 뭐어……?!"

"아하하, 오셀로 씨의 지시라지만, 역시 조금 부끄럽네요, 이거."

열린 입이 닫히지 않는 미세스 오셀로의 곁으로 다른 어린 메이드들도 떼를 지어 모여들었다. 전원이 예외 없이 신바람이 팍팍 들어간 커스텀 메이드복이다.

"그래? 난 꽤 즐거워지기 시작했어. 냥!"

"귀만 그러면 모습이 살지 않으니까, 아예 꼬리도 붙이는 게 어때요? 냥."

"그러고 보니 오셀로 씨, 그렇게 한 짐 싸 들고 어디 나가 계셨던 거예요? 냥!"

"대체 무슨 소리를 하는 겁니까, 여러분은!!"

미세스 오셀로가 대폭발했다. 평소라면 이걸로 무서워서 와들와들 떨 텐데, 소녀들은 얼굴을 마주 보고 왜 혼났는지 모르겠다는 표정을 지었다.

미세스 오셀로는 관자놀이의 혈관이 터지기 직전이었다.

"어디 나가 있었냐고요?! 당연히 엘리제 아가씨의 시중을 들며 성 프리데스위데에 체류하고 있었죠!"

"네. 그래서 한발 먼저 돌아오신 거잖아요? 어제……."

"네에? 무, 무슨 소릴 하는 거예요?! 애초에 그 파렴치한 꼴은

뭡니까! 누가 근무 중에 사담을 허락했죠? 제가 부재중이었다고 해도——."

"어제 돌아오시자마자 미세스 오셀로가 지시하셨잖아요. 저택 유니폼을 쇄신하고, 근무 중엔 '침묵 금지'라고……."

미세스 오셀로는 머리가 어질어질하기 시작했다. 부하가 무슨 소리를 하는 건지 전혀 이해가 안 된다. 설마 드디어 치매가 왔나 싶어 절망이 스치기 시작했을 때, 기운찬 메이드 한 명이 그녀의 팔을 잡아당겼다.

"맞다, 오셀로 씨! 말씀하신 대로 방을 예쁘게 꾸며놓았어요!"

"대체…… 이번엔 또 뭡니까……."

자신의 침실로 질질 끌려간 미세스 오셀로는 거기서 악몽을 체험했다.

"이건, 대체……?!"

한마디로 말해서 눈이 아팠다. 카펫은 핫 핑크. 침대의 담요는 소녀 감성 꽃무늬. 팔랑대는 레이스 장식이 방 여기저기에서 춤을 추고 있다.

꿈 많은 다섯 살배기도 아니고, 이런 방에서 어떻게 잠을 잔단 말이냐. 마른 나뭇가지 같은 그녀의 팔에서 무거운 트렁크가 낙하했다. 기운찬 메이드가 쑥스러운 듯이 혓바닥을 내밀었다.

"'소녀 마인드를 풀로 회전시켜라.'라고 지시하셔서, 저 열심히 했어요!"

"이건 꿈이야…… 틀림없이 뭔가 잘못됐어……."

헛소리같이 중얼대면서 미세스 오셀로는 비틀비틀 복도로 달아났다. 주위의 부하들이 왜 저러시지 하고 이상하게 여기는 앞에서 필사적으로 벽에 매달린다.

어딘가에 제정신을 지닌 사람은 없냐며 시선을 돌렸고, 그리고 그녀는 보았다.

복도의 막다른 곳에 서 있는 에이프런 드레스 차림의 나이 든 여자를. 백발을 쪽머리로 정돈한 그 여성은 이쪽과 시선을 맞추자 주름투성이인 얼굴을 싱글거리며 일그러뜨렸다.

그리고 갑자기 창문을 열어젖힌 다음, 정원으로 훌쩍 뛰어내렸다.

"아까부터 왜 그러세요? 미세스 오셀로……."

주위의 메이드들은 아무것도 알아채지 못한 것 같다. 미세스 오셀로는 부하 한 명을 보고, 한 번 더 창문으로 시선을 옮긴다. 천천히 등줄기를 바로잡고, 그녀는 이렇게 중얼거렸다.

"죽기 살기로 고수해온 저택의 질서가……. 아아, 현기증이."

미세스 오셀로는 눈을 희번덕거리다, 털————썩!! 복도에 쓰러졌다. 고양이 귀를 한 어린 메이드들이 매우 당황해서 그녀를 에워싼다.

"미세스 오셀로!"

"큰일 났어, 오셀로 씨가!"

"바로 침대로 옮겨드려!"

"좋아하시는 꽃무늬 침대로——!!"

창문에서 훌쩍 뛰어내린 에이프런 드레스를 입은 나이 든 여자는, 갑자기 어수선해지기 시작한 저택을 곁눈질하고서 바로 정원의 수풀로 뛰어들었다.

누구의 시선도 없음을 샅샅이 확인하며 에이프런 드레스 안에서 의족을 벗고, 의수를 풀고, 몸통에서는 보정구를 제거한다. 가발을 벗고, 얼굴에서 살색 가면을 벗기니 십대 전반 소녀의 얼굴이 드러났다.

평소 입는 군복을 걸치면서 그녀는 소란이 그치지 않는 저택을 천진난만하게 쳐다보았다.

"……하여튼 그 인간 성격하곤."

품에서 편지를 꺼내고, 잘 봉해져 있는지 꼼꼼히 확인한다. 모든 짐과 증거를 회수하고, 후드를 쑥 끌어 내리고서 소녀는 소리 하나 없이 걷기 시작한다.

그렇게 블랙 마디아의 검은 그림자는 흔적도 없이 나무 그늘에 녹아들었다.

† † †

그 날 아침, 성 프리데스위데 여학원 성문 앞에서는 도트리슈 대표 학생들의 송별이 이루어지고 있었다. 300명의 프리데스위데 학생이 엔트런스를 둘러싸고, 담당자가 순차적으로 도트리슈 학생과 작별인사를 주고받는다.

담당자 쪽 최전열에 있는 크리스타 샹송 학생회장의 곁에는 인사를 바라는 도트리슈 소녀들이 끊어지는 일 없이 찾아들었

다. 크리스타 회장은 타고난 눈부신 미소로 그녀들 한 명 한 명
과 악수를 주고받는다.

"크리스타 님! 덕분에 무척 즐겁게 지냈습니다!"

"회장님이 초대해주신 티 파티, 급우들한테 자랑거리로 삼을
게요!"

"네. 다들, 또 언제든지 놀러 와야 돼요?"

"──크리스타 회장."

열이 끊어진 타이밍에 크리스타 회장 앞에 나온 사람은, 도트
리슈 학생들의 리더인 네쥬 토르멘타 총실장이다.

약간 주춤하는 크리스타 회장에게 네쥬 실장은 손바닥을 쓱
내밀었다.

"내가 선발전으로 자리를 비우는 동안, 도트리슈 학생들을 잘
챙겨줘서 고마워. 큰 신세 졌어."

무표정을 풀고 부드럽게 미소 짓는다. 크리스타 회장은 뜻밖
이라는 듯이 눈을 크게 떴지만 이내 미소로 화답한 다음, 그녀
의 손바닥을 단단히 맞잡아주었다.

"……또, 보자!"

"응, 언제 또 봐."

마지막으로 한 번 더 미소를 주고받고서 네쥬 실장은 손바닥
을 떼고 몸을 돌렸다.

당당하게 걸어가는 뒷모습을 크리스타 회장은 어딘가 안타까
운 눈길로 바라본다. 그때 시야의 끝에, 성벽을 나선 바로 그 부
근에서 대기하는 사람 몇 명을 발견했다.

기병단의 군복을 입은, 자신들보다 약간 연상인 소녀들이다. 그중에서 예상 밖인 인물의 얼굴을 확인하고 크리스타 회장은 깜짝 놀라 숨을 죽였다.

"미——밀레이 언니?!"

　크리스타 회장은 교복 자락을 흩트리며 뛰어갔다. 상대 쪽은 벌써 이쪽을 알아채고 있는지, 숨을 헐떡이며 달려오는 그녀를 친근한 미소로 맞이해준다.

"오랜만이다, 크리스. 지금은 네가 학생회장이야?"

"그, 그건…… 당선된 건 언니가 아직 재학 중일 때였잖아요……!"

　이 연상의 소녀 기사는, 작년 성 프리데스위데 여학원 학생회장을 역임했던 밀레이 이스토닉이었다. 작년 루나 뤼미에르 선발전의 후보생 한 명이기도 하고…… 크리스타 회장이 페어를 맡았던 사람이다.

　거북한 듯이 입을 다물고서 크리스타 회장은 더듬더듬 질문을 던졌다.

"어, 언니가 왜 이쪽에?"

"당연히 임무지. 블랑망제 학원장님이 직접 내리신 의뢰를 받고 왔어."

"학원장님이?"

　밀레이는 어깨를 으쓱하면서 빠릿빠릿하게 설명을 계속했다.

"도트리슈 학생들을 무사히 학원까지 바래다주라고……. 자세한 내용은 모르지만, 올해 선발전은 뭔가 엄청났다며? 경호에 만전을 기하도록 연고가 있는 기사 몇 명이 오게 됐고, 나도 그중 하나야."

"아……."

밀레이의 입에서 나온 《선발전》이라는 단어가 크리스타 회장의 가슴에 박힌다.

작년 선발전에서 자신이 저지른 통한의 미스가 뇌리를 뛰어다녔다. 그것만이 원인이었다곤 할 수 없지만, 결과적으로 밀레이는 전기(前期) 루나 뤼미에르 당선을 놓쳤다.

지금이 청산할 때라는 생각에, 크리스타 회장은 떨리는 입술을 열려고 했다.

그런데 그 직전이었다. 성문 앞에 웅성대는 프리데스위데, 도트리슈 여학생들을 바라보던 밀레이가 왠지 쑥스러워하며 머리를 긁적였다.

"……있잖아, 크리스. 미안했어."

크리스타 회장은 믿기 어려운 광경을 보는 양, 밀레이의 얼굴을 마주 보았다.

"왜, 왜 언니가 사과하고 그러세요……?"

"작년 선발전 얘기야. 그때 난 내가 루나에 당선되는 것 말고는 아무것도 머리에 없어서 프리데스위데의 모두를 챙기지도 못하고, 도트리슈 애들이랑 교류하고 그러는 것도 전혀 못했으니까 말이지……. 분위기 나빴잖아? 솔직히."

"아……."

"우리와 함께 성 도트리슈 여학원에 간 대표학생들, 타학교에서 1개월간 엄청 거북했겠다 싶어서……. 그 일이 계속 마음에 걸렸었거든."

얼굴을 찡그리던 밀레이는 거기서 후련한 표정으로 크리스타 회장을 내려다보았다.

"그런데 넌 내가 못했던 일을 멋지게 해줬어. 훌륭하다, 정말. 고마워."

"……잉."

크리스타 회장의 눈동자에 눈물이 점점 글썽였다.

두 뺨을 주르르 타고 내리는 굵은 눈물을, 크리스타 회장은 양 손바닥을 들어 털었다.

"언니…… 나, 나는요……!"

"자, 잠깐, 너 왜 울어?——참나, 골치 아픈 아이네."

흐느껴 우는 소녀의 머리칼을 연상의 소녀 기사는 마냥 다정하게 얼러주었다.

도트리슈 학생들을 배웅하는 무리 속에는 메리다·엘리제 엔젤 자매의 모습도 있었다. 올해 선발전의 후보생이기도 했던 두 사람은, 결과적으로 거의 동률인 하위의 성적을 내는 데 그쳤다. 결국 상위와의 표차는 좁히지 못한 것이다.

예상대로 그 제3시련의 영향이 컸다. 메리다와 엘리제의 싸움은 확실히 관객의 눈을 빼앗을만한 것이었지만, 같은 시각 도트리슈의 키아라와 살라샤의 유닛 또한 만만치 않은 격투를 벌였던 모양이다. 제1·제2시련 때 쌓인 울분을 터뜨리듯이 대난투를 벌인 《프린스》의 모습에 결국 태반의 표가 집중된 셈이다.

게다가—— 결과적으로는 그녀가 제3시련 배틀 로열의 승자이기도 하다. 관객 학생들에게 글래스몬드 팰리스가 봉쇄된 동안 벌어진 사건은 알릴 수 없었으므로, 루나 뤼미에르 왕관의 행방도 당연하다면 당연하다.

그다지 침울해하는 기색도 없이 메리다는 팔짱을 끼고 정처없이 하늘을 쳐다보았다.

"결국 그 엄청나게 강했던 가짜 네르바는 뭐였던 걸까?"

"……학원장님은 특별한 글래스 펫이라고 했지만."

학원장을 의심하는 듯한 음성으로 엘리제가 대답한다. 그 일곱 가지 무기를 다루는 검은색의 움직임과 압도적인 마나. 희박한 듯하면서 크나큰 존재감—— 도저히는 아니지만, 영혼 없는 유리 인형이라는 설명에 자매는 쉬이 납득할 수 없었다.

무엇보다 메리다는 그 검은색의 강렬한 《의사》를 똑똑히 느꼈다.

『적령기가 되고도』『마나에 눈뜨지 못한』『무능영애』

『이제 와서』『갑자기』『눈을 뜬 그 비밀을——…………

불길과 함께 사라졌을 말이 지금도 메리다의 머릿속에서 계속 맴돌고 있다.

어쩌면 자기 자신조차 모르는 어떤 비밀을 파헤치려고 하는 의사가 메리다와 쿠퍼 주위에 소용돌이치고 있는 것은 아닐까?

해답이 안 나오는 사고의 미궁에 틀어박혀 있던 그때, 도트리슈 학생 집단으로부터 유달리 용모가 아름다운, 중성적인 느낌의 미소녀가 메리다와 엘리제 쪽으로 걸어왔다.

　금년도 루나 뤼미에르의 자리를 거머쥔 《프린스》, 키이라 에스파다다. 그 증거인 왕관 《달의 눈물》을 손에 들고도 그녀는 못마땅한 듯이 입술을 구부렸다.

　"……이번 결과, 나는 납득하지 않아."

　"어?"

　"전혀 이긴 기분이 안 든다고! 특히 너한테는 마지막까지 계속 지기만 했으니까 말이야!"

　집게손가락이 척 날아와서 메리다는 눈을 깜빡였다.

　키이라는 당장에라도 덤벼들 것처럼 가슴을 펴고, 뺨을 약간 주홍색으로 물들이면서 선언했다.

　"알았어? 내년 선발전은 너희가 성 도트리슈 여학원에 오게 돼. 거기서 다시 한번 승부를 내자! 그때는 철저하게 이겨줄 테니까 각오해두라고!"

　흥! 몸을 돌리고서 대답도 기다리지 않고 키이라는 떠나갔다.

　메리다와 엘리제는 멍하니 서로 얼굴을 마주 보고, 이어서 어이없다는 듯이 미소 지었다.

　"나, 내년에도 후보생을 하게 된 모양인데."

　"그럼 이번엔 내가 리타의 페어를 할래."

　"그래. 그것도 좋지만——."

　거기서 메리다는 으흠 하고 헛기침을 했다.

　조금 거만하게 팔짱을 끼고, 얼마 되지도 않는 가슴을 득의양양하게 쫙 편다.

"있잖아, 엘리. 나, 유닛을 새로 만들려고 해. 네르바의 유닛도 아니고, 너의 유닛도 아닌, 내가 리더인, 내 유닛을 말이야.──너, 당연히 들어와 줄 거지?"

힐끔, 자신만만하게 곁눈질을 보낸다.

엘리제는 전에 없이, 활짝 핀 꽃처럼 예쁜 미소를 보여 주었다.

"응. 나를 리타의 유닛에 넣어줘……!"

"옳지!"

얼굴을 맞댄 소녀들은 ""에헤헤!"" 하고 거울을 마주 보는 천사같이 웃었다.

그런 여학생들의 모습을 현역 기사 2인조가 멀리 떨어진 폐교사에서 바라보고 있었다. 쿠퍼 방피르와 로제티 프리켓. 긴 계단의 최상층에서 그들은 성문 앞에 만발하는 화사한 북적거림을 지켜보는 중이다.

"──그러니까 요약하면 이렇게 되는 거지?"

계단에 주저앉은 로제티가 정색하고 집게손가락을 세웠다.

"스테인드글라스를 바꾼 건 오셀로 씨의 소행, 수영복에 농간을 부린 건 엘리제 님의 자작, 제2시련에서 정보가 샜던 건 셴파님의 공작……. 거기에 그 마디아라는 녀석의 암약이 얽혀서 터무니없이 복잡해진 사태가 되었다는?"

어이없다는 듯이 어깨를 으쓱하고 로제티는 가벼운 한숨을 흘렸다.

"이 정도면 뭐, 순순히 될 턱이 없었던 1개월이었던 거네."

"동감입니다. 한 명 한 명이 저마다 다른 뜻을 품었으니 순순히 풀릴 까닭이 없었겠죠⋯⋯."

계단에 서 있던 쿠퍼는 거기서 우아하게 사뿐히 돌아보았다.

"하지만, 그게 《학교》라는 세계 아닙니까?"

"말 되네."

후훗. 우습다는 듯이 웃고서 로제티는 갑자기 주위를 살피는 양 목소리를 낮췄다.

"⋯⋯오셀로 씨가 한 일은 비밀로 해둬도 될까?"

"학원장님에겐 보고해뒀습니다만⋯⋯ 아마 소용없지 않을까 합니다. 확실한 증거는 없는 데다 그녀 본인이 절대 자백하지 않겠죠. 거기에 미세스 오셀로의 그 말투⋯⋯. 그녀에겐 기사 공작 가문 외에도 다른 후원자가 있을지도 모릅니다."

"그럼 결국, 이 학원 학생들에게 이번 사건은 수수께끼로 남는 건가~."

갑갑한 마음을 풀지 못하고, 로제티는 크게 기지개를 켠다.

그런 그녀에게 쿠퍼는 약간 망설이다 한마디를 더했다.

"⋯⋯수수께끼라고 하면 하나 더, 해결되지 않은 문제가 있습니다."

"어? 뭔데, 뭔데?"

"글래스몬드 팰리스 침입방법입니다."

쿠퍼는 신중히, 말을 되새기듯 또박또박 설명했다.

"스테인드글라스를 바꾸기 위해서는 글래스몬드 팰리스에 들어와야 하죠. 그를 위해서는 문지기의 허가를 받아야 합니

다. 하지만 마나 능력자가 아닌 미세스 오셀로는 문지기에게 마
나를 등록하지 않았으니……."

"어어?! 그 이야긴, 다시 말해……!"

로제티가 용수철처럼 몸을 일으킨다. 쿠퍼는 똑똑히 고개를
끄덕여 긍정했다.

"그렇습니다……. 다시 말해 미세스 오셀로를 글래스몬드 팰
리스로 불러들인 누군가가 마나를 등록한 삼백몇십 명 중에 있
다는 이야기입니다."

"대체 누가?"

"누군가가."

그때, 성문 쪽에서 잔물결이 이는 듯한 환호성이 터져 나왔다.

쿠퍼가 돌아보자, 정연한 열을 이룬 도트리슈 여학생들이 프
리데스위데 학생의 응원을 사방으로 받으며 터널로 사라져가
는 모습이 조그맣게 보였다.

† † †

터널을 나아가는 도트리슈 학생들 최후미에 한 여학생의 모
습이 있었다. 올해 선발전에서 깜짝 발탁된 1학년 후보생, 바로
살라샤다.

어딘지 모르게 울적한 눈빛을 띠는 그녀의 뒤에서, 팔 두 개가
쑥 뻗었다.

그리고 교복 안에서 존재감을 주장하는 뭉텅이 두 개를 꽉꽉

주무른다.

"사아~라아~야앙."

"히야아아아악?!"

꿇리듯이 몸을 홱 돌린 괘씸한 자에게 살라샤는 새빨간 얼굴로 항의한다.

"아, 진짜! 미우 너, 그만 좀 해!"

"우후후, 미안. 사라하고 노는 게 오랜만이라서 기뻐 가지고 그만."

장난스럽게 혓바닥을 내미는 소녀는, 흑수정 같은 머리칼을 가진 동급생이다. 살라샤는 "으으음……." 하고 새빨간 뺨을 부풀리면서 귀엽게 가슴을 감싼다.

"……그러고 보니 미우, 교류회에 아예 참가하지도 않고 뭐하고 있었어?"

살라샤는 아마도, 이 종잡을 수 없는 《디아볼로스》 1학년, 뮬라 모르와 가장 인연이 깊은 학생이리라. 틈틈이 그 모습을 눈으로 좇았지만, 이 아이는 교류회 이벤트에 참가하지도 않고 줄곧 자유행동을 하고 있었던 것 같다.

"잠깐 어머니 심부름 때문에 말이야. 그리고 난 바깥에서 보는 것만으로도 충분히 즐길 수 있었는걸. 자극적인 행사가 된 것 같지 않아? 올해 선발전."

옆을 걷기 시작하면서 뮬은 요염한 입술에 집게손가락을 댔다.

"욕심 같아서는 오셀로 씨가 좀 더 막 나가주길 바랐어.《혁

신파》의 친분 때문에 제발 좀 도와달라고 해서 도와줬는데, 스테인드글라스 하나 바꿔치더니 만족해버리고…… 그 후로 아~~무것도 안 했다니까."

"……역시 그거, 미우가 뭔가 한 거구나. 덕분에 난 선발전에 나가게 되고, 아주 고생했잖아."

친구가 눈을 흘기자 뮬은 황급히 가방에 손을 넣었다.

"사, 사라네 팀이 대활약해준 덕분에 이쪽은 아주 순조롭게 조사가 진행됐어, 자, 이거."

"……이게 뭔데?"

뮬이 건네준 것은 양피지 몇 장이었다. 복잡한 도형과 그래프, 파형이 빈틈없이 그려진 낙서인데, 연구자 기질이 있는 그녀의 일족은 이런 암호에 지적 호기심을 자극받는 모양이지만, 뼛속까지 무인인 집안에서 자란 살라샤는 무슨 의미인지 하나도 알 수 없었다.

"이건 글래스몬드 팰리스에 등록돼 있었던 학생들의 마나를 해석한 거야. 해석기는 그 귀축 선생이 망가뜨려서 메모뿐이지만 말이야."

"이러고 있었구나…… 용케 안 들켰네."

"들킨 줄 알았는데, 아무래도 저쪽은 저쪽대로 이래저래 야단났었던 모양이야. ──그보다 봐봐? 이게 메리다의 해석도, 이쪽이 엘리제의 해석도."

뮬이 비교차 보여 준 양피지 두 장을 확인하고 살라샤의 눈동자가 휘둥그레진다.

"이건……!"

"별로 빠삭하지 않은 사라도 한눈에 알 수 있겠지? 맞아, 두 사람의 마나 해석 패턴에는 너무나 큰 차이가 있어. 같은 엔젤 가문의 마나를 지니는 사촌 자매끼리 이런 일은 절대로 있을 수 없는데."

흡사 죄인을 추궁하는 증거품과 같이 뮬은 양피지를 들었다.

"엘리제 엔젤이 팔라딘 클래스를 지닌 것은 틀림없어. 그렇다 면…… 사촌 자매와 너무나 다른 마나의 성질을 가지는 메리다 엔젤. 《무능영애》라 불렸던 그녀가 각성한 클래스는 아마 팔라 딘이 아닐 거야……!"

"……."

살라샤의 목구멍이 꿀꺽 소리를 낸다. 대조적으로 뮬은 가벼 운 미소를 지어 보였다.

"쉬크잘 오빠한테 해줄 아주 좋은 여행 이야기가 생긴 것 같지 않아? 안 그래? ……《드라군》 살라샤 쉬크잘 양?"

성기사(팔라딘), 마기사(디아볼로스) 그리고 3대 기사 공작 가문 최후의 일각을 이루는 용기사(드라군).

그 이름을 짊어진 소녀는 결연한 눈빛으로 앞을 응시했다.

"메리다 씨…… 당신과는 또 금방 만날 것 같네요."

어딘가 비장한 결의를 느끼게 하는 소녀와 요염한 미소를 짓 는 소녀. 터널로 쏟아져 들어오는 빛을 응시하며…… 두 사람 은 나란히 성문의 출구로 걸어간다.

뮬이 그 손바닥에서 두 장의 양피지를 놓았다. 메리다의 마나

와 엘리제의 마나를 나타낸 그것들이 칠흑의 불길에 확 휩싸인
다. 바람에 날려 허공을 날아, 마지막 한 조각에 이르기까지 소
실되고 남은 불똥이 흡사 꽃잎처럼 춤을 추며 사라졌다.

후기

　여러분 안녕하세요, 저자 아마기 케이입니다. 『어새신즈 프라이드』 2권, 어떠셨는지요. 끝까지 함께해주셔서 정말로 감사합니다.

　덕분에 데뷔작인 제1권 '암살교사와 무능영애' 가 많은 분의 성원을 받아 이렇게 속간을 보내드리게 되었습니다.

　출판에 힘써주신 관계자 여러분과 쿠퍼와 메리다, '어새신즈 프라이드' 의 세계에 호감을 가져 주신 모든 독자님에게 진심으로 감사의 말씀을 드립니다.

　놀랍게도 저, 태어나서 처음으로 팬레터를 받았습니다. 직접 써주신 메시지가 마음에 촉촉이 스며들더라고요. 데헤헤, 사람들한테 자랑해야지!

　하지만 들뜨기만 하면 안 되니 이제부터 한 권, 또 한 권, 본 작품을 구매해 주신 분들이 만족하실 수 있도록 열심히 전진하겠습니다.

　그리고 그리고, 요전부터 제28회 판타지아 대상 특설 사이트에서는, 전부터 내걸려 있었던 공약기획《오디오 드라마화》가 진행 중이랍니다. 이얏호!

그 내용을 결정하는 앙케트 결과 '쿠퍼와 메리다가 애정행각을 벌이는 씬'에 가장 많은 표가 모여서, 독자님의 희망이라면 전력으로 응해야 한다(방긋)는 기치 아래 러브 코미디 분량을 대폭 늘린 원안을 작성했습니다. 부디 즐겨주시기 바랍니다.

캐스트를 맡아주신 오노 다이스케 님 및 나츠카와 시이나 님, 정말로 감사합니다. 자신이 공상했던 캐릭터에 멋진 일러스트가 붙고, 나아가 이미지가 딱 맞는 목소리가 달리다니, 전 참 행복한 사람일 겁니다.

이 기쁨을 독자 여러분과 조금이라도 나눌 수 있다면 얼마나 좋을까요.

일러스트레이터 니노모토니노 님. 이번에도 제 변변찮은 문장의 세계를 멋진 일러스트로 그려내 주셨습니다. 면목 없습니다. 2권에서 새롭게 등장한 캐릭터들, 그 하나하나를 더할 나위 없이 매력적으로 디자인해 주셨습니다. 엎드려 절하겠습니다.

앞으로도 잘 부탁드리겠습니다. 저도 니노모토니노 님의 팬의 한 명으로서, 앞으로 어새신즈 프라이드의 세계가 어떤 색으로 칠해질지 정말 기대가 되네요.

끝으로, 판타지아 문고 편집부를 비롯, 관계자 여러분에게 다시 한번 감사를. 그리고 지금 이 페이지를 펼치고 있는 《귀하》에게 진심으로 감사를.

그럼 다음에 또 뵙겠습니다.

아마기 케이

어새신즈 프라이드 2

2017년 07월 25일 제1판 인쇄
2018년 03월 20일 4쇄 발행

지음 아마기 케이 · **일러스트** 니노모토니노 · **옮김** 오토로

펴낸이 임광순 · **제작 디자인팀장** 오태철
편집부 황건수 · 정해권 · 김동규 · 신채윤 · 이병건 · 이경근 · 이홍재
디자인팀 박진아 · 정연지 · 박창조
국제팀 노석진 · 엄태진

펴낸곳 영상출판미디어(주)
등록번호 제 2002-000003호
주소 21311 인천광역시 부평구 평천로 132 (청천동)
전화 032-505-2973(代) | **FAX** 032-505-2982

ISBN 979-11-319-6115-5
ISBN 979-11-319-6068-4 (세트)

ASSASINS PRIDE Volume 2 ANSATSU KYOUSHI TO JYOOU SENBATSUSEN
ⓒKei Amagi, Ninomotonino 2016
First published in Japan in 2016 by KADOKAWA CORPORATION, Tokyo.
Korean translation rights arranged with KADOKAWA CORPORATION, Tokyo.

 노블엔진(NOVEL ENGINE)은 영상출판미디어(주)의 라이트노벨 및 관련서적 브랜드입니다.

암투는 가속한다

소녀를 둘러싸고

3대 기사 공작 가문, 여명희병단, 그리고 《혁신파》

어새신즈 프라이드 제3권
2017년 10월 발매 예정

용왕이 하는 일!

3

숙적, 《쌍칼잡이》에게 세 번이나 패한 야이치는 한층 더 진화하기 위해 《휘젓기의 마에스트로》에게 가르침을 구한다.

한편, 야이치가 동경하는 여성, 케이카는 연수회에서 강등 위기에 처하고, 급격하게 성장하는 아이와 제자리걸음만 하는 자기 자신을 비교하면서 조바심에 사로잡히는데——.

"나와 아이 양은 뭐가 다른 거야?"

하지만 아이도 자기가 이기면 소중한 사람에게 상처를 입힌다는 걸 알고, 승리를 두려워하기 시작했다. 그리고 케이카의 장기 인생이 걸린 소중한 일전에서, 두 사람이 격돌한다——!

 시라토리 시로 지음 | 시라비 일러스트 | 2017년 8월 출간
청춘의 상상, 시동을 걸어라!

〈벼락영역〉의 칠성기사 참전!
그리고, 후유카를 얽매는 어둠의 정체는?

소드&위저드
~패검의 황제와 칠성의 소녀기사~

2

◆

학원제를 앞둔 연무 학원. 사츠키바 소라
타는 「칠성기사」 중 한 사람, 유키시로 후
유카가 기운이 없다는 것을 깨닫고 같은
칠성기사인 펠리시아와 함께 후유카가 반
에 친숙해질 수 있도록 분투한다.
한편, 세계 최대의 반(反)마술조직 유벨
의 위협에 대항하고자 천공도시 옥타비아
에 〈벼락영역〉의 칠성기사가 파견되지만,
이는 학원에 새로운 전란을 불러일으키는
것이었다.

칸키츠 유스라 지음 | **니시** 일러스트
청춘의 상상, 시동을 걸어라!

무예에 몸을 바친 지 백여 년. 엘프로 다시 하는 무사수행

9

[대혈정]의 정보를 찾아서, 그리고 스승의 뜻을 잇기 위하여 마인의 나라를 찾은 슬라바 일행을 기다리던 것은……. 전투를 오락으로 생각하는 마인과 투쟁하는 하루하루였다?!

호쾌한 마인들 탓에 난처하기도 잠시, 모두가 피의 결정을 사용하면서도 자아를 유지하는 이상한 무리── [에소드의 수행자]가 습격하며 상황은 급변한다! 그들을 거느린 소녀 샤아라가 이야기하는 피의 결정이 지닌 비밀. 그리고──

"있지! 언니가 생겼어!" 셰릴의 출생 비밀이란?! 진정한 "최강"을 목표로 하는 엘프 소년 소녀들이 다다른 추악한 진실. 소녀의 희생을 대가로 이야기는 최종국면을 향해 움직인다──.

아카시 칵카쿠 지음 | bun150 일러스트
청춘의 상상, 시동을 걸어라!